U0782283

安知不是梦中身

百看红楼

百合 著

山西出版传媒集团

北岳文艺出版社

·太原

图书在版编目（CIP）数据

安知不是梦中身：百看红楼 / 百合著 . 一太原：
北岳文艺出版社，2022.9

ISBN 978-7-5378-6628-6

Ⅰ . ①安… Ⅱ . ①百… Ⅲ . ①《红楼梦》评论—文集
Ⅳ . ① I207.411-53

中国版本图书馆 CIP 数据核字（2022）第 171303 号

安知不是梦中身：百看红楼

百合◎著

//

出品人 郭文礼	出版发行：山西出版传媒集团·北岳文艺出版社 地址：山西省太原市并州南路 57 号　邮编：030012 电话：0351-5628696（发行部）　0351-5628688（总编室）
策划 张丽	传真：0351-5628680 网址：http://www.bywy.com　E-mail：bywycbs@163.com 经销商：新华书店
责任编辑 张丽	印刷装订：山西人民印刷有限责任公司
书籍设计 张永文	开　本：787mm×1092mm　1/32 字　数：238 千字 印　张：11.875
印装监制 郭勇	版　次：2022 年 9 月第 1 版 印　次：2022 年 9 月山西第 1 次印刷 书　号：ISBN 978-7-5378-6628-6 定　价：68.00 元

我要好好写，才能留下来

离我的第一本红评集《梦里不知身是客：百看红楼》的出版，堪堪又是三年过去。

三年来，一切未变，我还在写，书还在再版，日子飞花一样飘走；

三年来，一切都在改变，不动声色中已物是人非。

许多人悄悄进入生命，也有许多人在渐渐淡出，谁走谁留都充满变数，无法预测。

许多改变命运的节点不会敲锣打鼓地来，那一天往往平淡无奇，却在无声无息中完成了起承转合。

习惯坚持，再习惯改变，在改变中坚持，这是我三年来唯一在做的一件事情。

从第一本《百看红楼》上架至今，销量当然没法和那些百万畅销书相比，唯一让我欣慰的是当当网上一千多条评论，好评率100%，这意味着：我没有让每一个看过书的人失望。

终于没有辜负那些周五下午，公司人去楼空后，在键盘上一个一个敲字的日子；那些从天亮敲到天黑，忘了开灯，直到写完关机，才意识到自己早已陷在黑暗里的日子。

时间过得真快啊，这样下去，人一眨眼就老了。

到现在，我还会偶尔想起若干年前的那个秋冬之交的黄昏，临汾火车站，老旧的候车室，空气混沌却让人无端感到安全。我在等一列姗姗来迟的绿皮火车。车晚点了，外面的天色渐渐暗下来。我百无聊赖地闲逛，在二楼书摊上顺手买了一本杂志打发时间。翻到一篇评"红"文章，心想我是不是也可以写一篇投投稿……是的，你不知道契机什么时候来，它非常有可能在无数懒散不经意的瞬间乘虚而入。

我还记得，七年前第一本书出来的时候，正逢"书博会"召开，刚好赶上参展。我远远地看着它，不敢上前。怕有人认出我是作者，要羞死的——其实想多了，哪有人认识我？书放在书橱子最高处，根本没人注意到它，我鼓了好大的勇气走上前遮遮掩掩地要买，买下来后却并没有带走，而是偷偷摸摸放到了低处，希望来来往往的人们能多看它一眼。

"苔花如米小，也学牡丹开"，可是她开的时候，怎么那么心虚理短。

就这么摸索着试探着，又走了三年。现在，《百看红楼》（二）也要上架了，却仍然有"三日入厨下"的忐忑不安。

同第一本一样，这本书还是在生活的缝隙里写就，在同现实的升级打怪中写就，在上一秒崩溃下一秒开怀大笑的岁月里写就。

常常在写的时候左右摇摆：一方面告诫自己要重视读者的阅读体验，不要只顾着自嗨；一方面又警惕自己，怕不由自主地开始迎合和套路，流于庸俗。

一方面担心自己没有进步一味重复；一方面留神切勿哗众取宠误入歧途。

一方面提醒自己流畅简洁才会让文章读起来清爽，因为信息量过多会分散读者的注意力；另一方面又觉得为了外观光溜而平白砍掉许多知识点，对读者来说算不算偷工减料……

好纠结。

自媒体时代到来，大家都已经开始习惯"快阅读"，在这样的潮流中，我不免有邯郸学步之感。尽管，写出了不少所谓的"十万加"爆款文，我仍然会忍不住一次次审视提醒自己："不要因为走得太远，而忘了当初为什么出发。"

就在这样的纠结与硬撑中，迎来了我的第二本书，我还是将它归置为"百看"系列，"百看"有两层意思：一是指《红楼梦》百看不厌；二是谐音我的名字"百合看"。如果有意愿和精力，灵感和才华又肯眷顾，我会把这个系列一直写下去。

如果你在读的过程中，一会儿看到一个不疾不徐娓娓道来，往深处一走再走，却有几分夹杂啰唆的作者，那是一以贯之的、笨拙死磕的我；当你一会儿又看到一个行云流水，不着痕迹，轻松到底却有点油嘴滑舌的作者，那是一个忽然间想要摆脱地心引力放飞自己的我。

除了继续保持了第一本从人物心理性格分析入手的特色，第二本的不同之处在于，我渐渐开始把目光从人本身转移到人物关系上，饶有兴味地研究人与人交往中的幽暗与微妙。

第一本的人物分析追求全面与深刻，而第二本中，从已经分析过的人物身上，发掘读者们容易遗漏的亮点或槽点，力求展示人性的多面和复杂。毕竟我不能一再重复自己，如果到了写无可写那一天，我会识趣搁笔。

无论如何，写作给予我太多。

至少，它让我不再孤单。

当文字被散落在这个世界上的人们阅读，也许千里之外，也许一墙之隔，他们给我回应，与我讨论，或者表达不满，哪怕气势汹汹地来挑剔，我也统统甜蜜地接受——就像有人在你必经的路上堵截你，他至少要知道那条路在哪里不是吗？

同是《红楼梦》中人，相逢何必曾相识。

写作，还让我这样一个原本一眼看到老的平凡人，忽然在这个世界上轻刷了一下存在感。

记得第一本《百看红楼》热卖的时候，我没有告诉身边的人们，有签售活动，我都是找其他理由请假前往，上午在众人瞩目里迎接鲜花与掌声，下午又静悄悄潜回公司接着做良民。

我根本不想让身边的同事知道我写书，觉得这毕竟是与工作无关的私事，再说一本书而已，有什么可嘚瑟的？于是瞒得铁紧。

直到有一天，一位朋友对我说："你不要妄自菲薄。你想没想过，一百年后，你这个人已经不在了，但你写的字可能还在世间流传。"哇，瞬间觉得自己做的事情有点高大上了；而且，还多了一份写作人的责任感。

是的，百年后，当我死亡，停止呼吸，身体归于尘归于土，腐烂在大地深处，而我的文字还完好无损，与有缘的人们一一相遇。我的思想不死，我将以另外一种形式获得永生。

"太上有立德，其次有立功，其次有立言，虽久不废，此之谓不朽。"写字谓之"立言"，位列三不朽之一。一个写字的人要懂得感恩，蒙上天偏爱，在芸芸众生中选定了我们，给了我们一只会写字的手，理当珍惜。

不忘初心，存一份恭谨，一份谦卑，一份清醒，持洁净之态郑重以待，才不算暴殄天物。

蔡康永说："你如果不好好写，你就留不下来。"

我要好好写，才能留下来。

与所有写字的人共勉。

是为序。

百 合

2018 年夏末

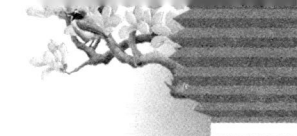

目　录

智 慧 篇

终于，我们都活成了薛宝钗

职场篇

人生需要一点弹性

细节篇

风吹哪页读哪页

灵性篇

这世界不能没有林黛玉

这世界不能没有林黛玉

一

据说读《红楼》的人会随着时间推移而改变喜好。年轻时多喜欢黛玉讨厌宝钗，年岁渐长后会转而喜欢宝钗，等到老了，又会重新喜欢回林黛玉。

这分明对应了人生的三种境界：看山是山，看山不是山，看山还是山。

青春年少，心中向往轻舞飞扬，性格却横冲直撞，以为只要真的就是美的对的，一切圆融的世故的，都是虚伪的可厌的；等到成熟一点，行过一些路吃过一些亏，明白了一些人情世故，知道个性是双刃剑，忙不迭与黛玉划清界限，赞许起人见人爱的宝钗；等到老了，历尽沧桑目光洞明，看遍了人间种种的尔虞我诈口是心非，方觉这世上最美的品质是率真，而与率真共存的那些不悦与尖锐，因为心境的宽容早已变得可以忽略不计。

那些不喜欢林黛玉的人，多半还在人生的中段地带辛苦跋涉，他们不喜欢她，本质上是接受不了林黛玉种种的小情小绪，自己的生活已经够沉重，实在再也担负不起一颗额外的玻璃心。从实用角度出发，弃黛玉而捧宝钗，倒也无可厚非。

于是，喜欢黛玉仿佛成了一种情怀，与现实渐行渐远。其实宝钗与黛玉，根本用不着非此即彼。金兰契互剖金兰语，孟光都接了梁鸿案，两个优秀的姑娘放下猜疑相互接纳，形成一种和谐共生的美好氛围，她们实际上分别代表了应对复杂世界的两套系统，截然不同却各有千秋，如同《理智与情感》中的埃莉诺与玛丽安，没有对错之分，传达出了一种很包容的人生观。

薛宝钗的好很直观，因之完全符合世俗评判标准；而林黛玉的好，却全在曲径通幽处，蓦然回首时。

二

王蒙曾在一次讲座时说了一句话，引来哄堂大笑，他说："能和林黛玉谈一次恋爱，死了都值。"

这不是哗众取宠，做林黛玉的爱人，该是这世上最幸福的爱人。

没有人能像她那样，让对方在一日内遍尝恋爱中的所有滋味：一会儿意绵绵，静日玉生香；一会儿酸溜溜，俏语谑娇音；一会儿赌气不理你，让你摸不着头脑；一会儿哭得梨花带雨，让你心痛却手足无措。你的心情像过山车，一下冲上高空陶陶然，一下跌入谷底痛不欲生，永远不知道下一秒，她可以提供给你怎样的人生况味。如果这算折磨，对于恋爱中的人来讲，极端的快乐与极端的痛苦都能带来极致的体验。这些体验如同冲浪，让你一次次接近了人生的真相。万水千山走遍，才有资格说：我知道什么是恋爱。林黛玉，便是那个渡你的人。

但是，如果娶妻，很多人仍然不敢选黛玉，因为她太情绪化，实在不适合做一个烟火家常里的妻子，婚姻需要的是平静。所以呢，娶妻当娶薛宝钗。真的是这样吗？

照这说法，宝玉得到的最完满才对——与林黛玉谈一场恋爱，与薛宝钗共度今生。可他不是一样"空对着山中高士晶莹雪，终难忘，世外仙姝寂寞林。纵然举案齐眉，到底意难平"。有的平静其实意味着枯索，让人生了然无趣。

再也遇不到林黛玉那样的一个人。

她仿佛样样不走心，却样样出手不凡。自称只读了《四书》，然而无论写诗填词却都那么别出心裁。天赋超群，在你面前却从不自傲；

她身体不好不喜女红，却愿意花心思单给你做个荷包，让你精精致致地戴着；

她不逼你追名逐利，却在你写不完作业时乖巧地躲起来不让你分心；看你实在完成不了，她会主动现身当"枪手"，写诗、临楷样样在心；

你挨了打，别人嘘寒问暖送医送药，独她没法前来，因为太心疼你，哭得眼睛像桃子而没法出门。

做为妻子，宝钗给得出理性的关爱，在她是分内；却给不出黛玉那么走心的细致入微。哪一种更可贵？傻子都会分辨。

三

宝钗的性格胜在含蓄浑厚，藏愚守拙；林黛玉的性格，则是槽点多亮点也多，乍看小气，实则大气；貌似任性，实则聪慧；文艺不假，精明也是妥妥的。她丰富曲折得让人目不暇接，分花拂柳，绕榭穿桥，是一程又一程的风景。你想读懂她，得先越过那些不讨喜的表象。

第二十六回，林黛玉记挂白天被父亲叫走的宝玉，晚上特意去怡红院探望，明明宝钗在里面，而她却吃了闭门羹，便哭着回去，第二天写出了摧人心肝的《葬花吟》。

她不恼对她无理的晴雯，只恼蒙在鼓里的宝玉。经宝玉解释后，她平静地说："想必是你的丫头们懒待动，丧声歪气的也是有的。"宝玉说要回去教训教训，林妹妹说：该教训，得罪我事小，万一将来得罪了宝姑娘贝姑娘，事就大了。调侃之间，这事就这样过去了，没对晴雯揪着不放，尽显大家闺秀的气量。

在栊翠庵品茶被妙玉呛声"大俗人"，她一声不吭，事后也没见她记仇；湘云说她长得像戏子，这气该生，但是她介意的竟是给湘云使眼色的宝玉，一边倒和湘云有说有笑地结伴而行了；袭人褒钗贬黛时，她明明在窗外听到，仍然没计较，只忙着感动于宝玉对她的力挺。生气都抓不到重点的感觉。

按人家林黛玉的逻辑，只要她最在乎的人心里有她就好了，至于其他人，爱谁谁，她全都消化得了。姿容潇洒，大道至简，试问有几人能做到？

说她聪慧应该没人反对，却很少有人看到她有做贤妻的潜质。

宝玉自以为悟了写个偈语,宝钗很紧张,办法是简单粗暴的家长式,撕个粉碎让一把火烧了;黛玉说:不该撕,看我的,保管叫他收了这个痴心邪话。她巧嘴随便一证,证得宝玉哑口无言,自惭连个姑娘家都比不过,还参哪门子禅,从此断了走火入魔的念头。高明的规劝如同大禹治水,在疏不在堵,宝钗治的是标,黛玉治的是本。

如果有机会治家理政,黛玉未必会输给旁人。首先她有知人之明,尤二姐被凤姐诓进园子,大家都给凤姐点赞,替尤二姐担心的只有两个人,一是宝钗,另一就是黛玉;其次她会用人之长,紫鹃成了她的后天亲人,潇湘馆里从没有争吵倾轧;她竟然还有财商,有一次对宝玉说:"咱们家里也太费了。我虽不管事,心里每常闲了,替你们一算计,出的多进的少,如今若不俭省,必致后手不接。"其精细完全迥异于平日里的不食人间烟火,不愧是巡盐御史的女儿。感性的人未必没有理性,只看她有没有机会拿出来用。

只拿林黛玉的才华与脾气说事,就断定她不宜家宜室,未免有失公允。不懂算了。

四

迎春被奶母欺负时不作为,还可笑地替自己开脱。林黛玉笑说:"真是'虎狼屯于阶陛,尚谈因果'。若使二姐姐是个男人,这一家上下若许人，又如何裁治他们。"恨铁不成钢，对迎春的鸵鸟活法有些含蓄地看不上。

让下人欺负这种事，在黛玉身上是绝不可能发生的。

处理矛盾，背景强大的宝钗以不变应万变，而身份特殊的黛玉，也有自己独有的方式：不藏不掖，直指要害，短平快打得措手不及。冷然一张真脸，无招胜有招。

周瑞家的送宫花，最后一个给她，她没有接，只就宝玉手中看了一看，不动声色地问是单给她一个人还是别的姑娘都有？没有直接问是不是别人都挑完了才给我。

林黛玉看人特别准，她知道周瑞家的是个刁钻势利的婆子，便先给她挖了个坑，可见其直觉敏锐、心思细密。周瑞家的不明就里地跳了下去，瞬间被黛玉反手制住："我就知道，别人不挑剩下的也不给我。"噎得周瑞家的"一声儿不言语"，心虚亦无可辩驳。脂砚斋在这儿批道：姑娘你到底是有心眼还是没心眼啊？说你没心眼，还知道问问；说你有心眼，却又未免太过直白。

脂砚斋不明白，黛玉的不凡恰在这直白上，换个人未必有这锐气，只能默默生会儿闷气算了。

欺软怕硬的势利人，他们字典里最缺的两个字，第一是厚道，第二是反省。你越厚道他越以为你愚弱可欺，这类人并不少见，君不见连单位食堂掌勺的大师傅都会看人下菜。

气量不够就不必假装大度，时间长了会憋出肿瘤，倒不如犀利出手加以警告，总是忍忍忍要忍到什么时候？设想一下，下次周瑞家的再打交道，还敢不敢随便怠慢她？私相授受的小红被宝钗摆一道，诈她说黛玉曾打窗下经过，吓得小红惴惴不安。厉害人名声在外，震慑力不是盖的。人活到一定阶段，才会明白厉害也有厉害的好处，省心、给力，一本万利。

聪敏灵秀如黛玉，本可以藏起锋芒，收起棱角，小心翼翼绕过各种雷区，走一条标准化道路，可她没有。不是不能，是不为也，犹记刚入府时的察言观色，时年六七岁就已懂得。有心计不用心计，哭笑随心，喜怒不拘，初看略略刺眼，但这其实也是一种活法。

林黛玉这种人，做朋友她不会害你，做爱人她不会负你，认定了你便会全心全意，个性那点事儿说起来是瑕不掩瑜，不知不觉间，你乐于为她的小脾气买单。在书里，越往后她的朋友圈就越大，宝钗、湘云、妙玉……连宝琴都成了她的小跟班。

所以才说：这世界不能没有林黛玉。她仿若一个赫然透明的存在，不够圆滑，棱角参差，却自带晶莹的光芒。难怪喜欢她的人会如获至宝，全因她实现了他们内心的期许：用最真的面目坦然迎向令人遗憾的世俗，不枝不蔓，不等不靠，干脆爽利地过自己的小日子。

又美又干净的姑娘，愿你能活成妙玉的样子

一

从前读《红楼梦》看妙玉，只觉得她矫情、寂寞、冷傲、口不对心，如今再看，忽然就多了一层欣赏。

第四十九回，大观园天降瑞雪，宝玉早起出门，一个人走走停停。落入他眼帘的，除了远处的青松翠竹隐隐，天地之间唯余一片晶莹透亮，他自我感觉就像是"装在一个玻璃盒内一般"。他身处的世界，是那么完整、明净、精致、清冽。

当他转过山脚，一阵寒香忽然扑鼻而来。回头仰望，漫天飞雪中，只见有十几株梅花，红如胭脂，灿如云霞，一齐开得沉默绚烂。

原文这样写："恰是妙玉门前栊翠庵中"的梅花在开放。

特特嵌入"妙玉门前"四字，足见作者匠心与苦心。这种赞美和隐喻只可意会，仿佛在说，门里的姑娘门外的花，一样冷艳高洁，也一样热烈寂寞。

《红楼梦》每一次重要的聚会场合，曹公都会想方设法帮离群索居的妙玉刷下存在感。中秋贾府团圆，她会悄然一人独自出庵赏月；宝玉生日，她有一张粉笺生日帖子出现；而这一次，接下来的芦雪广联诗，她的梅花将会成为吟咏对象。她不在江湖，但江湖从未忘记她。

曹公对妙玉，不可谓不偏爱。

雪落无声，梅花掩映，居高临下，暗香浮动。这一刻的栊翠庵，

俨然是一座小小的仙居。

其实，"气质美如兰，才华阜比仙"的栊翠庵主人妙玉，才不是一个没有故事的女同学。

人还未出场，读者们就从林之孝家的口中得知，她出身贵族，是带发修行——敲黑板划重点：这表示尘缘

未断，可以随时还俗。她父母双亡，去岁跟了师父来金陵精进。今年师父圆寂了，死前明令不让她扶灵回乡，如此嘱咐："衣食起居不宜回乡，在此静居，后来自然有你的结果。"

以上为官方版本，但对她知根知底的邢岫烟，透露给宝玉的真相则是："闻得他不合时宜，权势不容，竟投到这里来。"至于来龙去脉倒没有细说。

因后四十回遗失，这个谜底没有机会揭开，但也看出妙玉摊上的事儿应该不小，否则不会在原籍无法立足。熟读《红楼梦》便知，佛门中人出于生存所迫，也需要结交奉承权贵阶层，在"不合时宜，为权势不容"背后，是一个耿直女孩儿不向现实妥协而遭报复的惨痛经历。

所以，所谓的为观音遗迹贝叶遗文而来都是避难的幌子，而神算师父留遗言让她滞留此地，不过是出于保护她的考虑。

恰逢元妃省亲，贾府要建省亲别墅，本来在西门外的牟尼院栖身的妙玉，就这样机缘巧合地进驻了大观园的栊翠庵。

回头之路早已被切断，还俗变得遥遥无期，她借修行之名在这里静静蛰伏，等待命运出现转机，仿佛被抛在地球上回不去的外星小孩。

二

无亲无故一人漂泊，寂寞当然寂寞，妙玉人虽清冷，可是翻遍全书，从未见她顾影自怜，找不到半点"寻寻觅觅，冷冷清清，凄凄惨惨戚戚"的衰样儿。相反，她身上有一股能把日子过好的狠劲儿。

她安于一隅，把个原本像收容所一样的栊翠庵，拾掇成了一个小而美的文艺会馆，闲时自娱自乐培养雅趣，偶尔兴起，款待自己喜欢的人们。

妙玉擅园艺，是个不折不扣的"绿手指"。打理起花木来，手艺不输园丁婆子。贾母一进栊翠庵小院，首赞就给了妙玉养的葱茏花木："到底是他们修行的人，没事常常修理，比别处越发好看。"毕竟，贵族小姐的审美在那儿摆着呢。

李纨看到栊翠庵的梅花，眼热到想折一枝来插瓶，叫宝玉去讨一枝，妙玉挑了枝姿态极美的给他："这枝梅花只有二尺来高，旁有一横枝纵横而出，约有五六尺长，其间小枝分歧，或如蟠螭，或如僵蚓，或孤削如笔，或密聚如林，花吐胭脂，香欺兰蕙……"大家赞赏不已。

她还深谙茶道。贾母特意向她讨好茶喝，她手捧海棠花式雕漆填金云龙献寿小茶盘，内放成窑五彩小盖钟，奉上香茶一盏，贾母很挑剔，说："我不吃六安茶。"妙玉马上接口："知道。这是老君眉。"六安茶性偏凉味微苦，适于清热排毒，年老体虚者不宜多喝，妙玉懂茶，于是改奉茶性更温和的老君眉。贾母又问茶用什么水？妙玉说是旧年雨水，贾母方吃了半盏。有问有答，都是行家呀！

至于她请黛玉宝钗宝玉三个人吃的体己茶，规格就更高了。拿出来的茶杯连名字都稀奇，字儿一般人都不会念，什么"点犀盉""㼆瓟斝"，全都是价值连城的古董，宝玉见自己用的是绿玉斗不服气，她如此回呛："只怕你家里未必找的出这么一个俗器来呢。"

黛玉问了下泡茶水是不是雨水，也遭妙玉贬为"大俗人"，说："这是五年前我在玄墓蟠香寺住着，收的梅花上的雪……雨水那样轻浮，如何吃得。"

推算一下时间表：五年前收的雪，一年前来的金陵，寻常人出远门带足金银细软就好，谁会千里迢迢带一瓮沉甸甸的雪水？嗯，看来是真爱。

"心心在一艺，其艺必工"，真不是黛玉俗，也就只有她，舌尖上才能品出雨水和雪水的不同，这和金庸小说里小龙女被困绝情谷内多年，练就在蜜蜂翅膀上刻字绝技一样，需要足够的专注和投入。

蓦地想起一首歌正配妙玉："衷心诉了春过半，平生光影短。儿女情长愁摩愁，不如茶相伴。"

三

除了懂花道和茶道，妙玉还是一位现成的诗仙。荆钗布裙却端雅有才的邢岫烟，便是她的关门弟子。

中秋之夜，湘黛联诗联到"冷月葬花魂"时，正在独自赏月的她从暗中走出制止，说"太悲凉"了。邀请这二位去她的庵中喝茶，自己则一气呵成续了半首，一举扭转了前半首的伤感消极，"振林千树鸟，啼谷一声猿"声势英气，"有兴悲何继，无愁意岂烦"豁达潇洒，根本不像出自一个女子之手。

在妙玉眼里，自汉晋五代唐宋以来皆无好诗，除了这两句："纵有千年铁门槛，终须一个土馒头。"生命里可依赖的亲人们都已离去，在大悲大恸之后，妙玉似乎参透了人生的虚无。

罗曼·罗兰说："只有一种英雄主义，那就是在认清生活真相之后依然热爱生活。"尽管茕焰犹青，炉香未烬，不知道这样的余路还要走多久，但这位文艺女生却不曾辜负在这儿的每一天，"春有百花秋有月，夏有凉风冬有雪"。写诗养花赏月喝茶她样样不错过。不颓不丧，不疾不徐，找得到自己的节奏，从容摆弄生活而不是被后者牵着鼻子走。

不是人人都有这样与自己和谐相处的静气。"专精而不自闭，开放而有所守"，妙玉的活法，给单身女生们提供了一种优质样板：一个人，也要把日子过成诗。

四

其实妙玉的性格并不悦人。她的洁癖为很多读者诟病：嫌弃刘姥姥，连后者用过的杯子都要丢出去；不欢迎闲人来栊翠庵，人走后她还要拿水洗地，而送水的小厮还不能进门，把水放在山门墙根下就好。出家人应慈悲为怀，但她的好恶从不假辞色。

她也从不自认是佛门中人，同黛玉湘云论诗时说，写诗不能一味搜奇拣怪，以免"失了咱们的闺阁面目"，分明当自己还是个金尊玉贵的闺中小姐。

而大观园里的主子们，也没人拿出家人的标准苛责她，反而对她的小姐脾气公主病极尽欣赏包容。

喝体己茶，她呛了宝玉呛黛玉，但是这二位并没翻脸记仇，还千方百计体恤维护她。

宝玉去讨梅花，黛玉特意交代不要人跟着；妙玉送了宝玉一张署名"槛外人"的生日拜帖，岫烟批评妙玉放诞诡僻，宝玉替她辩解说"他原是世人意外之人"，不能用普通人标准要求。

第四十一回，贾母带一众人来庵里参观，离去时"妙玉亦不甚留，送出山门，回身便将门闭了。"这个动作有点失礼，但贾母也没觉得被冒犯而愠怒。

就连宝玉亲妈，以正统著称的王夫人，也对妙玉格外客气。大观园里的其他小尼姑是买来的，只有妙玉是请来的。

当从林之孝家的口中听说妙玉时，王夫人不等把话说完便急切地让把她立即接来。听说妙玉不给面儿，理由是"侯门公府，必以贵势压人，我再不去的"时，王夫人马上表态："既是官宦小姐，自然骄傲些，就下个帖子请他何妨。"让"书启相公"捉笔，又遣人备车轿去接，郑重其事。

只有李纨说讨厌她的为人，但顶多是不理，不会为难。

只能说，这一次她来对了地方。没有人嫌她"不合时宜"而不见容，也轮不到婆子们给她下蛆：那丫头仗着自己长得好点，万人不放在眼里。她的家底财力也让她无欲则刚，不用像马道婆那样进府里四处化缘捞钱，仰人鼻息。

对妙玉这样的人来讲，栊翠庵就是她的宜居宝地。

五

我们都知道，妙玉的结局并不好。前八十回"云空未必空"，后四十回"欲洁何曾洁"：她没能躲开厄运的纠缠，最后是"风尘肮脏违心愿""无瑕白玉遭泥陷"。

但她的活法，却值得当下在多元化社会里踌躇纠结的我们借鉴。

一个既好看又有才华，既清醒又不愿向世俗妥协的女生，最好能活成妙玉的样子，否则就乖乖滚去跟现实握手言和。

现实面前，才貌出众会让她们早早成为焦点，但个性却会成为伤人伤己的双刃剑。要么成了"愤青"，与周围格格不入；要么被修理，有苦难言。

身负骄人才华，被不合群的个性拖累，实在是暴殄天物，但一味劝她们迎合改变，说不定是在削足适履。

如果把人比作植物，环境比作土壤，有一些姑娘，天生就不属于温室或苗圃，更无法像《病梅馆记》里那样，被修剪捆绑得"以曲为美"。她们的资质与个性，更适合去青山绿水间做一朵空谷幽兰。

有个高人说过，人立于世，可以倚借的东西不外三种：产品、服务、资源。有其一即可，不必事事求全。

另辟蹊径，避开人际关系内耗，投入自己真正热爱的事情上来。

谁说一定要长袖善舞八面玲珑才能吃得开？有一些需要专注性或艺术性的工作，更适合单打独斗。

不用随大流，脚下也是路。

六

如果确定自己才华够，不妨勇敢出走。

全神贯注做自己热爱的事情，当从中得到了快乐和价值，寂寞便不再熬人，成为美妙的独处。即便看到别人倚借大平台所得到的便利风光，也可以心态平和，因为"兰之猗猗，扬扬其香。不采而佩，于兰何伤？"

内心笃定，不用左右摇摆患得患失，人自然气色好看，姿态从容，眼神犀利而宁静。即使苦点累点，内心也觉得值。就像妙玉，即便车马劳顿北上，也不以随身携带的那一瓮梅花雪为负累。

找到自己的圈层，交友在质不在量，交往的都是自己喜欢的人，无关利益，只关本心。人与人之间简单纯粹，明目清心，市侩的规则已经够不着你的空间。

又美又干净的姑娘，像妙玉那样活着，说难其实也不难。关键是，你能不能不辜负上天给你的才华，和你来时路上所经历的那些风霜雪雨，找到自己心中的"栊翠庵"。

宝玉：护花与揩油，也就一线之隔

一

宝玉是个最会怜香惜玉的人。

可惜这怜与惜，他只给年轻的姑娘，因为女人一上了年纪就成了"死鱼眼珠子"，连给他吹汤的资格都没了——不对，要年轻更要颜值，傻大姐也很年轻，怎不见宝玉瞅她一丢丢呢。

换句话说，他喜欢向目光所及之处的一切年轻美貌的姑娘献殷勤，可不只对着林黛玉一人。所以，警幻仙姑才说他是"天下古今第一淫人"，他被这个震古烁今的名号吓坏了，百般辩解。警幻说：你紧张什么？你的淫和他们的淫不一样，你是"意淫"。

呵呵，意淫就不是淫了？

警幻这样圆：就是你"天分中生成一段痴情"，"在闺阁中，固可为良友"。

用今天的话说，宝玉就是天赋异禀的公用男闺蜜。

但是，警幻又说了：我不忍心让你只在女人堆里发光发热，所以我把你引到这儿来，目的是什么呢？"不过令汝领略此仙闺幻境之风光尚如此，何况尘境之情景哉？而今后万万解释，改悟前情，留意于孔孟之间，委身于经济之道。"

看这一段，真心替警幻仙姑累，为了保护宝玉的小自尊，把话说得那么委婉好听。

明明是去接"绛珠妹子的生魂"，打算趁黛玉午休之便让她在梦里故地重游的。不期半路上杀出个程咬金，遇上了宝玉的两位先祖，殷殷求托，请她帮忙教引宝玉早早从"情欲声色"中跳出来，干点正事。

碍于面子，对宝玉这个不速之客，她好吃好喝好招待，又是让他看姑娘们命运的机密档案，又是用歌舞表演让他加深理解，把妹妹都白送给他了，"今夕良时，即可成姻"。

如此苦心忙乎，可宝玉缠绵完还是被夜叉海鬼拖进了迷津之中。

这寓意着，这次心灵引渡失败了。

果然，宝玉一醒来，不但没有迷途知返，反而食髓知味，仿佛是怕梦里刚学来的忘了，急着一试身手，把身边的袭人给"初试"了。

食色性也，真是。春天来了，都挡不住。

二

他在怜香惜玉的路上越走越远。

湘云睡觉晾了胳膊，他怕风吹了她的"膀子"，上前掖好被角；

金钏儿给太太捶腿实在困得不行了，他会将香雪润津丹喂到她口中；

平儿挨了凤姐的打，他又是替凤姐道歉又是送温暖；

即便八竿子打不着的尤氏二姐妹面前，来了生人他也要挡在前面护着，怕脏和尚的气味熏了她们……

这么看来，他只是喜欢护花而已，并没有做什么出格的事。

但是，如果再看看另一些情节，画风就变了：

第二十四回，宝玉回房看到鸳鸯也在，见她穿着娇艳，低头专注地看针线的样子真美。于是就把脸凑过去，闻人家姑娘脖子里的香气，还上手摩挲，发现"其白腻不在袭人之下"，进一步得寸进尺，扭股糖一样黏在鸳鸯身上，嬉皮笑脸说"把你嘴上的胭脂赏我吃了吧。"慌得鸳鸯大声呼救，叫袭人出来管管他。

宝玉有男主角光环，读者暂且也就包容了他。如果换了贾环这么干，会不会觉得这就是恶少调戏大丫鬟，要大骂一句"下流"？

别说，王夫人还真就破口大骂过贾环是"下流种子"，因为贾环推蜡油烫伤了宝玉的脸。起因是她那宝贝儿子纠缠贾环的丫鬟彩霞，有版本如此写：他公然抓着姑娘的手往自己衣服里放。也不知道到底谁才是"下流种子"？

第三十回，看到金钏儿打盹儿，宝玉上去直接把她的耳坠子一摘，这个动作别说是古代，就是搁在今天也过于亲昵了，毕竟男女有别。后来他和金钏儿那段对话，暧昧挑逗溢得满纸横流：宝玉"上来便拉着手"，左一个"咱们在一处罢"，右一个"我明日和太太讨你"。金钏儿则借坡上驴，挑唆宝玉去看贾环和彩云的好事儿，宝玉油嘴滑舌："我只守着你。"王夫人还在榻上躺着呢，两个人就在榻前叽叽歪歪。搁哪个母亲不恼怒？是可忍孰不可忍，真拿老娘当空气啊？

警幻的那次教引，仿佛是起了反作用，进入青春期的宝玉，就像一条开蒙的雄性小兽，到处撩骚，招这个招那个，直到被贾政结结实实揍了一顿。

　　黛玉哭着叫他"你从此可都改了罢"，他嘴硬说："你放心……为这些人死了，也是情愿的。"

　　如果黛玉看到他对女孩子们的动手动脚，听到他跟她们的打情骂俏，不知道还会不会心疼得把眼睛哭成肿桃子？

　　回想第八回，晴雯往门上贴字手冻僵了，他忙伸出手来帮着"渥"热，两人就那么手拉着手，一起仰头看门斗上新写的字，一派天荒地老岁月静好。这时候黛玉来了，当着黛玉的面，宝玉关切地问晴雯：我给你留了你最爱吃的豆腐皮包子，你吃了吗？晴雯气哼哼撒娇道：快别提了，让李奶奶给拿走了。茜雪捧茶上来，宝玉才想起叫林妹妹吃茶。

　　众人笑道："林妹妹早走了，还让呢。"好像是笑他的痴情。

　　林妹妹为什么走呢？她不走，难道在一边看着你和晴雯两人继续腻歪吗？对宝玉来说，半夜招呼晴雯来他的被子里"渥渥罢"的事儿都做得出来，他还写过"自是小鬟娇懒惯，拥衾不耐笑言频"。多温馨啊！拉拉她的小手，给她单留个豆腐皮包子算什么呢？

　　林黛玉真心不容易，都说她小性儿爱吃醋，可是她只能吃宝钗和湘云这些小姐的醋，却不能吃任何一个丫鬟的醋，就像张爱玲不能跟小周计较一样。

她的身份，不允许把自己降到和晴雯一个层次上来计较，她自有她的自尊，

但是，这并不等于没知觉对不对？

《红楼梦》读得越多，就会越心疼林黛玉。因为孤苦无依，宝玉是她心灵唯一的寄托。可是她爱的这个人，却一边帮着她捣胭脂膏子，一边追着吃别人嘴上的胭脂；一边为了给她配药不惜去讨死人头上戴过的珠子，一边却盯着别人雪白的膀子——这得需要多强大的内心，才能容得下？

三

宝玉跟女孩子们亲密无间的情节在书里俯拾皆是。

除了天冷了让晴雯钻他的被窝，天热了还让碧痕和他一块儿洗澡。

麝月头痒了，他会给她篦头；晴雯病了，他要亲自煎药；

听说有个叫傅秋芳的妹子才貌俱全，于是连她家的婆子都要亲自接待；

临考前熬夜温书，百忙之中都不忘提醒斟茶的人加件衣裳，麝月指着书说：拜托你，先暂时把我们忘了，把心略放在它上面一点吧。

以宝玉这样的门第和模样儿，豪门公子给出这样的温暖呵护，没见过世面的女孩子谁能拒绝？谁又难保自己不会想入非非想攀高枝儿？

因为资源太稀缺，丫头们才为此互相争风吃醋、欺压挤对，时常闹得不和谐。

但是，就是有些清醒的姑娘不买他的账，不蹚这浑水。

平儿聪明。她是贾琏的妾、凤姐的心腹，知道自己的身份，轻易不和宝玉厮近，让宝玉深为怨恨。不是挨凤姐的打，宝玉还得不到一个尽心的机会，伺候平儿梳妆，自作多情地替她洗了手绢熨衣服。除此之外，再无交集。

龄官孤傲。她躺在床上，宝玉往她身边一坐，她马上站起来，让宝玉好生没趣。

鸳鸯决绝。她说：莫说宝玉，就是宝金宝银宝天王宝皇帝，我也不稀罕！从此见了宝玉便是躲。

岫烟超脱。宝玉夸她如闲云野鹤，她淡然一笑，飘然而去，不与他多做敷衍。

紫鹃自律。当宝玉伸手摸她身上的衣服说她穿得太单薄时，紫鹃正色提醒："从此只可说话，别动手动脚的……叫人看着不尊重。"

"无与祸临，祸乃不存"，这些姑娘懂分寸知自保，事儿来了也找不上她们。

而另外一些姑娘，就没那么幸运了。四儿、芳官、金钏儿撵的撵，死的死，下场都很惨，同宝玉走太近绝不是什么好事，因为他根本没有保护她们的能力，事到临头，他把头一缩，连为她们说句话的胆子都没有。

金钏儿当时跟宝玉调笑说："你忙什么！'金簪子掉在井里头，有你的只是有你的'……"话说得俏皮得很，不想一语成谶，掉到井里头的竟是她自己，读来毛骨悚然。

当初她拉住宝玉调笑"我这嘴上是才擦的香浸胭脂，你这会子可吃不吃了"时，可曾想到有今日？暧昧轻浮一旦成习惯，概率太高迟早有让抓现行的一天。

她们的人生自此被拦腰斩断，而宝玉，却依旧在自己的世界里心安理得地活着，依红偎翠，毫发无损。

四

府里的人都说："他还小呢！"

是啊，还小，一个刚刚成年的公子，有"还小"这块遮羞布在，仿佛得了免罪金牌，暂时还没人拿成人世界的标准要求他。

但是，他总有长大成人的一天，小鲜肉也会变大叔。他那如"中秋之月，春晓之花"一般皎洁粉嫩的脸上，一样会长胡子、添

028

皱纹；

他原本"神彩飘逸，秀色夺人"的体态也会慢慢发福伛偻，甚至有一天，悄悄溢出一种叫"大叔臭"的体味。

如果秉性不改，到那时候，他每一次自以为是地伸出去的护花之手，都叫作咸猪手；噘起来去舔人家胭脂的嘴，都叫作狼吻口；脱口而出对着每一个女人说"你死了，我做和尚去"的情话，都将被叫作笑话。

即便是像以前对宝钗那样，只不过盯着人家雪白的手臂多看几眼，那表情也只能叫猥琐。

再老下去，他就成了贾赦。成了"略平头正脸的，他就不放手了"的宝二老爷，谁管你是不是真怜香惜玉，别人只看到一个贪多嚼不烂的糟老头子，心心念念要和女孩子腻在一起，有机会就吃人家豆腐。

一样的事，年少时可以年长后就不可以，这不是年龄歧视，而是人要有与自己年龄相匹配的心智，否则，用《射雕英雄传》中黄蓉的话说就是"年纪都活到狗身上了"。

到了那一步，林黛玉还会爱他如初吗？她没有嫁给他，倒是造化，那副嘴脸不看也罢。

《红楼梦》的读者们，真的不用怀疑宝玉对黛玉的爱。但是，宝玉这样的男人，如果没有黛玉那样"我不做唯一，只做第一"的度量，姑娘们最好还是敬而远之，否则，这一辈子有生不完的闲气。

天性细腻体贴的男人，会本能地对女人好，像鱼天生会游泳，鸟天生会飞翔一样，但是，总有一些水域不可以随便游进，有一些天空的界限不容僭越，因为很难保证不误人误己。

抛开真正的猥琐，鉴定一个男人的成色，与异性交往的分寸是重要的打分项。有教养的男人，不会随便做出让受者不悦而旁观者尴尬的动作，宁不做暖男，也不陷自己于渣男。更懂得过犹不及，手短一寸品高一等，一样是殷勤呵护，做出来是绅士体贴还是借机骚扰，全在分寸，因为，护花与揩油，原本也不过就一线之隔。

迎春：为什么生活总是欺负老实人

一

那一日，湘云做东，大家一起享用宝钗友情赞助的螃蟹宴，接下来有个菊花诗会，需要一个小小的赛前放松。寥寥几笔，曹雪芹就白描出了一幅仕女享乐图，花柳园亭之间，美人们各得其乐，无限的慵懒安逸。

林黛玉坐在绣墩上，倚着栏杆，手里拿着钓竿；宝钗手里拿一枝桂花，掐了花蕊抛向水面，引鱼儿浮上来；湘云在呼朋引伴地招呼远处的丫头们吃螃蟹；探春、惜春和李纨三个，在柳树树荫下看鸥鹭。

只有迎春，"又独自坐在花阴下拿着花针穿茉莉花"。这一个"又"字分明在说,迎春平素喜穿鲜花花链,她是一个花艺爱好者。

在《红楼梦》面前,读者常常会觉得自己是个土包子,不是这一笔闲文都不知道,原来古代闺阁女子还有专门串花用的针。花针不同于寻常的金属缝衣针,是骨骼或象牙制的,并不锐利,这么讲究是为了安全,倘或扎破了纤纤素手,血染了娇嫩花瓣,岂不两煞风景。

迎春穿茉莉花做什么呢?也许是挂在帐子里代替熏香;也许是直接带身上做简易香囊;也许是做头饰,贾府女眷有簪鲜花的习惯,茉莉花细碎,做成花环倒好簪一点儿。青丝漆黑,花环洁白,飘着淡淡花香,更显清雅。

如果以上都不是,难不成,是套在腕子上做手链? 肌肤微丰、

鼻腻鹅脂的迎春,定然皓腕如雪,戴上这茉莉花链,端的是"暗香盈袖",和宝钗腕上的红麝串相映成趣。

红麝串是元春娘娘赐的,好东西不假,但太高端就成了供品,宝钗戴着它,更多的是出于对皇权的恭敬,难免失于拘谨,反不比迎春

的手作有家常的雅致随意，低眉暗嗅间是若有若无的沁人心脾，小小心机胜在悦己。何况依迎春的性子，她也不会去跟别人攀比这些，茉莉花串配迎春，那叫"岁月静好"。

如果能一直这样该多好。

二

迎春的命运分为两段，出嫁前和出嫁后。

出嫁前，迎春赖探春为首的姊妹们照拂，度过了人生最平静美好的一段时光。

她天性也淡泊，南安太妃来，同是大孙女，贾母让探春出来见客，却没她这个姐姐的份儿。但她正乐得自在，反正大家都对她没要求。元宵节猜谜，猜对的才有奖，一样是猜错，贾环愤愤不平，迎春就能一笑了之。

出嫁后，蜜月期还没过就已经不堪忍受其夫种种劣迹，回门时她向王夫人哭诉："我不信我的命就这么不好！从小儿没了娘，幸而过姊子这边过了几年心净日子，如今偏又是这么个结果！"迎春还有个外号叫"二木头"，号称"戳一针也不知嗳哟一声"，能让她哭成这样，定是非一般的凌辱。

她怪"命"，殊不知，还有更坏的命运在等着她——见她软弱孙绍祖便愈发变本加厉，不多久之后就令她一命呜呼。判曲唱"中山狼，无情兽，全不念当日根由。一味的骄奢淫荡贪还构。觑着那，侯门艳质同蒲柳；作践的，公府千金似下流。叹芳魂艳魄，一载荡悠悠。"这短短一段话，已经足够小说家们脑补成一部惨不忍睹的万言性虐家暴小说了。

三

纵观迎春短短一生，哀其不幸，也怒其不争。

她可怜不假，然"可怜之人必有可恨之处"，纵没有可恨处，亦有可笑、可气处。

迎春不开口尚还是个端庄娴雅的小姐，一开口就让人哭笑不得，不单是懦弱一词可以涵盖的。唯一一次长篇大论，全方位暴露了自己的奇葩思维。

这还要从迎春的乳母说起。一千多年前的日本宫廷女官清少纳言也在《枕草子》里记录过乳母一笔：本来是宫里的普通女人，一升为皇太子的乳母，立即变得颐指气使，像"投胎重生了一样"——贾府里的一些乳母也是这一路：前有宝玉奶妈李嬷嬷作威作福，后有迎春的奶妈私自聚赌，以致获罪。

迎春的金钗她也不告而取，典押赌资去了。丫头绣桔讨要，奶妈儿媳不但不给，还借此胁迫迎春去替奶妈求情，又反咬迎春花了他们的钱，引得司棋听不下去，也加入进来。那边厢乱糟糟吵成一锅粥了，这边厢迎春两耳不闻身边事，一心只读圣贤书。

吵得不可开交时，众姐妹进来了，本是怕迎春想不开来为她开解的，不想人家手不释卷，倒很从容淡定。不淡定的反而是探春，不依不饶，一厢情愿地定要替窝囊的二姐姐出头。

这一段煞是好看。探春既犀利又谋虑周全，抓住奶妈儿媳的话柄连抵其隙，还不忘打个时间差，让侍书把平儿喊来；

宝琴天真，一见平儿，拍手笑说探春会"驱神招将"，快人快语；

林黛玉冰雪聪明，俏皮笑道"这不是道家玄术"用的是兵法；

善体察人意的宝钗给二人使眼色制止打趣；

平儿一进门就表态："谁敢给姑娘气受，姑娘快吩咐我"，又是斥退奶妈儿媳又是向探春赔笑，八面玲珑又不乏决断。

这几个人个性迥异却各有各的不凡之处，风采神韵如在眼前。可是别忘了，她们不过是此事件的配角，迎春才是正儿八经的主角。

主角干什么呢？看书，看得津津有味，根本没听到探春的话，真是"皇帝不急太监急"。平儿问迎春的主意，她给了一段神回复："问我，我也没什么法子……"这段话太长了啰啰唆唆一大堆，翻译过来就是：我的下人们随他们任意胡闹，我的私人财产他们爱拿就拿，至于你们怎么看我我无所谓，你们非要帮我那我也不领情。这神一样的逻辑差点让人跪了，难得她说得振振有词，听得人骇然而笑。好在探春不计较，还是决定管到底，换个人估计得喷出一口老血。

迎春有神回复，黛玉就有神评论："若使二姐姐是个男人，这一家上下若许人，又如何裁治他们。"黛玉七窍玲珑心，善思多感，既庆幸迎春不是"男人"，又对迎春未来的治家能力婉转地表示担忧。这话后来果真应验：孙绍组胡作非为，把"家中所有的媳妇丫头将及淫遍"，迎春一点办法都没有，只会哭。

黛玉就是个小女巫。

四

小"女巫"还有一句："虎狼屯于阶陛，尚谈因果。"点明迎春的三观出了问题。

迎春读的是《太上感应篇》。说不定她就是被手中那本书带歪了，也或者，她从这本书里为自己的软弱找到了理论支撑。

《太上感应篇》是一本道教教化书，宣扬"善有善报、恶有恶报"的因果观念，认为天上、地上和人体内都有录人罪过、降祸福于人的神或鬼，人做错了事自有鬼神惩罚他。书是好书，本义是教人向善，但为了更有说服性，写了许多真假莫辨的鬼神小故事做佐证案例。

宝钗也凑上来看这本书，但人家是越看越通达。迎春就不行了，她眼界窄悟性差，极易被这些花团锦簇的小故事迷了心窍而误入歧途。

懦弱自然与成长环境有关，迎春从小没了娘，又是庶出，养成了凡事退让，不争长短的性子。但她那满嘴的歪理一出来，才知她除了懦弱窝囊，还有迂腐。

她说"他们的不是，自作自受"时，基本上就是在转述这本书上的观点：

"祸福无门，惟人自召。善恶之报，如影随形。"她非常有"道路自信"，坐等命运替她惩罚恶人，目前只是时候未到。

邢夫人责备她对乳母管教不严，她一边低头弄衣带，一边如此自圆其说："他是妈妈，只有他说我的，没有我说他的。"这大概也是那本书上教她的，不违逆长辈所谓"忠孝"。邢夫人大怒，叱她"胡说！"只论长幼而不分对错尊卑，一味为自己的软弱找借口。

五

司棋被撵，还存着一丝侥幸指望迎春死保她，哪想迎春大有"凭尔去，忍淹留"的做派。

亲戚岫烟住在她屋里受下人们的气，她也不能予以庇护，是凤姐眼里"有气的死人"。

这些不奇怪，人家对自己的事也这样，遑论他人。那金钗不追讨尚有情可原，毕竟身外之物，但连自己的终身大事她都能袖手旁观，"超脱"得可怕。

父亲贾赦要拿她顶孙绍祖五千两银子的债，叔父贾政尚还为她出面拦阻过几次，唯她本人悉听尊便，草草出嫁，还不如不给贾赦做妄敢撕破脸大闹一场的大丫鬟鸳鸯。

迎春这个人，从始至终无论任何事都对自己没要求，根本就没打算储备一点和生活过招的功底，事事胡乱打发自己。

大概是自认忍功一流，日子马马虎虎就行，命运没有理由太和她过不去，哪知"求其中者得其下"，须臾之间新郎官就向她露出了狰狞的恶魔面目。

这回再没人为她挺身而出了，这里是孙家。而她自己呢？一无智谋，二无决断，三无口齿，四无一点自保的泼辣彪悍，只一味匍匐在恶人脚下，毫无还手之力。

回门那日，如果她能东拼西凑出一点勇气，向贾母等长辈求助，给孙绍祖一点舆论压力；或者干脆向鸳鸯学，"剪了头发做姑子"，死都不回去了——无论是哪一种都可以止损，一切也并非来不及。可惜，她只是诉了诉苦怨了怨命，又乖乖回人间地狱去了。

花朵离开花枝，红颜化为枯骨。迎春受尽凌辱悲惨而死时，离她出阁仅仅一年光景。在不断走向悲剧的任何一个岔路口，若肯停下为自己呼一声救，她的收梢就不会这么悲惨。

六

如果说黛玉是浪漫主义者，宝钗是现实主义者，探春是理想主义者，那迎春就是一个彻头彻尾的宿命主义者。

这一类人，他们消极退缩，把一切归咎为命运，对自己的生活采取"三不政策"：不进取、不改变、不抗争。本来是自己笨、懒、怕，这下好，全都顺势怪在命运头上。表面上看迎春死于被凌虐，实际她是毒发身亡——死于"宿命主义"之毒。

《美食·祈祷·爱》中，有句话："人们总误以为幸福靠运气"，关于幸福，它的正确打开方式有 N 种，千不该万不该的是听天由命。

侯门千金迎春对自己最初的幸福设定，应该是隐忍安逸到老，闲时窗前看看闲书，花下穿穿花链，不求闻达只求平淡而已。

殊不知平淡还有个名字叫"平静"，如果掌控力差，平静分分钟就会被打破，像颠簸在海面上的小纸船，一个浪头就打翻。

要受过多少苦，走过多少路，才明白平静其实是一种高配生活，更需要花费心力经营维系，对当事人的能力要求更高，并非完全不作为。

那些和迎春一样奉行"鸵鸟"的活法，自以为降低了对生活的期许就能相安无事的人们啊，快别做梦了，一旦生活失控，它第一个欺负的人，恰恰就是你。

做樊胜美还是贾探春，就看你关键时刻够不够狠

一

我的好朋友嘟嘟，母亲节当天终于没忍住，跟我控诉了她妈妈。

嘟嘟家明明姐弟两人，可是有时候，在她妈眼里，只有嘟嘟是亲生的。

就是需要出钱的时候。

之前家里装修换车这些事，嘟嘟都要扛大头，小事也是，小到连捞面条的笊篱都是嘟嘟去购置。现在结婚成家后还是，家里一有什么大事该出钱，她妈第一个想到的肯定是她，好像她是一台提款机，而她那个超生弟弟就理所应当地一毛不拔。

她妈到了她家，看什么顺眼就顺走什么，浇花的喷壶用起来

趁手，于是拿走；嘟嘟老公的喝水杯，她妈说这个杯子好好，杯口大喝起来不烫嘴，杯身细下面的水还保温，于是拿走；连柜子里的一瓶胖大海也要搜刮走……唯一没有成功拿走的是菜刀，到了火车站过安检时被截下来了。

有一次，她妈给嘟嘟打电话，说某营养药老家卖五十九块，本市卖五十八块，一盒便宜一块钱，让嘟嘟给她买十盒快递回去。说得好像是在替嘟嘟省钱似的，其实加上快递费不一样吗？真正目的其实是让嘟嘟给她买。

这一切，嘟嘟都忍了，谁让人家是咱妈呢！

不要以为嘟嘟很有钱。她结婚没几年就生了一场大病，几乎送命，后来没有再出去工作，家里的经济一直都是老公在负担。

但这事到她妈嘴里就成了："你看你不用上班有人养，没孩子就没负担；不像你弟，要养活孩子，自己还连个正式工作都没有，还是你日子好过。"

不上班不是因为有钱，而是因为有病；没孩子不是没负担，而是未来不可预测的风险更大。嘟嘟不知道她妈是真不明白还是装糊涂。

二

妈妈病了住院，还是嘟嘟出钱出力全盘照管。妈妈看到同病房的阿姨有件貂皮大衣，跟嘟嘟提出：是不是你也得给我买一件？

嘟嘟顺从惯了，没好意思回绝。

一出院，她妈就拽着她去了商场直奔皮草区，逮着"貂"就试。因为特别胖，试了半天只有一件能塞进去勉强扣上扣子，用嘟嘟的原话说就是"穿上就跟个狗熊似的"，真心不好看。标价一万多，卖衣服的说不贵，她妈也说不贵，看样子不打算脱了，只拿眼睛直勾勾看着她，等着她表态说"买"。

不知道为什么，就在那一秒，嘟嘟突然听到内心深处有一个声音清清楚楚地响起来："不能再这么惯着她了！"

她很坚决地说了不买，并当场表示："该花的钱一定会花，不该花的先别花，你身体不好以后生病还有需要花钱的时候，我得存点钱备用。"这是从未有过的拒绝，她妈当场黑脸，好长时间不理她。

这期间嘟嘟弟弟盯上了她的车，对她说：你现在不上班也用不着车，你老公也有车，你放着也是放着，不如你那辆 SUV 卖给我？

043

弟弟出价五万。

她肯定不能答应啊，那是她婚前没日没夜做英语培训攒了好几年钱买的，花了二十来万呢。她弟回去跟她妈委屈了一场，她妈就找上门来了，和她大吵了一架，两人都哭得差点昏死过去。

现在她妈回去逢人便骂她没良心不孝顺。

最近电视剧《欢乐颂2》开播，嘟嘟说她干脆连闭路线都拔了，因为一看到樊胜美，就联想到她自己，气得晚上不吃褪黑素都睡不着。

三

艺术本就来源于生活，这世上不知道还有多少樊胜美被一个"孝"字压制得有冤无处诉。

母亲节刚过，说句不合时宜的话：妈妈也是人，她们不是神，请在歌颂母爱的伟大无私时，也不要回避她们人性中的阴暗和偏私。

我喜欢陶妍妍老师关于母女关系问题上的犀利回答："谁规定血缘关系一定是让人产生幸福感的，有些关系大概就是还债的。"一语道破了许多畸形母女关系存在的现实。

母女关系也是人与人之间关系的一种，一段健康的母女关系本质上也应该符合正常的人际交往规律，包含了平等、互利、包容、自我价值保护等原则。

一味忍让与迁就并不能解决问题，因为这违背了社会心理学规律，只是暂时姑息，矛盾并没有真正理顺摆平，很难不保证其实酝酿着更大的暴风雨。

遇到这种情况，不如都跟着《红楼梦》里的三小姐探春学一学——

在第五十五回，探春的亲舅舅去世，他生前是贾府的奴才，所以需要发放一点抚恤金。因为死者身份特殊，刁奴吴新登家的便给小主子探春挖坑，想误导她这个新手多赏银子招人诟病，得亏探春精明，叫吴新登家的把旧账取来参考。一看发现赏多了，便依规定将四十两减成了二十两，避免了徇私之嫌。

但不想探春的亲娘赵姨娘却找上门来大哭大闹，探春请她坐下，翻开账本一笔一笔讲给她听，她也听不进去，还说了许多难听话。把探春气得脸色煞白泪流满面，但到底也没多给她半文钱。

有"红迷"借此诟病探春冷漠心狠，连亲舅舅都不照顾。说这话的人和赵姨娘是一个思维模式，典型的只讲情，不讲理，不体谅，不换位思考。一个庶出的小姐好不容易被领导层接纳，刚走马上任还在考察期，这个节骨眼上多少双眼睛盯着她，盼着她出错闹笑话呢，她岂敢走错一步？当妈的这会儿帮不上忙就算了，怎么能去添乱拖孩子的后腿呢?

如果无条件顺从才叫孝顺，没有满足母亲的无理要求就叫心狠，我看还是狠点好。

这种狠，其实体现了做人的原则性，也强调了成年人之间应有的边界感。

《欢乐颂》里的樊胜美就差在了这点狠上，才会被她妈拖拽得生不如死，到了第二季也已经放话出来要"狠一狠心"了；探春赢就赢在这点狠上，所以能挣脱烂泥坑独自飞翔。

四

世上的妈妈有千万种，对待的办法也就不能一概而论，有的妈妈不讲原则，没有边界感，视儿女如同自己的私有财产，那讲爱的同时也别忘了跟她们讲讲理。力所能及的当然要付出给予，但如果妈妈所要的真的超出了我们能力的范围，甚至违背了做人的原则，该拒绝的话就温柔而坚定地拒绝吧!

也不要忘了告诉她：妈妈，我的生命是你给的，是你带我来到这世上，看风看雨看太阳，走山走水走人生。我当然爱你，我也必须爱你，但是，我也不能只为了爱你，而卸载了爱我自己的能力。

宝琴赢过宝钗，靠的不只是美貌，还有率真

一

如果一个女孩对另一个女孩说："我就不信我哪儿不如你。"此话一出，不输也输了。

这话在《红楼梦》里也出现过。说的人，是众人眼里最完美的薛宝钗；听的人，是她自己的堂妹薛宝琴。

起因是琥珀代贾母的一次传话吩咐："老太太说了，叫宝姑娘别管紧了琴姑娘。他还小呢，让他爱怎么样就怎么样。要什么东西只管要去，别多心。"

薛宝琴第四十九回才出场，作为大观园新来的客人，一来就得到了贾母的盛宠。先是"逼着"王夫人收她做干女儿，曹雪芹用

了"逼着"两个字，可见贾母迫切成什么样子，这可是从来没有过的事。

这样一来，宝琴就成了贾母名正言顺的干孙女，贾母把她带在身边自己养，晚上也跟她睡，这是一等一的待遇。

贾母宠宝琴，宠到匪夷所思，人神共愤。

天刚下雪，贾母就给了宝琴一件光彩夺目的"凫靥裘"，这件衣服是用野鸭子头上的毛织成的，不知道得薅秃多少野鸭子头才能攒够这么一件。这件压箱底的天价"羽绒衣"，贾母从前都不舍得给宝玉，但现在舍得给宝琴。

贾母看到宝琴带着丫鬟在雪后的山坡上折梅的场景，说仇十洲《艳雪图》里的美人都比不上：因为画里没有那么好的衣服，更没有那么好看的人！于是很严肃地为难惜春，要她把宝琴雪下折梅图画出来："第一要紧把昨日琴儿和丫头梅花，照模照样，一笔别错，快快添上。"

不知道惜春会不会在心里骂宝琴：没事不好好待着，爬到山坡上折什么梅，咋没摔死你呢？

这还不算，贾母头脑一发热，问起了宝琴的生辰八字，看那架势是打算给宝玉提亲，幸亏宝琴已有婚约在身，这才作罢。她她她，把林黛玉往哪儿放？

明明宝钗才是这个园子里宝琴最亲的人，贾母倒不放心起来，唯恐宝琴受了宝钗的委屈，竟派丫头琥珀来给宝钗传了那大一段话。这才引出了宝钗对宝琴那句："你也不知那里来的福气！你倒去罢，仔细我们委屈着你。我就不信我那些儿不如你。"

这当然是一句玩笑，却也是只有足够亲厚的人才敢开的玩笑，因为太过敏感。但能出自圆融的宝钗之口，总是让人有点小小的意外。

她是在用开玩笑的语气说自己的心里话。这话里，五分酸，五分甜，掩不住淡淡的失落和"有人这么宠你我也很开心，谁叫你是我妹妹"的洒脱和释然。

二

宝钗心里，多少是有点想不通的吧？

过年的时候，贾母大宴宾客，在自己榻边另设一小桌，留下几个自己最偏宠的孩子：宝玉、黛玉、湘云、另一个就是宝琴。亲戚家的姑娘里，偏偏没有她薛宝钗。

她到贾府可比宝琴早多了，对贾母从来都是恭顺有加。晨昏定省，承色陪坐，该做的礼数都做到了。说起来贾母对她也够意思，还出面给她过及笄之年的生日，给她置酒开戏，色色让她先选。她也不傻，懂得投桃报李，样样都按贾母的喜好来，点吃的她就点甜烂之食，点戏她就点热闹谑笑的，贾母也很受用。

但是宝琴一来，一切就变了，她独得恩宠，一时占尽风头，连第一号的宝玉都被压下一头去。

但宝玉不计较："不妨，原该多疼女儿些才是正理。"

黛玉也不计较，自从宝玉向她表明心迹以后，她安全感陡增，有爱万事足，其他人都无所谓。

贾家三姐妹这些年早都习惯了做人肉背景板，安安静静看戏就好。

可宝钗不一样，她和宝琴，都是薛家的女儿。明明从各方面，她都比宝琴做得更好，她更懂事，也更会来事儿。和她比起来，宝琴为人处世说话行事都不够成熟，就是长得比她略好些而已。

三

美貌当然很重要。

宝琴是《红楼梦》里最美的女孩子，她美得空前绝后，把宝钗都比了下去，她一出场，就像一盏灯一样照亮了贾母已然昏花的老眼。

越是老人，越难有惊喜，一辈子下来阅漂亮人多矣，但宝琴的出现，则让见多识广的贾母产生了巨大的惊喜，光这惊喜就够她自己兴奋一阵子的。

像一个看腻了金银玉器的人，忽然遇着一颗稀世硕大的天然珍珠，忍不住想据为己有，天天摩挲把玩。想把这世上所有的好东西都给她，奖赏她给自己带来的精神上的巨大愉悦。

不要小看美貌所蕴含的能量，《京华烟云》里姚家老爹看到新来的丫鬟太美貌，以至产生了巨大的恐惧，恐惧对方是天降魔女，在他的老年阶段来诱惑。

美就是这么霸道。

但，难道，贾母疼宝琴，仅仅是因为宝琴长得比别人略好那么一点点吗？

四

贾母爱以貌取人，但也不会那么肤浅到只看脸。

她独宠宝琴，有更深层次的原因。

不排除因为元春赐礼外加金玉之说带给她的反感，她是想借宝琴打压一下王夫人姐妹的势力，但真正的理由，还是宝琴更符合她内心所看重的个性标准。

除了外貌美，宝琴的内在亦很不凡。

不同于其他养在深闺拿读书消遣的小姐们，宝琴是个见过大世面的姑娘。"读万卷书，行万里路"，她从小跟着父亲走南闯北，家里各处都有买卖，这一省逛一年，那一省逛半年，薛姨妈说她"天下十停走了有五六停了"。八岁的时候就跟父亲到西海沿子上买洋货，见过如假包换的黄头发西洋美人。

宝钗要起社韵作诗，把所有的韵都用尽了。宝琴很不屑地说："可知是姐姐不是真心起社了，这分明难人。若论起来，也强扭的出来，不过颠来倒去弄些《易经》上的话生填，究竟有何趣味。"

富养的女儿身上，天然带着一种自信大方，这富养不单单是物质，还包括她的见识，见过更广阔的世界，看问题的角度便更不拘泥。从小的旅行让她胆子更大，不会畏畏缩缩有小家子气，到哪儿都不会怯场，该发表意见的时候绝不掩藏，敢说敢当。

这就是贾母喜欢的那一挂啊，有主见有判断，能说能笑不唯唯诺诺，王夫人说凤姐不懂规矩时，贾母却说"我喜欢他这样"。

又说：横竖礼体不错就行了，"没的倒叫他从神儿似的作什么？"从凤姐到湘云，从鸳鸯再到晴雯，还有爱耍小性儿的林黛玉，她从来喜欢的就是有棱有角的姑娘。

宝琴虽然初来乍到，但简单几句对话便可看出一个人的心性，不怪贾母如获至宝。

五

宝琴的个性很天真直接，有点小小的愣和钝。

她喜欢林黛玉，就做林黛玉的小跟班，得着什么好东西都要给林黛玉分一份儿，黛玉房里的单瓣水仙，就是她转送的。

迎春被奶妈儿媳欺负，探春使眼色让侍书把平儿喊来。一见平儿，宝琴快人快语，拍手笑说："三姐姐敢是有驱神召将的符术？"林黛玉冰雪聪明，俏皮地笑着给她解释"这倒不是道家玄术"，用的是兵法。本来火药味儿很浓的场合，二人却兀自叽叽呱呱取笑，弄得一旁的宝钗又是递眼色又是岔开话地制止。

宝琴一心"粉"黛玉，但个性却更像湘云，宝钗说过她和湘云都是直肠子，这两人真是直到一块儿去了。

湘云喊她一块儿吃烤鹿肉，是这样喊的："傻子，过来尝尝。"

宝琴不吃，直挺挺回了三个字："怪脏的。"

不吃就算了，人家正吃着呢，这么说有没有考虑别人的感受呢？忙得宝钗又替她打一回圆场。

六

满脸的胶原蛋白下，是未经世故的懵懂和天真。

正是这未经雕琢修剪过的真性情，才是贾母最喜欢宝琴的地方。贾母紧着保护宝琴原始的天性，唯恐她被现实和规矩过早改变失了本真和灵动，成为一个木头美人。

贾母亦曾年轻贪玩过，在水边玩耍还掉进水里跌破了额头留下了疤，她愿意看孩子们正是该疯该玩的年纪疯玩疯闹，不要有太多框框限制，这样才不算辜负青春。

所以，她才那么火急火燎地专门派人来提醒宝钗：她还小，谁也不许拘束她，特别是你。

特别是你。

她太了解宝钗了，宝钗的自省自律、深谙世故、进退裁度、言语拿捏，已经远远超出了这个女孩子的年龄。贾母承认她很好，哪儿哪儿都好，否则不会说"从我们家四个女孩儿算起，全不如宝丫头"。那表扬绝对是真心又客观的。

但你好归好，我就是喜欢不起来。就像席上上了素菜，大家都说这个好对身体有益，纷纷夹一小筷子浅尝辄止，但多汁鲜嫩的小炒肉一上来，都一言不发却瞬间光盘。理智是一回事，感觉是另一回事，没有什么道理可讲。

从里到外无懈可击的薛宝钗不明白，人对自己要求太高，修炼得太圆滑光溜不见得就能得到鉴宝人的青睐，人家只觉得太完美了一定有诈。俗话说"十宝九裂，无纹不成玉"，不完美的东西人反而愿意亲近，有点瑕疵反而衬得出本质的真。

这真是一个悖论，但人们偏偏都遵循。

为什么老曹只塑造了薛宝钗这样一个无懈可击的人，因为他知道这样的人一个就够，太多了看都看得累。

为什么如今的我们明明更强大更成熟更懂得安慰，却再难找到酒逢知己千杯少的知音和真心疼爱我们的人？因为我们都修成了薛宝钗，百毒不侵，也习惯了掩藏真心。

为什么我们年少时候交的朋友最真，因为那个时候，我们都还是薛宝琴，浑身缺点，棱角未损，总是用最真的面目来对人。

贾母：为什么老年人那么爱过年

一

《红楼梦》里过年，集中在第五十三、五十四回，这两回的主角是贾母，几乎全是围绕着她的起居行程写。曹雪芹就像一个全天候跟拍记者，老太太去哪儿，他就跟到哪儿。

贾母是春节期间府里多台晚会的总导演，指挥统筹着贾府所有的综艺节目；副导演是王夫人，能力一般但够资深，给她挂个虚名儿；执行导演是凤姐儿，鞍前马后精明能干，深得总导演的欢心。

贾母手握节目生杀大权，不满意了可以现场改节目单。比如元宵节的戏曲节目，原本都是要笙笛管箫齐鸣的套路，她却说"闹得我头疼，咱们清淡些好"。

她让主唱芳官唱《寻梦》，却"只提琴与管箫合，笙笛一概不用"，叫他们领盒饭回家。让葵官唱《惠明下书》，连化妆都省了，只听嗓音和咬字。从观众鸦雀无声听到入迷的现场反应来看，这个创新还是很成功的。

但另一些就没那么好运了，比如语言类节目《凤求鸾》，因为本子不接地气、三观不正被她毙了。不但毙，还封杀："我们从不许说这些书，丫头们也不懂这些话。"

当然像击鼓传花、放烟火、打莲花落这些群众喜闻乐见的传统节目，她也会原封保留。特别是元宵节放烟火，真是神来之笔。

本来大家意兴阑珊地都说要散了，贾母提议把炮仗抬出来放一放解酒，一下子把气氛推到了最高潮，接着大家意犹未尽又来了一轮狂欢。

只筛选出好节目还不够，绝不能让舞美灯光掉链子。家里到处张灯结彩、锣鼓喧天，夜晚灯火通明，通宵达旦狂欢。

在传承的基础上改进，去芜存菁，健康发展。设想贾府里过年，假如没有了贾母，年味至少要损一半儿。有这个老太太在，年才过得热闹有趣又不失格调。

二

除夕之夜祭完祖，贾母领着众人去尤氏上房看茶。因为祠堂就设在宁府，大过节的，既然都来了，尤氏又盛情招待，没有不给人面子不去的道理。

尤氏房内的布置，在视觉上相当有冲击力。她以红色为主打基调，渲染出了喜庆的节日气氛：袭地铺满红毡，炕上铺新猩红毡，设着大红彩绣云龙捧寿的靠背引枕，当地放着象鼻三足鳅沿鎏金珐琅大火盆，里面燃着红彤彤的火。

所以有时候看春晚，特别容易恍惚，以为舞美是花重金请尤氏穿越过来张罗的。

尤氏还特别钟情于皮草装饰。

黑狐皮的袄子，白狐皮的褥子，请贾母上去坐着；

两边又铺了皮褥子，是贾母一辈的妯娌坐了；

另一边的小炕上是邢夫人等坐了，也是皮褥子伺候；

地下相对十二张雕漆椅，是给姊妹们坐的。绝就绝在这十二张椅子上，也都是一色灰鼠椅搭小褥。

画风挺辣眼睛。红通通的房间里，贾母居中，其他人各就各位，每人屁股下面垫块皮草，炉火旺旺，大家欢聚一堂，共祝愿贾府好。特别是贾母：白狐皮的褥子猩红的毡，上面坐着个老太太。

对这个分会场的布置，贾母本人满意不满意？老人家没明说，只是"与老妯娌闲话了两三句，便命看轿"，分明是一分钟都不想多待。

尤氏笑着挽留："已经预备下老太太的晚饭。每年都不肯赏些体面用过晚饭过去，果然我们就不及凤丫头不成？"殷勤客气里带着点抱怨不甘，更是明知省事也要得了便宜卖乖。

凤姐儿搀着贾母，笑着应对："老祖宗快走，咱们家去吃饭，别理他。"

贾母也笑："你这里供着祖宗，忙的什么似的，那里搁得住我闹。况且每年我不吃，你们也要送去的。不如还送了去，我吃不了留着明儿再吃，岂不多吃些。"

老祖宗能把场面话说得这么滴水不漏，也算是给足了尤氏面子，大家心知肚明，于是一起哈哈笑。笑声中，贾母坚决地出门，上轿，迤逦而去。

三

元宵节，贾母自己在家里摆席请了一次客，一共十来席。

席上吃了什么，老曹未提。反是把席间陈设细细描述了一遍。

每一席旁边设一几，几上焚着御赐的百合香；摆着新鲜花卉小盆景，还点着山石、布满青苔；又有小洋漆茶盘，里面是旧窑茶杯和十锦小茶吊，泡着上等名茶；各色旧窑小瓶中都点缀着"岁寒三友""玉堂富贵"等新鲜花草。这是宫香、花香和茶香的芬芳天地。

又重重提了一笔"慧纹"。姑苏善绣女子慧娘，精于书画，所绣之花卉，皆仿唐宋元明名家的折枝花卉，格式配色皆从雅，花旁还绣有题花的诗词歌赋，皆用黑绒绣出草字，笔画勾踢、转折、轻重、连断皆与笔草无异。

慧娘只活了十八岁，留下寥寥几件绣品，被人称为"慧纹"，一价难求。

"凡所有之家，皆珍藏不用"，但贾母却将嵌有慧纹的十六扇紫檀透雕璎珞，大大方方摆出来做装点。

与尤氏逼人的华丽富贵不同，她用文艺的格调营造出了一种精致的奢华。年在她手里，有了质的改变。

贾母也不入席，她歪在自己的矮足短榻上，让琥珀用美人拳给她捶腿。身下也铺着皮褥子，但此刻的皮褥不再是让人紧绷用来铺排的道具，只是一件让人舒服使用的生活用品。

榻下不摆席面，摆了两张物件，一张是高几，另一张是高桌。

高几上面没有摆菜，摆的是璎珞、花瓶和香炉。小高桌前坐着她最偏心的宝玉，和她最疼的三个亲戚家女孩子：黛玉、湘云，还有抢了宝钗风头的宝琴。

菜端上来，看着顺眼的便夹一箸，余下的再端走。她的目的不在吃，而在看。光是笑语喧哗之中，眯眼看着满堂子孙尽情享用，就已经心满意足。

此刻的贾母，同辈人多已作古，她滞留人间，俯瞰众生。这一生浪奔浪流风起云涌，"淘尽了世间事，混作滔滔一片潮流……似大江一发不收转千弯转千滩……又有喜又有愁……"或许是生离死别都已见过，所以更懂得好好享受当下这一刻。

夜至三更，贾母感到"寒浸浸"的。王夫人劝她："老太太不如挪进暖阁里地炕上倒也罢了。这二位亲戚也不是外人，我们陪着就是了。"

贾母执意不肯，说要进去大家一起都挪进去。

王夫人说里间恐怕坐不下。

贾母说：我有办法。

她的办法是"大家坐在一处挤着，又亲香，又暖和"。

所有的老年人都怕三样东西：怕死，怕冷，怕寂寞。

　　所以只有他们会格外热爱过年，于他们而言，过年是又一次涉险过关的侥幸，更是和这世界拉近距离的契机，让他们可以名正言顺地把孩子们聚拢在身边，可以沾一点他们的温暖和能量，可以巧妙而正大光明对他们说出：我想要你们所有人都陪着我，亲香暖和，相偎相依——

　　从这个方向看过去，过年真好。

香菱：我讲一个姑娘的故事，你可别哭

一

乍见香菱，任谁都会惊艳一番。刚到贾府，虽然她才是个刚留了头的贪玩小丫头，但她往梨香院门前那台阶儿上一站，眉心一点胭脂红，俨然一个乱世小佳人。

周瑞家的说她相貌气质像东府里的秦可卿；贾琏感叹她"生得好齐整模样"，竟是薛大傻子的人；凤姐儿夸得更全面，说"模样儿好还是末则，其为人行事……温柔安静，差不多的主子姑娘"都赶不上她。

大家都惋惜：好白菜让猪拱了。

可是令人诧异的是，被薛蟠掳来的香菱，跟读者打的第一个照面，却和想象中太不一样。她表情轻松，"笑嘻嘻的走来"，毫无半点凄惨相。

回溯她的身世，此刻也该笑，因为命运似乎正在触底反弹。

身在薄命司金陵十二钗副册，比袭人、晴雯的地位高一档。出身虽非贵族，也是中产阶级家庭中祝英台式的独生小姐。被父母捧在手心里长到五岁，仆人霍启带她元宵节观灯时被人拐走。从此人生成为一场炼狱：在拐子手里被虐待了七八年，作为一件美丽的商品被明码标价。

这期间命运出现过三次转机：

第一次是拐子带她租房时，房东门子恰是当年她家隔壁葫芦庙里的小沙弥，小时候天天逗她玩，故一眼认出了她。但是，他只

是问问，满足一下好奇心就算了。

第二次是冯渊对她一见倾心，非她不娶。她也自叹："我今日罪孽可满了！"不想拐子又将她卖给了薛蟠，冯渊被后者活活打死，她被掳走。

第三次是她离回家最近

的一次。案宗放在贾雨村案上，贾雨村受过香菱父亲的大恩，娶了她家的丫鬟，与她家亦有来往，但为了巴结四大家族，愣是忘恩负义，胡乱判案，任她自生自灭。

这姑娘一路走来，就没遇见过几个好人。

怪不得她如今要笑：来到薛家后，没有了打骂虐待，天天好吃好穿。又很得薛姨妈的喜欢，宝姑娘也十分宽和，如今客居的贾府又是个厚道人家，算是不幸中的幸。

从前太苦，如今给半颗糖都觉得分外甜。

二

考察了香菱一年多，薛姨妈摆酒请客，把她郑重地交到薛蟠手里，正式地做了他的妾，给了她个名分。没几天他新鲜劲儿一过，将她看得"马棚风一般"，但香菱没有半点哀怨，总算是有了一个正儿八经的归宿，薛家又是大富之家，她很是知足。

有一次和黛玉论诗"渡头余落日，墟里上孤烟"，她还能若无其事谈到被薛蟠掳上京时，傍晚船头上看到的景色恰与诗中相似。语气恬然，仿佛被掳是一段美好的回忆，对薛蟠是一片认了命的柔情。

薛蟠因为调戏柳湘莲挨了打，她心疼得竟哭肿了双眼，完完全全是个深爱夫君的小媳妇。因为挨打太丢脸，薛蟠打算出门走个一年半载，她又温驯体贴地帮他收拾好行李，送他上路。然后跟着宝钗入住了自己一直向往的大观园。

大观园是美好故事的集结地。就是在这里，香菱开始进入人生的第二个上升期——她学会了写诗。因为听说主子们起了诗社，她竟也动了想学写诗的念头。

央视诗词大会上，曾经不止一次出现来自社会底层的选手，他们对诗有着异乎寻常的热爱。主持人董卿动情地感叹道："因为那诗啊，就像荒漠中的一点绿色，始终带给他一些希望，一些渴求……"一个有诗意的灵魂，可以暂时出窍，飞越痛苦。

诗于香菱，除了疗愈，更是进一步的人生追求，绝不是要单纯地附庸风雅。在这一阶段，她已经不再满足于吃饱穿暖，不挨打受虐，她的自我意识开始觉醒，知道"生活不只眼前的苟且，还有诗和远方的田野"，思想层面从现实上升至精神。换句话说，是心越来越高了。

宝钗看得很准，说她是"得陇望蜀"，这句话其实很重，是敲打她要安分。但香菱已经听不进去，她看到了自身生活之外的另外一种可能，怎么肯停下前进的脚步？

宝钗不教，她就找黛玉，黛玉很仗义地一口答应下来：你敢学，我就敢教。宝钗抱怨黛玉把她教魔怔了，黛玉说："圣人说'诲人不倦'，他又来问我，我岂有不说之理。"本想冷处理，先晾一晾香菱的宝钗，没料到黛玉会中途截和，用她炽热的心肠承接住了香菱的热望，更别提后来还有湘云的神助攻。虽然自始至终宝钗都没有明着反对，但是种种迹象表明，她不支持。

香菱可顾不了那么多，她无比珍惜这个机会，其专注与勤奋，到了废寝忘食夜以继日的地步，连做梦都在写。一首不行两首，两首不行三首，直到老师满意才罢休。

终究不白学，芦雪广联诗，她已经能跟着掺和一半句了；红香圃射覆，这么高难度的文字游戏，渐渐上手到后来都能引经据典地驳倒湘云。一个没受过什么教育的底层女孩，愣是凭借悟性和自学登上了大雅之堂。连宝玉都感叹："老天生人再不虚赋情性的……可见天地至公。"

三

这段日子，真是香菱此生最充实也最快乐的一段日子。

除了长本事，还多了一大群同龄的朋友。

她可以和林黛玉平起平坐讲律诗谈见解，说对了被鼓励，说错了也不会被嘲笑，全是善意的教引；

她可以和湘云没日没夜地高谈阔论，杜工部温八叉李义山韦苏州——道来；

她可以随随便便拍公子哥儿宝玉的肩膀，活泼调皮宛如一个未经世事的小可爱。

因为身份介于主子和丫头之间，她还可以自由穿梭于两个阶层。能在芍药厅中和众主子射覆行令，也能转场和丫头们席地而坐玩"斗草"。

在贾府，她无时无刻不是笑着的。她在紫菱洲前对着宝玉"笑嘻嘻地拍手"；

她手拿《王摩诘全集》，"笑吟吟"走进潇湘馆找黛玉换杜律，原文中她从头到尾没有一句话不是笑着说；

她被探春正儿八经地补柬邀进诗社，她笑着说："姑娘何苦打趣我，我不过是心里羡慕，学着顽罢了。"虽是自卑，但也是欢喜的。探春和黛玉的回答更让人心头一暖：谁不是玩呢？

从前她遇到的都是坏人。而今，她周围都是和颜悦色的好人，他们尊重她、呵护她、鼓励她，他们带她赏雪观花、对月吟诗，让她忘掉从前那段不堪回首的过去。痛苦是海，大观园便是渡她的船，将她载到了光明的对岸，生出了幸福可以把握的幻象。

此刻的香菱，从精神上已经彻底脱胎换骨，所以到后半段，她已经可以一边坦然接受袭人的馈赠，一边从容地扔掉自己沾泥的裙子，再也不是从前那个畏畏缩缩被"打怕了"的被拐女童了。

四

每读《红楼梦》到六十二回，便觉书页上玉动珠摇，笑语喧哗，花香盈鼻。宝玉、宝琴、岫烟和平儿四人同一天过生日，好不热闹。以歌为喻，如果说红香圃中众芳行乐是女声大合唱，湘云醉酒是美声独唱《饮酒歌》，那接下来的呆香菱情解石榴裙，便是演绎了一段清新的民间小调，浓起而淡收。

本来是丫头们一起"斗草"：观音柳对罗汉松，君子竹对美人蕉，月月红对星星翠……香菱拿"夫妻蕙"对了荳官的"姐妹花"，惹来一阵嘲笑，说她想汉子了。

打闹中，她新做的石榴红绫裙子滚在泥水中弄脏了。宝玉怕她挨薛姨妈的唠叨，便叫她在原地别动，回去找袭人把新做的那条一模一样的送给她。袭人当即"开箱验取石榴裙"，一路送过去。

等香菱换上裙子，袭人要好人做到底，说："把这脏了的交与我拿回去，收拾了再与你来。你若拿回去，看见了也是要问的。"

香菱的回答很出乎意料，她干脆地说："好姐姐，你拿去不拘给那个妹妹罢。我有了这个，不要他了。"袭人也诧异："你倒大方的好。"

这边厢香菱道个万福，穿新弃旧潇洒而去，毫不留恋和纠结，断舍离得那叫一个干净。

法顶禅师有云："拥有一个的时候，不要企图拥有两个。怕穷的心态本身就是一种穷。"在物质上敢喜新弃旧的都是自信的人，内心有底气，行事才阔气。

将污裙子一丢了之的香菱本人，正如同一只将蝉蜕丢在身后的小知了，尽管娇弱，却依然努力抖动着薄纱翅膀，吸吮着生活的养分，顺着生命的树干慢慢攀缘而上。

她有她的呆，也有她的勇。尽管，这勇带着不谙世事的幼稚，太年轻的时候，谁不是这样呢？总有一天生活会教训你：搞得定眼前的苟且，才有资格去触摸诗和远方。

五

当听说薛蟠要迎娶夏金桂时，她竟然比谁都迫切，一厢情愿地认为夏金桂既然是个大家闺秀，也一定和黛玉、湘云们一样好相与。听说对方识文断字，她大概还有过有机会一起切磋切磋的妄想吧？

宝玉替她"担心虑后"，她还生气，嫌宝玉对她越界关心，她以为大观园里乌托邦式的美好可以复制。

然而，命运兜头一盆凉水将她浇蒙。她很快就遭遇了命里的克星，夏金桂步步为营步步紧逼，她没有还手之力，只有一味讨好奉承，企盼对方给她一点容身之地，却不知这是在与虎谋皮。

当夏金桂找碴儿说她的名字起得不通时，她天真地普及一大通菱角花荷叶莲蓬鸡头苇叶芦根的"清香论"；

夏金桂笑里藏刀要改她名字，又装模作样说怕宝钗不悦时，她笨拙地表忠投靠："奶奶有所不知，当日买了我来时，原是老奶奶使唤的，故此姑娘起得名字。后来我自服侍了爷，就与姑娘无涉了。如今又有了奶奶，益发不与姑娘相干。"

这一折看得人真心酸，那个一根筋要学诗的香菱哪里去了？只剩下一个卑微谄媚的叫"秋菱"的小妾。像一只被放到蒸锅上小火慢蒸的小白兔，已经蒸软了骨头。

饶是这样，还是没有逃过接二连三的陷害。

金桂先是故意设计让香菱去撞散薛蟠和宝蟾的"好事"，激怒薛蟠；再是以让香菱陪睡为名夜夜折磨她；最后干脆连巫蛊之术都拿出来了，往她身上栽赃。

而真正让香菱崩溃的，是薛家一家人的冷漠无情。她视薛蟠为天，薛蟠却对她施以棍棒拳脚；她视薛姨妈为母，薛姨妈却不为她主持公道，为了清静当即要再次卖掉她；曾呼她为"菱姐姐"的宝钗拦了下来，但话语间却充满了息事宁人的算计：

一、咱们家一向只买人不卖人，卖人让人笑话；

二、哥嫂嫌她，那就给我使，我正也没人使；

三、从此不叫她到你们眼皮子底下去，跟卖了是一样的。

宝钗这番打算，等于是向金桂妥协，正式取消了香菱在薛家的名分，读到这里，不禁齿寒心冷——这样的薛家，不败亡都没有天理。

六

香菱从此成了宝钗开恩留养的一条"流浪狗"，只能一心一意跟着宝钗。但终不免"气怒伤感，内外折挫不堪"，消瘦、低烧、厌食，酿成"干血之症"。哀莫大于心死，求医问药怎么可能管用？

"回忆烧成了灰，还是没等到结尾"。要摧毁一个人，莫过于将她失去的东西，先一样样加倍还给她，再翻脸无情一次性夺光，这叫杀人诛心。

不愧是"钗在奁中待时飞"（贾雨村字时飞），贾雨村和薛宝钗素未谋面，在处理香菱的事情上却贼有默契，贾雨村袖手旁观任她自生自灭，薛宝钗息事宁人得过且过。这是为什么？

知乎某大 V 说过一段话，大意是每一个上层社会的人都是一个个体，面对低阶人群，他们并不会组成一个秘密会议集团来刻意谋害，但在非故意的情况下，行为往往出奇的一致，从而造成不幸的后果——这真是道破天机。

"蝼蚁之命，何足挂齿"。在他们的潜意识里，香菱的分量太轻了，既犯不上为她出让自己阶层的利益，更没必要替她争取甚至战斗。贾雨村要的是官运亨通，薛宝钗要的是耳根清净，牺牲她如果能获得利益最大化，也就任她牺牲，无所谓了，反正自己不需要付出半点代价。

虽然续书里这样写：夏金桂害人不成，害了自己性命，香菱扬眉吐气地被扶正。但我们都知道这不会是原作者本意，如果那样的话，香菱的本名就不叫英莲（应怜），而该叫娇杏（侥幸）了，"自从两地生孤木，致使香魂返故乡"就无从谈起。

香菱之殇，讲的是一个自我迭代能力极强的美貌女孩儿，在三百年前阶层固化的社会里，被命运的浪头抛送到上流社会，被收留又被抛弃的绝望故事——这故事的名字，叫"幻灭"。

深谙阶层游戏套路的曹雪芹，像一个有良知的目击者，没有选择沉默路过，更不打算替谁粉饰太平。他站了出来，强忍眼泪，声音颤抖，一字一顿，原原本本地，说出了香菱所谓"平生遭际实堪伤"的真相。

夏金桂：吃相太难看，做人也必定不好看

一

夏金桂面前摆着一盘子干炸鸡骨头，"嘎巴嘎巴"嚼得那叫一个香。吃这玩意儿牙口必须好，嚼不碎会扎了喉咙。胃也得好，消化功能不强大的人就免了，比如黛玉：吃鹿肉不消化，吃一点螃蟹心口都微微疼，鸡骨头，想都别想。

薛蟠当初曾被林黛玉的风流婉转酥倒，最终娶回家的却是一个铁齿钢牙的姑奶奶。命运啊，咋就这么会开玩笑。

夏姑娘一出场就十分抢戏：挟制老公，陷害小妾，顶撞婆婆，挤对小姑，最后与自己的心腹陪房丫头宝蟾都纠斗不休，搞得合家人仰马翻鸡飞狗跳。

莫说言行举止，连吃东西都颠覆了全书前七十九回中一以贯之的文雅讲究。

本来《红楼梦》里的饮食之精美丰富令人目不暇接，处处都是好看好吃甚至名字好听的食物。

贾母年老，喜甜烂之物，她赏给秦可卿的是山药糕，枣泥馅的，又香甜又绵软；

宝玉病中想吃的是"小荷叶儿小莲蓬儿的汤"。莲叶羹，借了新荷叶的清香煮汤底，汤里再煮面制小工艺品，用银模子印制而成，每颗只有豆子大，做成菊花梅花莲蓬菱角等各色形状，花样有三四十样之多，是殿堂级的"猫耳朵"（山西面食的一种），这等讲究，绝对秒杀地主家的"蟹八件"。务实的凤姐鄙夷这玩意儿"太磨牙"，"究竟没意思，谁家常吃他了"。对呀，这东西真不是一般人家吃得到的，连见多识广的富贵师奶薛姨妈都自卑："你们府上也都想绝了，吃碗汤还有这些样子。若不说出来，我见这个也不认得这是作什么用的。"

刘姥姥进了大观园，凤姐推荐给刘姥姥的是鸡香茄鲞，工序之烦琐让刘姥姥闻所未闻；当日的下午茶配了四样点心：藕粉桂花糖糕、松穰鹅油卷、螃蟹馅的小饺子、奶油炸的各色小面果。刘姥姥见小面果子一个个玲珑剔透，拣起一朵牡丹花样的爱不释手，都不舍得下嘴，想私藏带回家做个花样子。

平日里的饮食虽一带而过，但也全部冠以精细风格。贾珍吃不下饭，凤姐派人送去的是"细粥和精致小菜"，薛姨妈给宝玉端出的是"细巧茶果"，妙玉请茶，用的水是梅花上的雪。

也就豪爽如湘云，才会兴起去烤鹿肉。黛玉讥讽，宝琴嫌脏，她自辩"是真名士自风流"。在这里，玩和叛逆的意义大过了吃。唯其绝无仅有，才值得特记一笔。

前七十九回的美食集结起来，简直可以拍一部系列纪录片《舌尖上的红楼》。

二

但不想八十回原文结束处，读者迎来了夏姑娘，她一登场饮食界，先打烂一个精致的旧世界，再重建一个粗暴的新世界。

天天杀鸡鸭，把肉赏了人，只单以油炸焦骨头下酒。

饮食爱好多少可以反映出一个人的秉性。茹素者多清心寡欲自得其乐，少与人一争长短，出家人、居士、大善人居多；而好斗者多喜荤，《水浒传》里那些好汉，动辄就是二斤牛肉，吃完了甩膀子砍人。

但像夏金桂这种的吃法可是前无古人。说一个人心狠，莫过于其"吃肉不吐骨头"，夏金桂更狠："不吃肉只吞骨头。"

原文说金桂"颇步熙凤之后尘"，口舌心机惶不多让，在吃上两人也有共同爱好，都喜欢吃禽类。凤姐吃鸡喜欢"炖得稀烂"，并未翻新花样，不如金桂弃肉炸骨这般刁钻——刁钻是刁钻，但可惜输在了缺乏艺术性的想象力上。

天天杀鸡，怎么就想不到像人家贾府那样配个茄鲞吃呢？也用鸡油炸茄子丁，用鸡脯子肉做配菜，再用鸡汤煨干，加油封存，要吃的时候再用炒鸡瓜拌，演绎成刘姥姥嘴里"我的佛祖，倒得十来只鸡来配他"的奢华大菜，生生把茄子从平民路线提升成宫廷范儿。

夏家大富不假，但文化底蕴这东西却不是靠钱堆的，在吃上，金桂直接露出了暴发户的尾巴。把鸡骨头炸焦了当薯片吃，不知道她除了撒盐，还撒不撒孜然？

如此看来，夏金桂和她妈一眼相中薛蟠，大概就是相中了他的暴发户气质。薛蟠吃东西，个头越大越好。犹记得他有一次把宝玉骗出来，激动地说现有四样稀罕东西"除了我只有你配吃"。这四样是鲜藕、西瓜、鲟鱼和暹猪，可怜孩子没文化，不会形容，全程只会干巴巴地说"这么粗这么长""这么大""这么长""这么大"。平日不学无术的人，在这上面竟有了求知欲：鱼和猪倒也罢了，这藕和瓜亏他咋种出来的？不会是转基因吧？

这等粗蛮憨直，可不正合了丈母娘的口味。自己女儿秉风雷之性，本就不好相与，这样一个有钱无脑的适龄男青年送上门来，正是合适的女婿人选。难怪"一见，又是哭又是笑，比见了亲儿子还胜"。薛蟠身为外貌协会资深会员，只看脸，别的一概不管，猴急猴急地把金桂娶了回来。从此开始互相伤害，为民除害。

三

曹雪芹写林黛玉第一次在贾府里进餐，气氛庄重。李纨捧饭，凤姐安箸，王夫人进羹，旁边丫鬟执着拂尘、漱盂、巾帕。外面伺候的人虽多，但一声咳嗽都不闻。寂然饭毕后，要茶汤漱口，净水盥手，再一杯香茗伺候。当然贾府里也食荤腥，热热闹闹聚在一起吃螃蟹，但是人家会配合欢花浸过的烧酒，吃毕用菊花叶儿桂花蕊熏的绿豆面子洗手，去腥去油，清爽芬芳。

再看看夏金桂怎么吃，一边嚼骨头一边喝酒，吃得不耐烦了，还要爆粗口骂街："有别的忘八粉头乐的，我为什么不乐！"这画风，哪里是大家闺秀，分明是《水浒传》里的孙二娘。

吃相是家教的体现，也间接看出其面对世界的态度。

夏金桂自幼丧父，被寡母宠得无法无天，凡事以自我为中心，视自己为菩萨他人如粪土。就拿专吃炸鸡骨这件事来说，有教养的人家即使再有钱，也不会允许女儿这么糟蹋食材，不是吃得起吃不起的问题。

败家只是一方面。这种肆无忌惮的吃法与吃相，也与她对待周围人的态度，无不一一对应印证。她那不加掩饰的任性与刁泼、狠毒与阴险，统统外化成那个吃鸡骨的画面，令人不寒而栗：薛家人如同一盘焦骨，任由她嘎巴巴——嚼碎。

牙口好，能量就足，能量足，斗志就强。一个人吃东西像什么，弄不好性情上就会成为什么，细思极恐。

四

薛蟠与金桂成亲没多久，就开始内斗，以薛蟠被制服告终。

纸老虎遇到了母老虎：他持棍，金桂就把身子送到棍子下；他持刀，金桂就把脖子伸给他。若是换了柳湘莲，夏金桂绝对不敢试，她吃准了薛蟠没这个血性。对呀，你一个吃瓜吃藕的群众，还想跟人家专嚼硬骨头的斗？

这一回的题目叫"薛文龙悔娶河东狮"，薛蟠很快就为自己的闪婚付出了代价，奈何请神容易送神难。看来还是贾母的主意正，给宝玉挑媳妇儿特意嘱咐："只是模样儿性格儿难得好的。"除了模样儿，一定还要看性格。

所以啊，人们喜欢在饭桌上交际是有道理的。想真正了解一个人，只看外在条件和背景往往不靠谱，至少，应该与其坐下来吃顿饭，因为吃相往往决定着品相。在这一顿饭里，彼此的习惯、家教、性情也许都会一一露出端倪。这一顿饭，决定着今后这一生，还要不要与对方在一起吃很多很多顿的饭。

娇杏：为什么命运给你的都是恰恰好

一

娇杏的人生故事，是由很多"恰好"组成的。

贾雨村恰好来甄府做客的那天，恰好严老爷也来了，甄士隐连忙撇下他去迎接，在书房里百无聊赖的贾雨村，只好翻书看；

娇杏恰好来到书房窗外，又恰好咳嗽了两声。

贾雨村往窗外一看，恰好看到了她：夏日，窗前，正在撷花的少女。落在书生贾雨村眼中，就是一幅清凉养眼的画卷。

娇杏不是一等一的漂亮姑娘，但却有一种罕见的"高级美"，书里说："生得仪容不俗，眉目清明，虽无十分姿色，却亦有动人之处。"

曹雪芹写人真是绝了，不落实处，只用"仪容不俗，眉目清明"这八个字写意，让人眼前一亮，又颇引人遐想，到底是个怎样特别的姑娘，让人舍不得移开目光？

　　美而俗者众矣，但虽无十分姿色，却自有一种卓然不俗气质的女生，在任何时代都是稀缺的。换句话说：虽是小配角，却长了一张大女主的脸。

　　不怪"雨村不觉看的呆了。"

　　娇杏一见是陌生男人，慌忙闪避。即便躲闪，慌乱之间也很清晰地思辨分析了一番，单看这段内心独白，便知这姑娘真是当得"不俗"二字，逻辑、条理、直觉都相当好。

　　她是这样想的：这人长得这么爷们儿，穿戴却又如此屌丝，可

能就是我们老爷总想资助的贾雨村了。嗯，我们家没有这样的穷亲戚，一定是他。看那气场，的确将来不是一般"银儿"。

　　抛开人品不谈，贾雨村还是挺有男人魅力的。俗语说"宁生穷命莫生穷相"，贾雨村生得腰圆背厚，面阔

口方，剑眉星眼，直鼻权腮，堪称相貌堂堂，是电视剧《人民的名义》里祁同伟那一挂。

发现没有？这两人是有共同点的：此刻虽然都还处在社会底层，但论外表和资质都是屈身在槽枥之间的骏马。平心而论，真的挺般配。

娇杏边走边又回头看了两次，恰好看了贾雨村三次。想小红初见贾芸，一听说是本家爷们儿，便下死眼盯了两眼，潜意识里已经有了目标和想法。而娇杏，她没有想那么多，她频频回头看他，只是单单出于好奇和一点点欣赏——在她这里，也就到此为止了。

然而恰是这三次回眸，激发出了雨村彪悍的想象力，让怀才不遇的人心头升起一股柔情。"没有阳光的时候，以阳光的幻想度日"，他一厢情愿地认她做了自己落难时的红颜知己，接下来一直对她念念不忘。

中秋之夜，他对月吟诗，抒发自己对娇杏的思念之情："自顾风前影，谁堪月下俦？蟾光如有意，先上玉人楼。"

这还不是张生崔莺莺的《西厢记》，只是一个穷秀才暗恋别人家小丫鬟的故事，应该起名叫"未发生"，因为他们什么都没发生过，一切都是贾雨村给自己加的内心戏。

情感没有贵贱之分，这段相识于微时的暗恋没有半点低廉做作，反而因为淡淡的苦涩充满了小清新式的怅然美感。单把这段故事择出来看，贾雨村虽然囿于自身当时的窘迫与清高，没有求亲表白，但他对娇杏，那是真走过心用过情的。如果拍成短剧，背景音乐应该配《凉凉》：

入夜渐微凉

繁花落地成霜

你在远方眺望

耗尽所有暮光

不思量 自难相忘

天天桃花凉

前世你怎舍下

这一海心茫茫

还故作不痛不痒不牵强

都是假象

凉凉夜色 为你思念成河

……

如果这个故事，真的像《西厢记》那样大团圆结尾就太俗了。真实情况是秀才后来上京赶考高中，明媒正娶了一房太太，从此走上功成名就幸福美满的人生巅峰，当初他暗恋的姑娘已渐渐淡忘。

　　丫鬟所伺候的主人家却屡遭变故，她开始跟着颠沛流离。先是小姐被拐，再是家宅遭火灾，无家可归之后寄宿于女主人娘家，仅剩的一点家底儿也被倒腾光了，男主人悬崖撒手跟着跛足道人一走了之。她对女主人不离不弃，相依为命，靠做针线活儿度日，对于曾经的秀才暗恋过她这件事完全不知情。

　　他们已经是两个世界的人。

二

　　几年后的娇杏上街，恰好知府大人的轿子路过，互相打了个照面，她觉得有点眼熟，也没放在心上。

　　哪知这不以为意的一瞬，竟然是她命运的一次大转折。轿子里的人，是贾雨村。

　　当年娇杏的三次回眸如惊鸿一瞥，成了贾雨村人生晦暗记忆中的一抹亮色。就算几年后，他红袍加身，坐在大轿子里招摇过市，也能在匆匆一瞥的须臾之间，将娇杏从人流里辨认出来，可见的确是有几分刻骨铭心。此时的背景音乐不该响起李健的那首

《传奇》吗？

　　　　　只是因为在人群中多看了你一眼，

　　　　　再也没能忘掉你容颜，

　　　　　梦想着偶然能有一天再相见……

　　还等什么呢，他如今不再是卑微的暗恋者，已有资格说要她。贾雨村是个有决断、行动力相当强的男人，娇杏次晚就被一顶小轿抬进了洞房，懵懵懂懂做了知府老爷的二夫人。曹雪芹写，在街上重逢的那天娇杏正在买线，分明是在调侃他们二人"千里姻缘一线牵"。

　　最美好的初见是什么？是"没有早一步，没有晚一步，刚巧赶上了"。

　　最美好的重逢是什么？是"悠悠岁月漫长，怎能浪费时光"，这一次既然又恰好遇到，我决计不再错过你。

　　他势必会好好疼她。贾雨村是个里外分得很清的利己主义者，对别人狠，对自己人却很周到。

　　娇杏很得宠，过门一年后，就生了孩子，恰好是个儿子，算是立了大功。

　　又过了半年，正室恰好忽然染病去世，雨村就将她扶了正。

这一切的恰好，成就了娇杏的好运人生。在短短两年不到，就完成了社会阶层三级跨越，从一个没落人家的下人，先变成了知府大人的二房，再变成如假包换的知府夫人。

所以，娇杏名字的谐音是"侥幸"，她的运气简直不要太好，堪比灰姑娘辛德瑞拉。

谁能料到，这一切的开端，皆源于那个带着八卦意味的回眸呢？连曹雪芹都要感叹：偶因一着错，便为人上人。

这感叹是意味深长的，要知道，娇杏伺候的甄家小姐英莲（应怜），此刻已经被拐被凌辱，沦为纨绔子弟薛蟠的受气小妾香菱。

命运就是这么蛮不讲理啊，额外赠给一些人什么，就必定要从另一些人手中抢走一些什么。

三

娇杏后来没有再出现过，就像童话故事里说的那样：她过上了幸福快乐的生活。虽然贾雨村也曾遭贬谪过，但还是先将她送回原籍安排妥当，自己才出去混江湖。作为贾雨村的女眷，她衣食无忧，比之从前做女奴还是好多了。

这个人物竟然这么凭空消失了。

可是，总觉得不应该这么简单。

按曹雪芹惯用的草蛇灰线的手法，他应该是会留下一些路标。

知道英莲下落的，只有贾雨村，另外一个知情人门子，已被他发配充军；

甄家夫人如果要找回女儿，只能从贾雨村处打开缺口；

而连接甄家和贾雨村之间的关键人物，只有娇杏。

其实从第八十回开始，命运已经开始将英莲也就是后来的香菱，一点点推送着走向回家的路。自从薛蟠的正室夏金桂进门后，香菱被欺侮凌辱得没有立锥之地，是宝钗收留了她。而宝钗以后嫁给宝玉，香菱也应该跟在身边。

别忘了，贾雨村与宝玉是时常要见见面的。

西方有句谚语讲过"找人规律"：如果你想找到一个人，中间转折不会超过六个人。

按照这样的概率，不妨做一个大胆的推测：宝玉婚后，宝钗作为女眷与雨村夫人有了一些来往，在一个偶然的场合，娇杏看到了宝钗身边伺候的香菱，后者眉间的胭脂记让她一眼认出了这就是当年被拐走的小姐——这才是老曹让香菱长胭脂记的用意，他不会有一笔闲文，让这胎记白长。

许多谜底据此揭开，书一开始贾雨村出场，就写了两句诗："玉在椟中求善价，钗于奁内待时飞"，恰好暗含《红楼》两大女主名字：黛玉，宝钗。贾雨村表字时飞，这后一句分明是暗示宝钗与贾雨村有过直接或间接的交集，很大可能与香菱有关。

每一个节点上的人物都不应该忽略，回头再看看，老曹这是下了一盘多大的棋。他之所以让娇杏一次又一次的恰好"侥幸"留在贾雨村身边，大概就是要让她担负一个这样的任务：最后送香菱回到母亲身边去。

也似乎是要给读者们一个交代，甄士隐一家善良敦厚，不应该让他们一惨到底骨肉永生分离，那样写太不人道。香菱的判词是"自从两地生孤木，致使香魂返故乡"，很可能是在生命的最后时刻，她才得以返乡。

可惜，后四十回遗失不见，高鹗的续书中把娇杏写丢了。而作为读者，我们仍然愿意怀着美好的愿望相信娇杏良知未泯有情有义，不会像贾雨村那样精明冷酷忘恩负义，她一定会善待香菱，替丈夫赎罪消孽，亲手护送香菱回到母亲的怀中。

毕竟，曹雪芹不会平白无故地去赞谁"仪容不俗，眉目清明"，正是娇杏身上所自备的这一点不俗和清明，成为香菱黑暗世界里的一点微光，照亮了她最后一段回家的路。

王夫人：母亲要的并不多

宝玉的一生中，严格来讲有四个母亲。

第一个母亲，是他的生母王夫人，是她给了他生命；

第二个母亲，是他的奶母李嬷嬷，她用自己的"血变的奶"哺乳他长大；

第三个母亲，是他的祖母史老太君。他从小留在贾母身边长大，全凭贾母悉心照顾，祖母尽的是母亲的照看责任；

第四个母亲，是他的长姐元春。宝玉出生时王夫人已近年迈，元春便主动担起了弟弟的教养担子，"同随祖母，刻未暂离"。宝玉才三四岁，元春已经教他认了好几千字。"其名分虽系姊弟，其情状有如母子。"

只可惜啊，女大不中留，这个小"母亲"没等到宝玉长大，就被皇帝老儿收走啦。

奶母李嬷嬷待到宝玉长大，也告老解事了。

宝玉就在贾母和王夫人这两位眼皮子底下待着。按理说，有共同爱的人，婆媳齐心其利断金，应该把宝玉教得更好才是。

但全然不是这么回事。

二

这两位的教育理念大相径庭。

贾母溺爱太过，王夫人又慈爱欠奉。

宝玉摔玉，贾母劝说了一句话，令人瞠目结舌："你生气，要打骂人容易，何苦摔那命根子！"这真是视自己为金玉，视他人如粪土。谁规定的生了气，就能拿别人当出气筒，随便打骂？还

有没有人权了？联想后来宝玉踹袭人心窝子的那一脚，何尝不与潜意识里贾母的教导相关联？

宝玉长大了，自然要念书，但一有个好歹，老太太便说是"逼他写字念书，把胆子唬破了"。后来宝玉也跟着学会了，一听说他爹要检查功课，便装病逃课，说自己被唬着了。

宝玉生病时，老太太指着宫里来的太医说：要是治不好，我就派人去拆了你的太医院大堂！这也太不讲理了，您都这么大岁数了，还想当"医闹"啊！

但有弊就有利。宝玉性格自信开朗，懂得分享，就像一个小太阳，充满爱的能量，对人对物不吝赐予，这与老太太给他营造了一个有爱的成长环境息息相关。

说起老太太那是真疼宝玉，马道婆刚忽悠两句，就在佛前给宝玉供上每月五斤油的海灯；宝玉出门，身边跟的小厮身上要带几串钱，遇到僧道贫苦人就施舍，为的是多积一点福报，唯恐他有闪失。

这样的慈爱，在王夫人身上几时看见过？仅有的一次抱着宝玉哄，还是给贾环推蜡油想烫瞎宝玉的眼做铺垫。

想想也不奇怪。宝玉出生，老太太喜欢就抱去养了，她又不能拦着，天天围着孩子看也看不够的是贾母；底下使唤的人一大把，不用为吃喝拉撒的事儿费心，生病时衣不解带去照顾的人是李嬷嬷；至于早教，她有个好女儿代劳了。需要亲娘亲力亲为的事太少了，但孩子就是这样，谁带才会跟谁亲。多少父母都怨自己孩子不贴心，一回溯过去，多半是孩子幼年时，把抚养的事情假手他人。

所以，王夫人这个妈当得宝相庄严，既有点省事，也有那么一点不亲切。宝玉与她之间，就永远没有和贾母那样的亲密无间其乐融融。同是当娘的，宝钗喊薛姨妈是"妈"，而宝玉见了王夫人，要恭恭敬敬地称一声"太太"。刚耍个贫嘴，王夫人就说："扯你娘的臊！又欠你老子捶你了。"

三

但是，王夫人不爱宝玉吗？

她当然爱，天下哪有不爱孩子的母亲。

否则，她不会当袭人说出自己的忧心之时，感激涕零脱口而出"我的儿"，并把宝玉托付给袭人："保全了他，就是保全了我。"

也不会在怡红院安插眼线："我身子虽然不大来，我的心耳神意时时都在这里。难道我通共一个宝玉，就白放心凭你们勾引坏了不成！"唯恐宝玉走错一步，坏了名声。

更不会下狠手逼死金钏儿，屈折晴雯，撵走四儿，把芳官发落到尼姑庵。

袭人刚一开口提议宝玉搬出园子，她马上就紧张宝玉是不是和谁"作怪"了，怕孩子被勾引坏。

这就是她爱宝玉的方式，充满了警觉和焦虑。母亲做得这么辛苦，还不是因为对儿子的真实情况掌握不够多？

她也有她的难言之隐。

"我何曾不知道管儿子，先时你珠大爷在，我是怎么样管他，难道我如今倒不知管儿子了？只是有个原故……况且老太太宝贝似的，若管紧了他，倘或再有个好歹，或是老太太气坏了，那时上下不安，岂不倒坏了，所以就纵坏了他了。"

原来不是她偷懒，是老太太在，她插不上手。正因为插不上手，只好在外围以防范为主，一有风吹草动就草木皆兵，以高压态势打压以儆效尤，但难免矫枉过正甚至跑偏。

四

相比较王夫人的杯弓蛇影，贾母则是一派举重若轻。

她也担心过宝玉学坏，但她不听挑唆自己观察判断："我为此也耽心，每每的冷眼查看他。只和丫头们闹，必是人大心大，知道男女的事了，所以爱亲近他们。既细细查试，究竟不是为此。岂不奇怪。想必原是个丫头错投了胎不成。"辨明情况，放手让宝玉去和人交往玩耍。

还记得黛玉初进贾府时的情景吗？宝玉还未露面，王夫人就先紧张兮兮地给黛玉打"预防针"，说自己有一个"孽根祸胎"，反复强调让黛玉以后不要睬他。

轮到贾母，行事风格完全是反着来，哪怕刚见面就闹了一场"摔玉"，她照样敢把宝玉和黛玉放在一处养，"日则同行同坐，夜则同息同止"，在成长的路上相依相伴，根本不担心他们闹矛盾出意外。

就连给宝玉挑伺候的人，贾母和王夫人的审美取向都截然相反。

贾母看上的是美丽伶俐的晴雯，模样、利索劲儿、言谈、针线，都是一等一的，认为将来只有她才配得上给宝玉做妾；

而王夫人，看中的是袭人、麝月这一挂，理由很搞笑："这粗粗笨笨的倒好。"反而只要看到模样标致、聪明外露的，就一律认定是狐狸精，都要肃清。

纳妾尚如此，何况娶正妻呢？钗黛之争，说穿了还不是这婆媳二人的分歧？

王夫人对贾母有腹诽，可贾母也未必能看得上她，否则不会把家交给人精一样的孙媳妇儿王熙凤管。

贾母对大儿媳邢夫人说过一句话，很能代表她对小儿媳的看法："你兄弟媳妇本来老实。"嗨，人家不是老实，是内敛隐忍好不？

人生处处是妥协。明明"道不同"，还要"相为谋"，贾母和王夫人要保持表面上的婆慈媳孝，只好暗地里各自为政。

<h2 style="text-align:center">五</h2>

在全书中，两人感受看法完全一致，不是碍于面子而是由衷的一致，只有一次。

宝玉那日见园里桂花开得正好，便折了两枝，打算插瓶观赏。忽然孝心大动，想起来这是自己园里的新鲜花，不敢自己先赏玩要先敬长辈。巴巴地拿了一对联珠瓶，亲自灌水插好了，叫秋纹把这两瓶花，一瓶给贾母送去，一瓶给王夫人送去。

老太太见了，高兴得不知说什么好，逢人就说："到底是宝玉孝顺我，连一枝花儿也想的到。别人还只抱怨我疼他。"而且爱屋及乌，连平时根本不入自己眼的秋纹，都看着可爱了很多，说她可怜见的，生得单柔。还单柔？她是没见秋纹往别人脸上吐唾沫的刁泼样子。

待到秋纹把花送到王夫人屋里时，王夫人正带几个人翻箱倒柜地找自己年轻时的衣裳。一见了花儿，衣裳也不找了，只顾看花了。又有王熙凤在一旁凑趣儿，夸宝玉怎么孝顺怎么知好歹，有的没的说了两车话，让王夫人面上更加有了光彩，更开心了。

她们不约而同地做了同一件事情：打赏秋纹。

老太太赏了几百钱。王夫人则直接给了秋纹两件自己的衣裳。

"赠人玫瑰，手有余香"。可惜向来势利的秋纹没有这份文艺情怀，除了钱物，她更在乎那份荣宠体面。

她反复喜滋滋强调的是：几百钱和衣裳都是小事，难得这个脸面和彩头。还不是因为她充当了一次爱的跑腿，传递了一份孩子的孝心，见证了两代母亲最幸福的时刻：她们最爱的那个孩子，给了她们一份爱的回馈，过她们眼的金玉珠宝无数，都抵不上此刻园子里现摘的这一束鲜花。

这就是天下的母亲们。她们要的并不多，只一点小惦记足以让她们开心得忘乎所以。

黛玉告诉你，哪有人喜欢孤独

一

《红楼梦》里，贾府特别重视各种节气，只要是个节，都要拿来一过。要不是这本书，恐怕很多人听都没听过从前还有一个祭奠花神的芒种节。

贵族主子们不用上班，没有压力，说得难听点叫饱食终日无所事事。节日，恰好可以填补他们精神上的空虚，给一望无际的平顺生活来点热气腾腾的点缀。所以逢节必过，还要大家聚在一起正儿八经地过。

一提到过节，府里从上到下都很兴奋，人生得意须尽欢，铆着劲儿地要过好。

但也有例外。端午节时，因为节前出了好几档子闹心事儿，虽然王夫人也置办了酒席赏午，但全体都心不在焉，最后索然散场。

喜聚不喜散的宝玉，因此而长吁短叹乃至迁怒他人，痛心一个好好的节日可惜掉了。在丰沛的爱里长大的孩子喜聚不喜散也正常，他阳光乐观又贪得无厌，总希望爱他的和他爱的，永远都暖暖地窝在一起。

而以多愁善感著称的黛玉，反而貌似无感。因为她天性喜散不喜聚。

她也有她的道理："人有聚就有散，聚时欢喜，到散时岂不清冷？既清冷则生伤感，所以不如倒是不聚的好。"几分勘破几分超脱里，终是如假包换的悲观底色。

悲观是什么，是明明可以伸出去拥抱却又收回的手，是打开眺望一下远方又轻轻关上的门，是将面前一碗该趁热喝掉的汤一口口吹冷的气。春日美景当前，心中却想象冬日的萧索，树上繁花

烂漫，只看地上那锦重重的落红。

可是要知道，人，并不是天生悲观。每一种性格后面，都有其可以回溯的成因。

鲁迅说："有谁从小康之家而陷入困顿的么，我以为在这途中，大概可以看清世人的真面目。"

他说的正是他自己，少年时家中的一场变故，打破了他原本安宁顺遂的生活，世态炎凉中，他尝尽了人性的势利与恶意，从此养成了激烈极端的性格。

黛玉呢？她本来有探花郎的父亲，贵族出身的母亲，还有一个可爱的小弟弟，一家子走一起，活脱脱是四角俱全的影楼宣传硬照。

谁料想命运翻脸不认人，几年之内，先是拿走她的弟弟，再是拿走她的母亲，父亲不得已，将六七岁的她托付给外婆家抚养。又过了几年，故乡传来消息，父亲也去世了，祖母说：林家的人"死绝了"。

亲人逝去，乃人生最大的打击之一。涉世之初的黛玉，就在这一个一个接连的巨大打击中摇摇晃晃，旧伤未愈，又添新伤。如果像湘云那样襁褓中父母双亡，因为没有记忆反而容易快乐。

一再失去，就会成为惊弓之鸟，心理学上称之为"后创伤压力失调症"。人有记忆，出于对可预见痛苦的回避，会在心理上干脆建立一套防御和减压机制，即：当你不执着于拥有，失去就不会伤你太深。

所以，那些貌似冷漠的人不见得是真冷漠，冷漠的面具下也许是数倍于常人的重情和脆弱。

无论贾府团圆喜庆的潮水怎样一次次漫过黛玉，她始终如同一只小小的寄居蟹，天然保持一份警觉与清醒。潮水来时埋下头去，潮水退去孤身行走，不会被裹挟同化。曾经的人生经验告诉她，命运不是那么好相与的，在聚散上不要太有执念。

二

饶是如此，她也并非真的安于冷清孤独。

黛玉创作《葬花吟》的直接起因，是头天晚上在怡红院吃了闭门羹，感到被孤立排斥。明明隔墙听到宝玉和宝钗笑语声动，自己却被晴雯挡在门外："凭你是谁，二爷吩咐的，一概不许放进来呢！"

若是家生小姐探春，定会立即摆明身份予以斥责：好大的口气，凭我是谁？今日我倒要看看你是谁！

但黛玉不能，她立即想到了自己的身份："虽说是舅母家如同自己家一样，到底是客边。如今父母双亡，无依无靠，现在他家依栖。如今认真淘气，也觉没趣。"

她在花荫下哭泣了许久，黯然归去，悲愤出诗人，她第二天吟出了摧人心肝的《葬花吟》。

整首《葬花吟》里，处处弥漫着孤独的气息。

在暮春的落花纷飞里，她孤独地仰望天空，"花谢花飞飞满天，红消香断有谁怜？"

孤独地出门："手把花锄出绣闺，忍踏落花来复去。"

孤独地葬花："独倚花锄泪暗洒，洒上空枝见血痕。"

孤独地回家："杜鹃无语正黄昏，荷锄归去掩重门。"

孤独地睡去："青灯照壁人初睡，冷雨敲窗被未温。"

孤独地发愿："愿奴胁下生双翼，随花飞到天尽头。"

最后孤独地死去："一朝春尽红颜老，花落人亡两不知。"

孤独，全是孤独。

黛玉葬花，葬的其实是象征性的自己。人生漂泊无法自主，如花瓣随水飘零，她感同身受，不惜被人笑痴，也要手把花锄锦囊收起，将落花葬于泥土之下，给它们一个最后的安身之处。

一边是刻意地与热闹保持疏离，一边是顾影自怜着自己的孤独。这样的黛玉，还真是矛盾。

三

黛玉的精神世界丰富又封闭，是一座芬芳的玫瑰花坊，只开了一扇窄窄的门，不是人人都肯放进来。就算是灵魂知己宝玉，也不是一上来就全心相托，要猜忌再猜忌。

与宝玉闹了那么久的别扭，直到第三十二回，隔窗听到袭人说自己坏话时，宝玉能据理力争地出面维护，才心定意明，确认了自己果然没有看错人。

这一确认不单限于男女之情，而是坐实了人与人之间的真心。有句话说"不维护你的朋友不值得相交"，多少人当面拍胸脯表忠心，信誓旦旦会为你两肋插刀，但遇到你被诋毁，却装聋作哑不置一词。

世情复杂，即使他心里向着你，不认同别人的话，也未必肯傻里傻气地为了你破坏气氛，去与对方争论而得罪人。

黛玉所惊不为别的，正是"他在人前一片私心称扬于我，其亲热厚密，竟不避嫌疑"，能做到这一点的傻人，真是傻到稀缺珍贵。

于是，从此两心相对，再无罅隙。

而宝钗，要获取黛玉的信任，是在很久以后了。

一开始，不管宝钗怎么向黛玉示好，后者都不买账，还处处作对。湘云因为宝钗的照拂，"天天在家里想着"，想要一个宝钗这样的亲姐姐。但聪明敏感如黛玉，因为"金玉之缘"的说法，认为宝钗不过是想用"糖衣炮弹"拉拢人心，她才不会轻易放下成见。

但是不管绕多远，注定相遇的人一定会相遇。

契机终于来了。

行酒令，黛玉一急说出了"小黄书"里的句子："良辰美景奈何天"。别人不留意，只有宝钗目光如炬，盯住了黛玉。

宝钗换了个打法，不再像从前那样包容忍让，而是主动出击："你跪下，我要审你。"也不怕黛玉恼羞成怒，直捣要点，令黛玉方寸大乱，又不惜自曝其短现身说法循循善诱。黛玉心悦诚服地知错就改，并对宝钗心存感激。

很奇怪吧？从前不管宝钗怎么大打温情牌，黛玉都拒绝被感化，认为全是套路，是"心内藏奸"的怀柔之术。而当对方放弃了一贯的大度温和，棋走险招直言不讳，像个教导主任一样唠唠叨叨管她时，她反而乖乖接受了。

活得分辨率高的人，很难为表象所迷惑，看人最能看到本质。聪慧知好歹的黛玉在尴尬羞愧之余，总算收获了宝钗待她的真心。因为长到十五岁，还没有人这么正面教导过她，她的成长全凭自身悟性。

将心比心，自忖如果易地而处，她绝对不会放过宝钗，但人家却没那样不厚道，而是正色规劝。在不姑息背后，分明携着一颗"妹子我是为你好"的善心。雨夜一番畅谈，她放下骄傲和戒备，袒露自己的脆弱与难处，向宝钗交出了自己那颗七窍玲珑心。

始终不得其门而入的宝钗，就这样意外地在黛玉的心灵打开了一个缺口，天堑变通途，顺顺当当走进了黛玉的心扉。

从此，不只宝钗，黛玉连带着对宝钗的妹妹都爱，对宝钗派来送燕窝的婆子都不忘善待，下雨天不忘赏钱令其打酒喝。反差之大令宝玉跌破眼镜："是几时孟光接了梁鸿案？"

细心的读者会发现，《红楼梦》越往后走，一开始孤高刻薄的黛玉，会一点点变得开朗，一步步温柔博爱，大度慷慨起来，不知何时已对世界换了一副表情相待。

没有人天生喜欢活成一座孤岛，不过是没有遇到生命中的摆渡人。

人群中那些清冷的人，也许正私揣着一颗赤子之心，在执拗等待另一颗真心的到来；而身处寒凉之中，若遇到真心伸出的手，谁又会真正拒绝？不妨就势握住，任其将自己引渡到温暖的对岸。

村上春树说过："哪有人喜欢孤独，不过是不喜欢失望。"

她们那么美，却都说自己不读书

一

《红楼梦》里美人多，金陵十二钗正册都是美人无疑。即使没有直接描写过长相的，也会间接告诉读者：她也很美。比如李纨和巧姐，在判词的画里，就一个是"纺绩的美人"，一个是"凤冠霞帔的美人"。

除了美，她们绝大部分还都是学霸；而且，都是谦虚的学霸，都不承认自己爱读书、会读书。这和越是刻苦的好学生越爱说"我昨晚十点就睡了，书都没读"一样，其实全都是在放烟幕弹。

二

那些号称不怎么读书的，其实都是潜伏的读书高手。

宝钗，对外号称"不以书字为事，只留心针黹家计等事，好为母亲分忧解劳"。事实上，她的内存大得可怕，孔孟老庄、诗词歌赋、戏文佛经乃至药理书画无一不通，宝玉佩服得五体投地，赞她"无书不知"。

李纨，国子监祭酒之女，虽然她爹说"女子无才便有德"，不怎么给她书读，但架不住基因强大，在她之前"族中男女无有不诵诗读书者"。到底是出自书香世家，"瘦死的骆驼比马大"，底子摆在那儿，随便把脑缝子里耳濡目染的熏陶积累扫一扫就够用了。她说自己不会写诗，但却敢做诗社的掌坛，评诗评得头头是道；姐妹们联诗联得刹不住，她及时吟出一句才收了口；元春省亲要求写诗，她也凑得出这样的绮丽句子："绿裁歌扇迷芳草，红衬湘裙舞落梅。"她说她没读过书，你信吗？

元春，自谦"素乏捷才"，但是在进宫前，先给两三岁的宝玉肚子里灌了两三千字；在封妃前，是宫里管文书的女官；回来省亲，只有几个小时，别的啥都没干，就办了个诗词创作大赛，现场做起了评委。还有，顺便把宝玉题的匾额改了改，俗不可耐的"红香绿玉"变成了赏心悦目的"怡红快绿"，顺眼多了，有了质的飞跃。当然，她也没忘谦虚一下："终是薛林二妹之作与众不同，非愚姊妹可同列者。"

她们"愚姊妹"，虽在写诗上比不过宝黛湘三大女主，但个个身怀绝技，且读的书一点也不少。

探春擅书法，墙上挂的都是米芾颜真卿的真迹，给宝玉下帖子，措辞不俗，"若蒙棹雪而来，娣则扫花以待"，一派读书人的清贵风雅；

惜春擅画画，尤擅写意。虽性格耿介不善言辞，但是和尤氏吵起架来却以读书人自居，言语间尽是鄙视："你们不看书不识几个字，所以都是些呆子。"

迎春会下棋，还喜欢做花艺手工。她性格懦弱，遇到糟心事解决不了，就去书中找答案，先拿一本《太上感应篇》出来，聊做避风塘。这是书呆子才会干的事儿。

还有尼姑妙玉，平时躲在栊翠庵里闭门修行，却深更半夜地跑出来溜达，听到黛玉湘云联诗，自己忍不住续了半首，其中有一句是："振林千树鸟，啼谷一声猿。"声势英气，没有半点脂粉味，让黛、湘二人好生惊叹：原来你就是现成的诗仙！

没看出来吧，写得出"看来岂是寻常色，浓淡由他冰雪中"的邢岫烟，就曾做过妙玉的关门弟子，妙玉是她正儿八经的启蒙老师。

这些人，本事个顶个儿的厉害，一个个深藏不露，装模作样地谦虚。也许，谦虚谦虚，"谦"里本来就有"虚"。

三

最"虚的"是黛玉，她一进荣国府，就在读书的问题上说话前后自相矛盾。

初见外婆，贾母饭前问完她吃过什么药，饭后就问她都念了什么书。黛玉说："只刚念了'四书'。"如果没记错的话，四书是指《大学》《中庸》《论语》《孟子》四种儒家经典。学龄前儿童念完了这四部大书，人家自己却还说"只刚"。

我们那么大时，会背几句"鹅鹅鹅""床前明月光""春眠不觉晓"，就嘚瑟得不行了，要是会背个《满江红》《将进酒》那更是了不得了。来个客人，家里大人就叫出来表演一番，赢个满堂彩……不说了，干过这事儿的都先羞愧会儿去。

这边厢黛玉回答完了贾母的问题，马上反向打听姊妹们都在读何书——这是好学生一贯的思维方式：初到宝地，人生地疏，总要探探对方的底，比较一下学习进度，知己知彼才好。

本来贾母觉得自己家的姑娘们读书已经很多了，在来投奔的小外孙女面前还挺有优越感的。一听人家读书读得这么系统，便知道自家姑娘落了下风，随即含糊带过："读的是什么书，不过是认得两个字，不是睁眼的瞎子罢了！"

每读到这里，都要扑哧一笑，老人精和小人精一见面，在读书的问题上先各自拆了几招。不怪凤姐儿说黛玉的气质不像贾母的外孙女儿，竟像是贾母的亲孙女儿。这二位聪明灵透一脉相承，要起滑头来也旗鼓相当。

四

过了一会儿，学渣宝玉上场了。这"学渣"两字，真不是诋毁他，别忘了七十三回听说贾政要查问他功课，他抓狂的模样，那种浑身不自在，像孙大圣被念了紧箍咒。同样是读"四书"，只有带注的勉强知道。单说《孟子》吧，上本是夹生的，下本更差，一大半忘光了。

就这水平，初次见面，还居高临下地关心黛玉："妹妹可曾读书？"

黛玉这个小精豆，说了三个字："不、曾、读。"

敲黑板，她刚才跟外婆不是这么说的好吗？怎么才一会儿工夫就变了？

那是她先前据实以答，一看外婆的态度，知道自己太实在让主人不自在了。于是马上化实为虚，打起了"太极"。毕竟初来乍到，要低调，要懂得保留。

但为了圆回来，她又轻描淡写补一句："只上了一年学，些须认得几个字。"前一句是假，后一句是真。虚虚实实，却滴水不漏。

小宝玉这会儿还不知道，同样是读书，他家的私塾师资力量比林妹妹家的差一大截呢，黛玉的老师是进士出身的贾雨村，他自己的老师贾代儒才只是个秀才，单老师在水平境界上的差距，就差得远了去了。

五

他急吼吼地替人家黛玉起表字，还杜撰了个典故，起了个"颦颦"。那时候，他一定没料到，日后会被人家碾压成渣。

写不完作业，就需要黛玉帮着写；

111

考场上写诗交不出卷子，也要黛玉做"枪手"，被元春娘娘表扬的一首，恰是"枪手"的作品；

自以为悟了参个禅，被人家巧嘴一证："尔有何贵，尔有何坚？"被证得哑口无言；

最经典的宝黛读《西厢》，原是两人偷着读的。他先看完，推荐给了黛玉。还现学现卖，用书里的句子抒情："我就是个'多愁多病身'，你就是那'倾国倾城貌'"，这个比喻太蹩脚了，用偷情的张生和崔莺莺做比，简直有骚扰之嫌。气得黛玉满脸通红，掉头就走。宝玉也顾不得装斯文，竟说起了大白话：明儿我掉到池子里，让老乌龟吞了去，自己变个大王八……这才对嘛！

林黛玉笑了，便也用书里的句子回他："原来是苗而不秀，是个银样镴枪头"。

当宝玉说：你不是也说了书里的句子？开玩笑要抓把柄时，林黛玉笑着回了一句："你说你会过目成诵，难道我就不能一目十行么？"

宝玉过目成诵未必，但黛玉一目十行是真的。因为看完那本书，黛玉只用了"一顿饭的工夫"，顶多一个小时吧，十六出就全看完了，不但看，心里还能默默背诵。速度之快，吸收之深，这种阅读能力不是一般人能做到的。

所以，真正一目十行的是她，过目成诵的也是她，她才是《红楼梦》里最会读书的姑娘。

后来，连小厮兴儿对尤三姐描述黛玉的时候，也这样说："面庞身段和三姨不差什么，一肚子文章。"这话明面上是说不差什么，又分明在说尤三姐和黛玉差就差在"一肚子文章"上。

这一肚子文章，让林黛玉傲视群芳。

六

十二钗里，唯一不读书的是凤姐，老太太给她起了个外号："泼皮破落户儿"。有藏不住的溺爱，也有不掩盖的揶揄：这货没文化，啥都敢说啥都敢干。

对啊，就算再泼辣，你见哪个读过书的人会被喊"泼皮"的？

凤姐也知道没读过书是自己的短板。她敬畏探春，很重要的一条原因就是：三小姐识文断字，比我更厉害一层。

会读书从来都是核心竞争力之一，不管过去、现在还是未来。所以，你看，在读书这件事上，因为时代所限，《红楼梦》里的姑娘们，没法大大方方地说我爱读书，但是"嘴上说不要，身体很诚实"。她们谁也没少读，就连凤姐，到最后都能看懂账本和书信了。

　　她们那么美，却都说自己不读书。你呢，读了吗？是真的读了，还是真的没读？

智慧篇

终于，我们都活成了薛宝钗

终于，我们都活成了薛宝钗

一

韩剧《请回答 1988》里，有一句关于阿泽的旁白：懂事的孩子，只是适应了环境做懂事的孩子，适应了别人错把他当成大人的眼神。

这样的孩子，《红楼梦》里也有一个，就是薛宝钗。

大家没有发现吗？宝玉黛玉湘云们还一团孩子气吵吵闹闹的时候，比他们大不了几岁的薛宝钗，言谈举止就已经是一个成熟稳重的女性，没有半点青涩稚气，青春美丽的躯体里仿佛安放着一个老灵魂。

第四回在书里一露面，落在别人眼中，便是"年岁虽大不多，然品格端方，容貌丰美，人多谓黛玉所不及"。

还有"行为豁达，随分从时，不比黛玉孤高自许，目无下尘，故比黛玉大得下人之心"。

他们把这两人放在一起比，大概因为她俩都是亲戚家姑娘，又年龄相仿，有横向可比性。很显然，无论长相还是人品，薛宝钗都全面碾压林黛玉。

这怎么能比嘛！宝钗根本是个特例。

黄菡老师说："每个人的时间表是不一样的。"当黛玉的成长机制还未启动，宝钗的性情塑造已经收工，就像小孩怎么跟大人比心智，没定型的半成品和一个已经上架的成品怎么比性能稳定？

薛宝钗所有的成长，在入住贾府之前已基本完成。剩下的，便是在余生里一点点完善和修订。

二

王熙凤是充男儿养大

118

的，已经很特别了，宝钗的养成更全面。一面走大家闺秀的路线，一面像男儿一样担着光耀门楣的重担。

书中写："当日有他父亲在日，酷爱此女，令其读书识字，较之乃兄竟高过十倍。"分明是在说：这兄妹二人智商份额分配极度不均等，薛蟠扶不起来，宝钗则天分极高。

父亲于是转而把宝押到了女儿身上，"令其读书识字"，正好为日后入选嫔妃或者才人赞善之职打下了基础。寥寥六字虽轻描淡写，背后付出的心血却不言而喻，换来的是宝钗无书不知的渊博。杂学旁收融会贯通，"究天人之际，通古今之变"，在学问上早早打通了任督二脉，从此看待世界的眼光与深度高人一筹。

都记得吧？林黛玉行酒令时说了一句"小黄书"里的"良辰美景奈何天"，立刻就被她抓个现行，犀利地开玩笑要黛玉跪下受审。她自曝其短说：我怎么知道的？废话我看过啊！为此还挨过打骂呢！

她说："既认得了字，不过拣那正经的看也罢了，最怕见了些杂书，移了性情，就不可救了。"

这说法特别务实，角度也很贴心：咱们闺中女生看书是修身养性的，犯不上看那些耗人心血精气的。

这见识让黛玉低头暗服，没有半点抵触，从此被宝钗妥妥收服，"孟光接了梁鸿案"，两个优秀的女生成为知己。

三

宝钗也第一次向黛玉袒露出了自己的脆弱："我虽有个哥哥，你也是知道的，只有个母亲比你略强些。咱们也算同病相怜。"

说起来又是母亲又是哥哥的，其实她才是一家之主，比黛玉操的心更多。

"自父亲死后，见哥哥不能依贴母怀，他便不以书字为事，只留心针黹家计等事，好为母亲分忧解劳。"被迫长大的她，这种辛苦委屈无处诉说。

对外以进宫待选之身，背负着拯救颓势家族的希望；

对内要照顾家里的买卖，哥哥不中用，连请伙计们吃顿饭犒劳一下这样的事都得她提醒；

进到内室又要帮享了一辈子福的母亲做针线，令母亲享儿女承欢膝下之乐；

现在又客居贾府，作为薛家的形象代言人，她又得上下左右应对周全。

第四十五回里有这样写宝钗的句子："夜复渐长，遂至母亲房中商议打点些针线来。日间到贾母处王夫人处省候两次，不免承色陪坐闲话半时，园中姊妹处也要度时闲话一回，故日间不大得闲，每夜灯下女工必至三更方寝。"

在周到得无懈可击的背后，未必没有淡淡的疲倦。

早熟是有代价的，就是再也无法像同龄人那么不管不顾地去释放自己。

四

所以她什么都懂，什么又都不热衷。

薛姨妈说："宝丫头古怪着呢，他从来不爱这些花儿粉儿的。"请问一下这位母亲，你给你女儿营造出让她可以无忧无虑倾心打扮的心境空间了吗？

宝钗房间里的陈设更是如雪洞一般，让人心中一凛。贾母都说年轻姑娘住这样的屋子犯忌讳，她敏感地觉察到这姑娘活得并不松快。心里的负担太重，以至于要从物质上开始，做心灵的减法。

过生日，宝钗为寿星点戏，点的是《鲁智深醉闹五台山》，这戏明面上热闹，也不够唯美，谁知她喜爱的竟是那段戏词《寄生草》："赤条条来去无牵挂。那里讨烟蓑雨笠卷单行？一任俺芒鞋破钵随缘化！"声声都是出离之心。

原来，这个姑娘物质上尽管一直被富养，但因为早熟，悟性太高，精神上一直很孤独，她体会到做人的苦，却也无处可逃。

121

五

那就安心做人吧，做得滴水不漏圆融通达。其实一旦缜密周全的思维模式养成，做到这种程度也并不难。

各种错综复杂的关系她都摆得平，能帮的人她都尽量帮。湘云想做东她负责出螃蟹；黛玉想吃燕窝她海量供应；对最不得势的赵姨娘，她也一样把伴手礼送到面前。

就算贾府让她帮忙管个家，在探春强势推出承包制改革的时候，她也能替非既得利益者们争取一点油水，保证改革的平稳推行。

她的贴身婢女莺儿和贾环玩骰子，明明是个幺，贾环非要耍赖说是六。

如果换了湘云，一定会说：我也看到了，分明是个幺！

如果是黛玉，这样的事情压根儿不会发生，因为她的人不可能和贾环玩。

宝钗呢，她选择了让莺儿受委屈："越大越没规矩，难道爷们还赖你？还不放下钱来呢！"大不了回头暗地里再给她一吊钱抚恤一下，识大体顾大局的人都是这么个玩法。

没人能挑出她的不好，人人对她交口称赞，湘云天天想着她做亲姐姐。

也有人说她虚伪心内藏奸，比如四十二回之前的黛玉，就屡次挤对她，她都默默吞了。自己已身处成人的世界，而黛玉们还在来的路上，没法解释也没法计较。

六

她是她们的知心姐姐，他们开心，她跟着一同笑；当他们流泪，她会第一时间伸出温暖的手为其拭泪。

写诗咏白海棠。湘云写"神仙昨日降都门，种得蓝田玉一盆"。黛玉写"半卷湘帘半掩门，碾冰为土玉为盆"。

既然大家写得神采飞扬，她就走沉稳含蓄路线，她写"珍重芳姿昼掩门，自携手瓮灌苔盆"，也写"淡极始知花更艳，愁多焉得玉无痕"。

但咏柳絮时，一旦发现他们个个发声过悲，她会立即上阵扭转声气，前有："白玉堂前春解舞，东风卷得均匀"，后有"好风频借力，助我上青云。"

太善解人意，太会把控大局，太会春风化雨地提高士气。这样的女生太强大，她一个人就是一支孤独的队伍。

七

凤姐儿曾经评价宝钗是"拿定了主意，'不干己事不张口，一问摇头三不知'"。

其实，不管闲事不正是一个人成熟的标志吗？

孔子说"不在其位不谋其政"，不该管的不管，不该说的不说，不越俎代庖，不搬弄是非给人添堵，这么做没毛病呀！事事出头逞强才是不明智的吧？

宝钗被称作"高士"，就在于她最懂"不问是美德"：有些事即便听见了也装没听见，知道了也装不知道。

小红私相授受，她在亭子外听到，第一反应是怕对方知道自己听到而"人急造反狗急跳墙"，一个大小姐，倒忌惮起一个小丫头。

金钏儿投井，她面不改色地对姨娘说：肯定是她自己贪玩，失足落井的。有人批评她冷漠，但她却能把自己的衣服给金钏儿装裹。至于她劝慰的话不过分吧？事情已经发生，难道要她义愤填膺地指着对方鼻子说："呸，你这个为富不仁逼死人命的地主婆，我要代表党和人民审判你！"

八

成年人还应该具备的素质之一，就是识趣。

她去潇湘馆找黛玉，远远见宝玉进去了，知道自己此刻进去多余，还惹黛玉猜忌，"罢了，倒是回来的妙。"

还有一次，是大观园头一晚抄检，虽然没有去宝钗的蘅芜苑，但是她还是第二天便干脆利索地来辞行，回自己家去了，挥挥衣袖不带走一片云彩，温柔而决绝地为自己保留了一份尊严。

九

越读越觉得，薛宝钗不正是我们已经成为或正在成为的那个人吗？

我们越来越懂人情世故，开始识眼色知进退，不让自己陷入尴尬，挤不进的圈子不硬挤，省得为难了别人作践了自己；

我们开始承认世界的多样性，不会轻易生谁的气记谁的仇，对尚在懵懂区的社会新鲜人体谅包容，不乏善意的提点；

我们开始作别从前的轻舞飞扬，脊梁骨里长出了一件叫责任的器官。雄心和浪漫放在心里，把安全与稳定留给身边的人。一面挤时间读书进修提升自己，一面全力应付琐碎现实的生活；

我们一面是优雅淡定，一面是心力交瘁。第三十四回宝钗被薛蟠气得痛哭一夜，第二天还按时起床该干吗干吗。这样的经历我们不是也有过？

谁的人生不曾经历过几次幻灭呢？连完美如宝钗也要承受选秀落选的挫败。我们也绝不会寻死觅活哭闹上吊，会和宝钗一样面不改色地将生活继续。

人人觉得我们优雅淡定，可亲可靠，强大独立，我们大部分时间也是这么自勉着过的。已经自控到再不会失态，聪明到不会掉坑，明智到让一切尽在意料之中，当然，也再难有因祸得福的惊喜。

若就这样活下去一直到老到死，人们大概会管我们这样的人叫"一世得体"。

终于，我们心里怜惜着林黛玉，疼爱着史湘云，把自己活成了薛宝钗。我们现在看上去都很好很体面，偶尔回望过去，也不是没有遗憾的，但能怎么样呢？关山已远，更深露重，前路漫漫，善自珍摄。

林黛玉：我多心有什么错？

一

人长眼睛是用来看的，长耳朵是用来听的，长心是用来多思与善感的，更何况是心较比干多一窍的仙姝林。她的一生从头至尾，都没有轻易闲置过自己这些天赋超群的灵敏感官。

初进荣国府，这个聪慧的小女孩，时年才几岁，就已经眼观六路耳听八方，有着超乎年龄的细密谨慎，在"步步留心，时时在意，不肯轻易多说一句话，多行一步路"后面，是一颗"唯恐被人耻笑了他去"的自尊自重的心。

若换个愚钝的自然无碍，但小黛玉一路行来，眼见得几个三等仆妇吃穿用度已是不凡，侯门公府的气势在她心理上已然形成威压。多年后妙玉在入住栊翠庵之前，曾放言"侯门公府，必以贵势压人，我再不去的"，明是清高志气实是自卑胆怯。同少女妙玉一样，此刻的小萝莉黛玉也一样有胆怯。

胆怯，却不露怯。

一大家子长辈，从外祖母到舅母，从表嫂到姐妹，她挨个见过，都记住了脸对上了号。王熙凤霸气出场时，黛玉听众姐妹说"这是琏二嫂子"，她事先做过功课，马上反应过来这是二舅母的侄女，自幼充男儿养的，连学名她都知道。忙赔笑见礼，以"嫂"呼之。别说小屁孩，换个成年人，见到这乌泱乌泱一屋子衣香鬓影，脑袋都大。但小黛玉无人教引，却这般大方伶俐，凤姐忍不住夸"这通身的气派，竟不像老祖宗的外孙女儿，竟是个嫡亲的孙女"。

二

接下来是去拜见两个母舅，对这个远道而来投亲的外甥女，不说别的，单看在死去妹妹的面上，一般人再忙也要出来接见抚恤一下，谁知竟都是奇葩。

大舅舅派人传话说：见了倒伤心，干脆就不见了。黛玉忙站起来，一一听了。人家都说了不见，黛玉也并未马上走，而是再坐了一会儿，很懂做客套路。邢夫人苦留晚饭，黛玉婉拒了，她笑回："舅母爱惜赐饭，原不应辞，只是还要过去拜见二舅舅，恐领了赐迟去不恭，异日再领，未为不可。望舅母容谅。"入情入理，恳切周到。

二舅舅连话都没一句，自去庙里斋戒去了，泥菩萨可比外甥女重要。二舅母又不像大舅母，是大户人家出身，少家常多威仪。先是让黛玉在会客厅等，然后再引进。两次落座，黛玉都不越礼。

在会客厅，老嬷嬷让黛玉上炕，黛玉度其位次，只在椅子上坐；第二次去王夫人房内，见王夫人坐西边，却让黛玉坐东。东面为尊，黛玉便料定这是贾政的位子，便只肯坐椅子上，王夫人再四邀请，黛玉只肯挨着王夫人一块坐在西边，东边空着。即便事先没有试探的意思，但经这一让，王夫人心中未必不惊：且不能小看了这毛丫头，话虽不多，心里却明白得紧，日后也是个厉害人物。

王夫人交代不可招惹宝玉，黛玉忙拣好听的说：听说这衔玉而生的哥哥性情是极好的呢！又反问王夫人男女有别，不在一起住，岂有招惹之理？——性情尖锐初露端倪。王夫人巴拉巴拉解释她家宝宝的特别时，黛玉马上闭嘴，一一答应，乖巧温驯。

三

最令人捏把汗的是吃饭，多少人在餐桌礼仪上栽了跟头。据说乾隆爷曾经招待高丽使臣，使臣初来乍到，竟把放了鲜花花瓣的洗手水给喝了。乾隆大笑："你真是个棒槌！"以致这个蔑称沿用至今。这样的尴尬事黛玉也遇上了，但她轻巧地避开了这个坑。

从前在自己家时，怕伤脾胃吃完饭不喝茶，但是现在是贾府，这边一吃完马上有茶捧上来。黛玉是客，坐的是首席，捧茶必定是先给她。她接过茶，却并没有急着喝，而是观察。看到下人捧漱盂过来，心内明白这盏茶不是喝的，便看样学样也漱了口。就这一下，让人放下了提到嗓子眼的心。

略分心一点，顺手接过咕咚一口咽下去，就出了大洋相。喝了人家的漱口水，日后不知要被这府里多少人拿这事沤肠子：还说呢，林姑娘那年刚打扬州上来，头一回在府里用饭，不懂咱们府上规矩，竟把漱口的茶给喝了，啊呀呀，笑死人了，多亏老太太在，大家伙才不敢敞开来笑……得，连累外祖母也跟着丢脸。

初进荣国府，半日应酬下来，众人看在眼里都觉得她言谈举止不俗。黛玉知礼守礼懂礼行礼，出入上下色色周到，得体自如又不卑不亢，没落一点差池，硬生生掌控住了全场。叫人看了，真想为她的表现点个赞打个赏。

这一切，都幸亏了那一颗敏感的心，像是有一根天线从心里伸出来，全盘接收外来的各路信号，一一斟酌小心应对。从前在父母膝下，必定不用这么累吧？没娘的孩子，到哪儿都理短，都没法彻底放松。从此栖身于这样错综复杂的豪门里，前路漫漫且行且看。

四

宝黛初会，宝玉就犯神经砸了自己的玉，黛玉吓得不轻，哭泣着夜难安寝。袭人来劝时说："快别多心！"能不多心吗？不过就是说了句"想来那玉是一件罕物，岂能人人有的"的恭维话，哪儿就说错了惹恼了呢？这以后可怎么相处啊？

湘云和黛玉中秋赏月时，见黛玉对景感怀俯栏垂泪，说道"我也和你一样，我就不似你这样心窄"。这不叫宽慰，这叫白天不懂夜的黑。

同为父母双亡，湘云还在襁褓中父母就过世了，对父母完全没有记忆，由叔叔婶婶代为抚养，父母之爱是什么滋味全然不知。而黛玉在父母去世时已经记事，身为独生女，被爱如珍宝的感觉自然难以忘怀。母亲重病期间她侍汤奉药，去世以后又守丧尽哀，个中伤痛湘云更是无从了解。

从未得到过和失去是两种概念，前者是空白，后者是经历。"夏虫不可语冰"，从小自立惯了的拇指姑娘，怎么可能体会落难豌豆公主的委屈？缺失感会影响一个人的幸福指数，在这件事上，无感的湘云是比有感的黛玉幸福。

还有，虽是同为客居，湘云是串亲戚，而黛玉是投亲，大说大笑着走来走去是万万不能的。两人闹了别扭，湘云可以拍屁股走人，喊翠缕收拾包袱家去，不在这儿看人鼻子眼睛。林黛玉呢？她能去哪里？"雪雁，收拾东西，咱们坐船回苏州去！"幼弟早夭，母殁父亡，贾母说过林家的人都死绝了，早已无家可归，只有苦捱。不到忍无可忍，"这园子住不得了"这句话她是不能轻易出口的。

可恨的是宝玉，他劝湘云留下时，竟也如此说："林妹妹是个多心的人。"宝玉拿杨贵妃比宝钗，后者尚且要大怒，那把戏子比黛玉，她凭什么不能生气？

金钏儿投井后，王夫人想要给金钏儿两套装裹衣服，但现成的只有林黛玉做生日的两套。王夫人也说"你林妹妹那个孩子素日是个有心的"，又拿多心说事儿。宝钗便说：拿我的衣服吧，我不忌讳。替姨妈解了燃眉之急。

这又为拥钗抑黛派多了一条证据。拜托，这事是个伪命题。首先，王夫人就没管黛玉开口借，怎知黛玉不肯？恐怕是她这个做舅母的对黛玉平日不冷不热，现在当然不好意思去为儿子的丑事去借衣服。说黛玉多心，其实是她自己多心吧？说别人复杂的人，自己也不简单。

五

认真起来，人在江湖混，哪一个不多心？

探春被王善保家的掀下衣服，还要回赠一个耳光呢！入画为哥哥藏私，惜春为避嫌愣是把她撵了出去。而出了名大度的薛宝钗一见大观园里做抄检，便以要照顾家母为名，立马搬了出去。这时候，倒没有一个人说宝钗多心了，尤氏与李纨两个只是相顾而笑。

一样的事情，在别人那里是自重自保，到林黛玉这里就是多心。无根无基的人合该忍气吞声，最好像迎春那样，拿针戳都不知哎哟一声，或者像岫烟，面对下人刁难装聋作哑，还出钱给她们打酒喝，就符合大家对孤儿的人设了。因为你无处可去，理当被人捏在手心里予取予求。

不好意思，黛玉让有这等想法的人们失望了。

迎春被下人欺负，黛玉嘲谑她"'虎狼屯于阶陛，尚谈因果'，若使二姐姐是个男人……又如何裁治他们"。

周瑞家的送宫花，就算她这么资深的奴才，黛玉也照样啪啪打她的脸："我就知道，别人不挑剩下的也不给我。"周瑞家的出名势利，估计黛玉对她早就心存不满，这次弄不好是借题发挥。

小红私相授受，被宝钗摆一道，吓唬她说是黛玉刚从此路过，吓得小红不轻：林姑娘嘴不饶人心又细，可怎么得了啊——厉害人名声在外，一般人都不敢惹。

说黛玉锱铢必较也罢，小性难缠也罢，以她的特殊身份，在一个斗得像乌眼鸡一样，恨不得你吃了我我吃了你的家族里，愣是为自己争取了一片独善其身的生存空间，这绝非易事。就算有贾母的面子，但平日做人总要独当一面，谁能替得了谁呢？

对于别人的议论，黛玉有所闻却无所谓。我行我素，谁爱说啥说呗：隔窗听到袭人拿她做比，夸宝钗如何心地宽大之时，她丝毫没记仇，袭人涨薪后她还跑来道贺；湘云影射黛玉嫉妒宝琴得宠于贾母，黛玉竟然充耳不闻，根本不接招，自顾自与宝琴姐姐妹妹般相处。

黛玉所思与所为，总令人无端想起《甄嬛传》里那句台词："人情世故的事，既然无法周全所有人，就只能周全自己了。"当时语毕，甄娘娘接过侍女手里的暖炉，在冷风中款款向宫内而去，等待她的，又是一场小心翼翼的面圣。

单比这一点，黛玉比甄嬛幸福。回潇湘馆把门一关，迎接她的是一片自在的文艺小天地：翠竹几竿，曲栏一道，银红的霞影纱正糊在窗上。廊下挂着的鹦鹉大声喊："雪雁，姑娘来了，快掀帘子！"进得屋里，满墙满架的书，想看哪本看哪本。作为潇湘馆馆主，内务当然也要安排得井井有条，"把屋子收拾了，搁下一扇纱屉；看那大燕子回来，把帘子放下来，拿狮子倚住；烧了香就把炉罩上。"啧啧，只看吩咐紫鹃这一句，就知小日子过得多精细。

连寄居在檐下的燕子都要记挂，免它徘徊于屋外无家可归。残花坠地，怕它们流于污水沟渠，要锦囊收起，掩埋于一抔净土之中。比"扫地恐伤蝼蚁命，爱惜飞蛾纱罩灯"的佛心还要珍重，这等细腻体贴的多心，多多益善才好。

多心固然伤神，并非一无是处，世间哪有万全，无非求个平静的生存空间。

贾琏的"琏"，原来是可怜的"怜"

一

《红楼梦》的读者，很多人对贾琏的印象不怎么好，尤其对他好色这一条表示不能忍，有人甚至以此判定他"渣"。

我们中国人，也许是因为几千年的道德压抑，对男女关系上的事情尤其不能宽容。一说起贾琏，脑子里很容易蹦出贾母骂他的一句话："脏的臭的，都拉了你屋里去。"

琏二爷嘴笨，也不会辩解，或者他压根儿就没想辩解，毕竟这些事儿明面上他不占理。

其实他何尝不是吃了哑巴亏，有苦说不出。

鄙视贾琏之前，我们先了解一下当时社会背景。在他所处的

136

古代封建社会，实行的是一夫多妻制度，中国人讲究"不孝有三，无后为大"，妻妾成群才能多子多福。如果性也算一种资源的话，社会的有产阶级可以多吃多占——换句话说，纳妾是不违规的。

在这样的前提下，做个两府男人们的婚姻状况调查，一对比数据，便能得出一个扎心的结论。

先从上一辈说起，他爸爸贾赦，"左一个小老婆右一个小老婆放在屋里……官也不好生作去"，胡子都白了还惦记着水葱一样的鸳鸯，要娶回房做姨娘。鸳鸯不从，他就赌气斥巨资八百两，买了一个叫嫣红的小姑娘，才十八。要知道，当时贾琏给外室尤二姐母女的生活费是一个月五两，就够她们吃香的喝辣的了，他爹居然用买套宅子的钱买了一个房里人；而且，那些小老婆都是正室邢夫人给张罗的，贾赦看上谁，邢夫人就去做媒，连贾母都夸她忒"贤惠"。

号称最正经的叔叔贾政，除了正室王夫人，人家也有小妾，至少两个：赵姨娘和周姨娘。这只是有记录的，其余还有没有待考；而且，他还和赵姨娘大大方方

137

生了探春和贾环一双儿女满院子跑。

再看同辈兄弟贾珍。八月十五中秋夜，贾珍夫人尤氏让侍妾们入席，她们听话地在下首"一溜坐了"，这一溜是四个。

贾珠早亡，但李纨曾说先前贾珠在时，房里也是有两个女人的，贾珠死后她主动放人家走了。

以上都是已婚的。未婚的爷们儿屋里，没结婚前也是会先放个房里人的，宝玉有袭人，贾环有彩云。贾政还说了，他都已提前看好了两个丫头，给弟兄俩一人分一个。

相比之下，贾琏房里有谁？排在前三位的分别是凤姐、凤姐、凤姐。

判断一件事要"以事实为依据，以'法律'为准绳"，贾琏膝下无子，凤姐又得了血崩，短时期内不能生育，从传宗接代的需求出发，贾琏完全可以理直气壮地拥有三妻四妾。

但他却没有。不是不想，是不能也。

本来他娶亲前也是有俩通房丫头的，但凤姐过门没半年，都寻出不是来撵走了。怕被人诟病，凤姐就逼着心腹平儿做了幌子。贾琏和平儿，一两年能有一次在一处，还要被凤姐掂几个过子。到后来，平儿为了不让凤姐找她麻烦，一见贾琏就躲。他在屋里，她就到外头去。没见贾琏对他情妇鲍二家的诉苦吗？"如今连平儿他也不叫我沾一沾了……"

他也不是没试图反抗过，但都以惨败告终。

有一阵子他都以为要日月换新天了，先是偷娶了尤二姐做外室，凤姐居然趁他不在"贤良"地把尤二姐接回了府。紧接着他爹又送她一个叫秋桐的丫鬟做妾，公公送来的，凤姐更不能违拗了。那一阵子估计贾琏走路都快飞起来了，

谁说福无双至？艳福就是。

可是没多久，他就发现自己被"套路"了。凤姐稍使手段，尤二姐一尸两命，又以属相不合栽赃秋桐，一块儿给打发了。贾琏彻底懵逼，只会对着尤二姐抚尸大哭："是我害了你。"

遇到凤姐这样强悍毒辣的正妻，就算他把人家好好的姑娘要了来，也是来一个死一个，来两个灭一双，来一打照样会花样百出地收拾一打。非死即撵，没有一个能安生有好下场。搁谁不痛，不怨，不惊，不惧？

别说纳妾了，看一眼都不行，兴儿说凤姐："人家是醋罐子，他是醋缸醋瓮。凡丫头们二爷多看一眼，他有本事当着爷打个烂羊头。"这人夫当得能吓尿。凤姐儿不请自到去外宅接尤二姐时，下人一听是她来了，"顶梁骨走了真魂"，看来那厉害真不是闹着玩的。

人有欲望不可耻，可耻的是满足途径。合法纳妾，把干净的香喷喷的往屋里拉，名正言顺地享齐人之福。你以为贾琏他不想

吗？此路不通，退而求其次打野食，饥不择食自然难免。

所以，批评一个人不能脱离当时的社会背景，用几百年后的道德观去衡量当事人是不公平的，凤姐固然不顺心，但贾琏也算是被侮辱和被损害的那一个。在他们的婚姻里，没有无辜者。

二

贾琏和多姑娘偷情那段，曹公写得十分露骨恶心，他描写贾琏用了"丑态毕露"一词，可是读那段，却觉得丑态后面都是心酸。这点子事儿似乎是他活着的唯一一点乐趣。

这个男人，爹不疼，贾赦对他说打就打说骂就骂；娘不爱，亲娘死了，后母邢夫人只和自己最亲，称自己"无儿无女的，一生干净"；凤姐平儿又是一条心合伙防着他，家里的事包括放高利贷对他瞒得铁桶一般；有一个二木头一样的异母妹妹，对谁都无感，探春尚且会对着宝玉娇嗔一声："宝哥哥，身上好？我整整的三天没见你了。"那一声撒娇里，是令人心尖微颤的骨肉温暖。

可是翻遍全书，都没见迎春和他对过话。

他像一个孤身穿过幽深过道的人，过道两边是一间一间的小屋子，经过的小屋子里都住着人，贴着一格一格的雕花窗棂往里瞅，里面住的都是他的家人。但走到哪扇门前自己都像是外人，没人好好站起来理他一下。他眯起眼，向过道尽头望去，微微有杏色的天光映入，在这里待久了人身上发凉，他紧一紧袍子，跺一跺靴子，向着隐约的光和暖迈去。

有了尤二姐，就算他明知道这个女人堕落过荒唐过，他依然全心接纳她，不但不计前嫌，还反过来安慰："你且放心，我不是拈酸吃醋之辈，前事我已尽知，你也不必惊慌……"又说，"谁人无错，知过必改就好。"这不是一般男子能有的气量胸怀，混同着贴心贴肺的温热，让有"前科"的女人瞬间放下了紧绷的心，还了他一个温柔恩爱乡。他呢？应该像张爱玲在《留情》里写的纳妾男人米晶尧那样，"可以享一点清福艳福，抵补以往的不顺心"。谁料最后竟弄成一出人间惨剧。

尤二姐被凤姐算计死后，他哭天哭地，发狠赌誓，但堂堂荣府公子，却连尤二姐的发丧银子都拿不出，要靠平儿接济。

"琏"本与"怜"谐音，也许曹公起名的本意就是在暗示：贾琏是个可怜之人。

三

贾琏好色不假，但是他不缺德。

男女之事上，他从不强人所难。孙绍祖好色，恶狼一样，合宅的丫头媳妇都让他强行淫遍；薛蟠好色，为了香菱打死冯渊强抢霸占。但贾琏不同，但凡是和他好的女人，不管是哪个，都是你情我愿、两情相悦的。和二姐好之前，他开始本有意于尤三姐，但三姐对他不理不睬，他也不恼，转而去追求尤二姐。旺儿家的借凤姐的强势逼娶丫鬟彩霞时，贾琏曾特意交代："虽然他们必依，然这事也不可霸道了。"

他也不会无耻地去占情人们的便宜。《水浒传》里的郑屠镇关西，写了三千贯文书，实契虚钱，将卖唱女金翠莲哄回家做了小妾，过了一阵又给赶出来，不但没有给过聘礼，还污蔑翠莲欠他钱，讨还那根本没给过的三千文。不管是跟鲍二家的，还是多姑娘，贾琏从不在钱财上亏待她们。他叫鲍二家的来，先是开箱给拿了两块银子、两根簪子、两匹缎子，是很丰厚的约会礼物。找多姑娘事先也是以金帛相许。当然，勾引有夫之妇不应该提倡。然而别忘了，床品也是人品的一部分，就这一点，琏二爷不算欺负人。

还有，不该碰的人他绝不碰。黛玉父亲林如海死后，贾府派贾琏送她回扬州奔丧。林黛玉貌若天仙，连薛蟠见了都要身子酥半边，贾琏又不瞎。但是他对黛玉没有半点非分之举，一路舟车颠簸好几个月，有好多机会可以与黛玉接近，但他稳妥送去，再好好带回，绝无闪失完璧归赵，尽了一个好表兄的职责。

有人怀疑林黛玉的家产被贾琏贪污了，根据是贾琏曾说"这会子再发个三二百万的财就好了"推测，这纯粹是捕风捉影。贾赦看上石呆子的古扇子让他去弄来，贾琏出高价收买，奈何石呆子死活不卖，他也就作罢。而贾雨村为了献媚便设法抄家强夺了来。父亲训他：人家怎么就能搞来？他只说了一句："为这点子小事，弄得人坑家败业，也不算什么能为！"为此被贾赦恼羞成怒打得破了相。他厌恶雨村为人，劝家里人离他远点，说怕是他那官儿做不长。一个做事是有底线的人，贪污黛玉家产之事不大干得出来。

　　对上他是个孝顺的晚辈，正月十五贾母看戏，他要预备下大簸箩的钱，只等老祖宗一高兴喊一声"赏"，便忙命小厮们赶快撒钱，满台子钱响，贾母大悦。清明时，他要备下年例祭祀，带领弟弟侄子们去往铁槛寺祭枢烧纸，颇有长兄叔伯之范。第六十四回，他从外面回来，宝玉先赶紧给他跪下，口中却是给贾母、王夫人请安：特殊时刻，他还要代长辈们受拜。

　　对下他是个慈爱的兄长。贾府一脉的其他子侄们，或为生存或为利益，争先恐后前来依附。他随和宽容，从不居高临下。他们在他面前耍小聪明玩小手段，他心如明镜却不捅破这层窗户纸。贾蓉贾蔷置办乐器行头时，想拿公中的钱贿赂他们。凤姐是骂："别放你娘的屁！我的东西还没处撂呢，希罕你们鬼鬼祟祟的？"一转身收了贾芸的麝香冰片。而贾琏则是善意规劝："你别兴头。才学着办事，倒先学会了这把戏……"

他惧内是公认的，但对外他可是个好哥们儿，喜欢成人之美，柳湘莲痛打薛蟠之后，他忙着帮助和解息事宁人，是个厚道热心肠的老好人，不曾挑三窝四火上浇油。

不揪着男女之事不放，在其他做人方面的确很难找到他的污点。可是前面说了，男女之事并不能全怪他一人。跟他那万里挑一的夫人比起来，他不过是屄一点，善一点，手段少一点，反射弧长一点。

何谓君子？宅心仁厚，"莫美于恕"，如果不是好色，贾琏堪可称为一个俗世里的君子。

他不是坏人，也不是完人——不过如果让他选的话，他才不要做完人，否则这一生该有多枯索无趣。

他就是个有毛病缺点的好人。

猜想贾琏在朋友圈里，应该是言行最练达温和的那个，是最会替朋友保密的那个，是最懂得给人台阶下的那个，是气氛尴尬时一定会出来打圆场的那个，是别人讲笑话他要想一想才笑的那个，是饭局上趁人不注意悄悄就把账结了的那个，也是需要帮忙时找他他会记在心里，但是会回复晚一点的那个。

如果你是男生，应该不会拒绝和贾琏这样的人做朋友。如果你是女生，若郎有情妾有意你请随意，但别要求他娶你，他做不了自己的主。如果你无意于他，千万别随便撩逗，他根本经不住诱惑。记得跟他保持距离，放心，他识趣，绝不会纠缠你，他会隔着一张圆桌的距离，不远不近地敬酒，眼里有光，却用淡淡的微笑向你致意。

探春为什么不和王善保家的对嘴

一

大家都有印象吧？抄检大观园时，王善保家的被探春扇过嘴巴子。

因为她上前擅自掀了探春的衣服，引得探春大怒。别说不至于，严肃场合下，嘴上再开玩笑，此举都属人格侮辱。这事就是搁现在同事之间，别说同事了，就是亲密朋友之间这也是忌讳的，这是敏感的边界侵犯。

遥想赵惠文王二十年，渑池会上秦王不过就是让赵王鼓个了瑟，还让史官记下来吗？蔺相如为什么一定不依，非要逼秦王也敲下瓦罐子，也要让史官记下来呢？皆因士可杀，不可辱。

可能是王善保家的老糊涂了吧？还真不是，你问问，同是老婆子，宋妈敢吗？夏婆子敢吗？费婆子敢吗？借她们十个胆子谅也不敢，她们知道自己的头还不够硬。王善保家的之所以敢，很重要的原因之一是自恃是太太邢夫人的陪房，看不起又年轻又没有靠山的三小姐探春。

这是个有趣的心理博弈。

挂靠上了体制背后有靠山，便高人一等了？

"不过看着太太的面上。"高的是体制，不是你。

但王善保家的不这样想，她的个人认识是："素日虽闻探春的名，他自为众人没眼力没胆量罢了。"行，别人都不如你横。

但你再横，也得明白这一件事：人家探春是这屋子乃至这园子里的主人，这里的一草一木，一针一线，哪怕是一张纸，一个字都是人家的。你无权去翻腾，还边翻边说："连姑娘身上我都翻了，果然没有什么。"人家好不好，不用你替人家宣扬。

挨打之后，她赌气说"这也是头一遭挨打，我明

儿回了太太，仍回老娘家去罢。"

面对低配版的"这园子住不得了"，回她话的是侍书：你要是真舍得离开这挂靠就好了，就怕你舍不得！

至于探春，她压根儿不和她对话："你们没听他说的这话，还等我和他对嘴去不成。"

这句话可以理解成：要我和她吵，她还不配。

这是最彻底的鄙视。

二

王善保家的挨了打，也没见个正经人帮她说话，凤姐平儿反说她"疯疯颠颠起来……快出去，不要提起了。"

她那靠山邢夫人也该好歹出来替她撑腰出口气啊，说她翻一个毛丫头的衣服翻得对才行啊。不但没有，还居然嗔她多事，也给了她一顿嘴巴子：你干出这不长脸的事儿，这主子也是要脸的人呢。

王蒙曾经赞"探春这个耳光惊天动地、响彻云霄、盈盈绕梁、三百年不绝。"可是他老人家哪里想得到，现如今的王善保家的们，哪怕是挨了耳光，也不觉得错在自己，反而会跳得更高。

她们不但敢在人家屋里乱翻，还敢趁乱从人家身上拿走个钗环玉佩什么的，戴上身招摇过市，被人指出来，就一口咬定说是自己在假山后面的石头上捡的。再被谴责，或许就是"我正在帮失主做宣传"。

比如公然对别人的原创文章剽窃、洗文，被指出来还说自己顶多是"借鉴"，靠窃取别人的思想成果出书、开讲座、招摇过市。

在可以自由发声的年代，只要你愿意，谁都可以做自己人格的代言人。

活在书里的王善保家的，要看看现在，会不会觉得自己生不逢时呢？如果能穿越，过去和未来的自己可以组团作战，携手闯遍银河系，时代不同了嘛！

可是，总有些东西是变不了的，比方说，不管到了啥时候，有点常识的人不会跟着你们说太阳它是方的，月亮是自己会发光的，"借鉴"别人的原创是理所应当的，大家都应该觉得你杠杠的。

只是都不愿意和你对嘴而已。

三

《老残游记》里，老残在山中向一位老者问路，老者说：这山里的路，天生成九曲。有意走直路，必走入荆棘丛；有意走弯路，便容易掉陷阱。我告诉你诀窍吧，眼前路都是从过去路生出来的。你走两步，回头看看，一定不会错。

想做探春的接着做探春，想做王善保家的接着做王善保家的，大家继续过自己的日子，按自己的活法活下去。

探春们想吃个油盐枸杞芽儿，接着自觉先给厨房送五百钱，虽然那厨房就是自己家的。不给人添麻烦，永远体谅他人的难处，替别人多想一点。

喜欢街头小工艺品，但自己出不了园子，要接着求人代购。开口先说："我又攒下有十来吊钱了。你还拿了去。"虽然那人可能是自家哥哥，也不会让人白白跑腿又贴钱。心里过意不去，每次都主动提出给人再做双鞋。和人交往绝不好意思让对方吃亏。

这天儿又下雪了，给兄弟姐妹们下帖吧：若蒙棹雪而来，我则持卡以待，来啊，韩国烤肉思密达。社会像个集市，兜售什么的人都有，尽可能选择和美好的事物在一起虚度光阴，和三观相契的人交换微笑与思想。

至于王善保家的，随便她吧。她并不孤单，还有费婆子夏婆子陪着呐。至于她们在一起能干点啥？来，翻到《红楼梦》第七十五回，探春早都料到了："不过背地里说我些闲话。"

"别太理会人家背后怎么说你，因为那些比你强的人，根本懒得提起你。诋毁，本身就是一种仰望"。共勉。

女人之间有一种友谊叫"不过如此"

一

读《红楼》就是读生活，书中人与人之间友情的多种缔结方式与现实中并无二致。

有一见如故，比如宝玉和秦钟或蒋玉菡，彼此一见就互有好感，频率完全吻合；

有酒肉之交，比如薛蟠和贾珍，没事了在一起花天酒地养娈童；

有发小之谊，比如袭人和紫鹃、鸳鸯一干人，从小一块长大知根知底，有绵长的岁月作保，可以相互信任无话不谈；

有峰回路转，比如黛玉和宝钗，一旦"孟光接了梁鸿案"尽释前嫌，便互剖心语结了"金兰契"；

当然，还有一种友情不能忽略，叫"没得选"，比如妙玉和邢岫烟。

二

妙玉在大观园的栊翠庵做摆设尼姑，岫烟是衣食无着来投亲，这两个寄居在贾府的姑娘，老曹从未写过她们之间的正面交集。如果不是宝玉过生日，谁能想到，这二位竟然有"十年加"的交情。

宝玉过生日开聚会狂欢至半夜才睡，醒来后发现桌上多了张

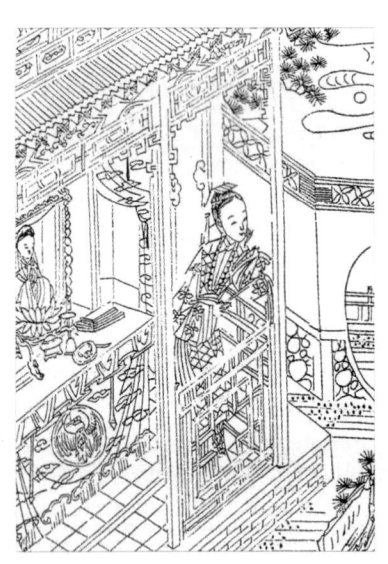

小纸条，上面写"恭肃遥叩芳辰"（祝你生日快乐）。一看落款是"妙玉"，还加了三个怪怪的字：槛外人。

他打算写个回执表示感谢，但落款如果只写本名"宝玉"，土、低端先不说，关键是怕扫了姑娘雅兴。

宝玉决定找黛玉商量。去潇湘馆的路上，刚过沁芳

152

亭，宝玉正好遇到邢夫人的侄女岫烟，一位也许裹着小脚、也许蹬着花盆底、视觉上个子高挑的姑娘。这不是瞎说，原著上写岫烟"颤颤巍巍的迎面走来"，此处的颤颤巍巍不是老太太的帕金森综合征，而是一种摇曳多姿之感。嗯，这种感觉在矮个子姑娘身上怕是找不到，她们是另外一种美。

宝玉一见年轻漂亮的姑娘就会很忙，他忙问："姐姐那里去？"

岫烟答："我找妙玉说闲话。"

宝玉很诧异，马上肃然起敬道：妙玉眼那么高，她能看得上谁啊？竟然和你合得来，可知你也不是我们这样的俗人。

岫烟头脑冷静，没有为这样的说法忽悠瘸了，她知道那是爱屋及乌。

她淡淡笑道："她也未必真心重我。"随后说出了和妙玉的一段渊源。

三

原来，她们早就认识，竟然做过十年的邻居。妙玉当年在蟠香寺出家，岫烟家恰好租庙里的房子住，与妙玉只有一墙之隔，就总过去串门子。

不得不说，这门子串得太划算了。妙玉分文不取，教会了她识文断字。岫烟说"我所认的字都是承他所授。我和他又是贫贱之交，又有半师之分"，坦陈自己和妙玉亦师亦友。

妙玉可是黛玉、湘云公认的"诗仙"，十年光景，岫烟跟着她受的熏陶也足够用了。不但认了字，关键时刻还能凑上来几句诗。

当她做客大观园，被点名与一块来做客的宝琴、李纹写诗咏红梅时，她毫不露怯，一出手就是"看来岂是寻常色，浓淡由他冰雪中"的从容。大家对她的要求本来就不高，以她一个贫寒女儿的身份能写成这样，是很加分的。

更难得的是这女孩子，荆钗布裙寄人篱下，虽有一对惹人厌的爹妈，自己却端庄素净，飘逸出尘，像污泥里钻出的一朵莲花。薛姨妈看上她说与薛蝌为妻，便是看中了她超出自己原生家庭的品格。

正是得益于之前妙玉所给的耳濡目染，才成就了她闲云野鹤的超然气质。试想一下，如果没有妙玉，今日的她言谈举止会是什么样子？恐怕连字都不认识，妄谈写诗？不会写诗，被贵族小姐们的圈子接纳就够呛，只能是喜鸾四姐儿那样的待遇。香菱当初铁了心要学写诗，她追求的只是诗吗？是向高雅生活，也是向上流社会的靠拢。

在大观园内，会写诗的姑娘，与不会写诗的姑娘，是不一样的。

可以毫不夸张地说，妙玉对岫烟，有再造之恩。

四

但是，岫烟对于与妙玉的这段缘分，却下了这样的定义：她也不见得看得起我，只是命运恰好把我们安排到了一起。

"他也未必真心重我，但我和他做过十年的邻居，只一墙之隔。"恬淡的语气后面，既有对妙玉对自己付出的领情，也有一种微妙的复杂。

岫烟又说："因我们投亲去了，闻得他因不合时宜，权势不容，竟投到这里来。"就这一句，会让人小小地跳一下戏：这是好朋友该说的话吗？

她是在对着一个不熟的男人揭妙玉的老底：她是在蟠香寺混不下去才来的栊翠庵。

何况这个男人还对妙玉赞赏有加。

妙玉的这些隐私，本来宝玉可以不知道的。

"如今又天缘凑合……旧情竟未易。承他青目，更胜当日。"他乡遇故交，是一件令人开心的事，感情更进一层是人之常情。她淡淡的把话题勾了回来，不着痕迹，好像她刚才所说的不过是顺嘴而已。

如果换个八卦的会追问妙玉"怎么被权势不容"，但宝玉是

155

个痴人，他没有理会岫烟话里的信息，一心所系的是怎样回帖方能让妙玉开心。

他又夸了一回岫烟，但夸得很气人。他竟然说怪不得岫烟气质这么好，原来是"有本而来"——分明还是在夸妙玉。

当他拿出帖子请教时，岫烟对妙玉的评判有着知之甚深的不以为然："他这脾气竟不能改，竟是生成这等放诞诡僻了……'僧不僧俗不俗，男不男女不女'，成个什么道理。"

当宝玉又一次急着替妙玉辩解说她是"世人意外之人"时，岫烟的表情很有意思：她"且只顾用眼上下细细打量了半日"，这是种饶有兴味的探询和分析。瞅瞅手里这帖子，再想想当初妙玉所赠宝玉的那些梅花。她终于明白，宝玉和妙玉，根本就是"臭味相投"。

君子成人之美罢了，给他支个招吧，"槛内人"对"槛外人"就是。

五

不禁要问：岫烟和妙玉，她俩算是好朋友吗？

这两个人有太多不一样：妙玉养尊处优有人伺候，岫烟吃苦受穷捉襟见肘；妙玉锋芒毕露总是不假辞色，岫烟随分从时最会审时度势；妙玉一心要的是远离肮脏人群，而岫烟却需要在尘世之中寻找温暖归宿。

如果不是造化弄人，她们应该没有交集。就像无法选择同学和舍友一样，两个年龄相仿的女孩子有机会朝夕相处，各自怀揣苦楚，在找到自己的同类之前姑且相互靠近取暖，聊胜于无。

这是一对各取所需的朋友：妙玉满腹才华，需要从岫烟身上寻找价值感，而以她的个性，教习岫烟时很难不出语伤人，对林黛玉她尚且要骂一声"大俗人"，何况岫烟呢？

而岫烟，需要从妙玉处汲取学识营养，顺便提升境界，但对妙玉的孤高自许并不一味认同。对妙玉的强势自我也可以做到一笑了之，但日子久了，说不定会在心里生出"你就是如此，也不过如此"的冷笑。

多少朋友还不都是这样，互相有看不惯看不上的地方，心怀怨气却还是没有撂开手，疙疙瘩瘩又亲亲密密地携手同行。

有句话说"不维护你的闺蜜不值得交往"，但"水至清则无鱼"，以人性之复杂，莫说维护，不在背后吐槽就已经算是很高级别的兼容性了。

这一种友情就叫"没得选"。在你没有遇到自己的伯牙子期之前，如果目光之内只有一人同行，大多数人会选择携手先走完这一段，其中种种忍受宽谅，便是对这友情所做的妥协。那种感觉啊，就像湿透的棉袄，穿上难受，不穿又会冷。

一路还要走多久，才能达成谅解或在岔路口默然分手？

所以岫烟才把和妙玉的这段友情看得很透：我知道她也未必真心看重我，是命运一次次把我们捆绑在了一处。

宝玉过生日，妙玉他自然不能请，但岫烟他也没请。来到大观园后的她们并没有完全融入圈子，各自本质上还是寂寞。于是，岫烟又一次走向了妙玉，像十年前一样。

不要太较真的话，这样已经很好了。

十年之前，你不认识我，我不认识你。

十年之后，我们是朋友，还可以问候。

麝月：拎得清，才能花开荼蘼

一

麝月长什么样子，谁知道？

王夫人说过，她和袭人都是"体体面面"的，意思是看上去是个正经姑娘，这话是给她们的工作态度打分，无涉颜值。

袭人曾自谦"粗粗笨笨"，本人却是细挑个子容长脸儿，与粗笨不沾边儿；晴雯是眉眼像林妹妹，水蛇腰削肩膀的妖精样儿；小红细巧身材黑头发，干净俏丽；芳官是"面如满月犹白，眼如秋水还清"。就连四儿，曹雪芹也大方送了四个字"十分清秀"。

仿佛宝玉房里略略有点姿色的，曹公都不放过。剩下的几个大丫鬟都没描述长相，别的也就罢了，麝月毕竟戏份最重啊，难道是她模样太抱歉?

这才是大师手法好吗?长相只有在初见时才会在意,小红和芳官、四儿的长相被描摹,是因为她们在宝玉眼里新鲜劲儿还没过;袭人晴雯的长相都是借别人的嘴说的,那都是贾芸和王夫人的第一印象,是情节推动的需要。麝月与宝玉朝夕相处得跟家人一样,天天在他眼前晃,谁还会时时留意自己家人的相貌?不写是亲密,写了反倒见外。

所以麝月长什么样,有兴趣的读者们只好自行脑补。再说人与人长期相处,真正靠的是人品,就凭这一条,麝月姑娘不靠脸,也照样在宝玉心里能占得一席之地。

第二十回,袭人卧病,大丫鬟们都出去要钱去了,唯见麝月一个人在房里,宝玉问她,她说没有钱。宝玉奇怪了,明明床底下一堆钱嘛!麝月说:"都玩去了,这屋里交给谁呢?那一个又病了,满屋里上头是灯,地下是火。那些老妈妈子们,老天拔地,服侍一天,也该叫他们歇歇；小丫头子们也是服侍了一天，这会子还不叫他们玩玩去。所以让他们都去罢，我在这里看着。"真是个为他人着想、默默奉献的好姑娘，宝玉立即视她为"又是一个袭人"。

晴雯回来，看到宝玉给麝月篦头发，便对他俩冷嘲热讽："交杯盏还没吃，倒上头了！"宝玉轻轻嘟囔一句，麝月就赶忙对镜摆手，晴雯折回来不依不饶，麝月赔笑息事宁人。

著名的"晴雯撕扇"，撕的不是别个的扇子，恰是麝月的。麝月委屈地说：这算什么？拿我的东西寻开心啊？——在晴雯面前，麝月就像个受气包。她的生存之道好似是靠奉献和忍让。

二

千万别被表象迷惑。

曹雪芹说："宝玉身边一干人，都是伶牙利爪的。"这一点读者都领教过，晴雯成天咋咋呼呼打东骂西；袭人虽不强势，也唠唠叨叨大道理一套一套；秋纹成天牙尖嘴快地耀武扬威；碧痕也是个不让人的，和晴雯还拌过嘴。

呵呵，五十二回之前，除了麝月，个个都很拽，口才都很好的样子。

可是一遇到骁勇善战的婆子，她们个个都成了锯了嘴的大葫

161

芦。在胡搅蛮缠的春燕娘面前，勇晴雯的三板斧，贤袭人的大道理，统统派不上用场，还有，其他那些厉害姑娘不知为啥此刻全都隐身了——原来全是窝里横。

万万想不到，她们紧急求助的人竟是麝月。而麝月，真的就不负众望，正说反说都是理，辩得对方羞愧难当，哑口无言。

袭人唤麝月出场的理由是："我不会和人拌嘴，晴雯性太急。你快过去震吓他两句。"不会和人拌嘴，有可能是性格迂回不善与人正面交锋，也有可能是脑子不快导致口舌顶不上来。

至于晴雯的"性太急"，其实是思路不清，一急脑子就短路成了糊涂蛋——别看她名声在外，但对阵毫无章法，全凭放狠话唬人，遇到稍微难缠点的，她就自乱阵脚，自己把自己绊倒。

之前撵坠儿时，坠儿妈挑刺儿说她们敢叫宝玉的名字，晴雯一急竟说了这样的话："我叫了他的名字了，你在老太太跟前告我去，说我撒野，也撵出我去。"一下子就把自己降到和对方一个档次上去，话里话外全是破绽。

麝月可不一样，她话说得特别有条理。

一是下达命令，"嫂子，你只管带了人出去，有话再说。"

再是警告对方注意场合："这个地方岂有你叫喊讲礼的？你见谁和我们讲过礼？别说嫂子你，就是赖奶奶林大娘，也得担待我们三分。"

162

三是说明叫名字的两点充分理由。原来一是为了回话方便，二是老太太让叫的。

四是打击对方自尊："成年家只在三门外头混，怪不得不知我们里头的规矩。"

五是叫对方不服气按程序来：去找林大娘说，让她来找宝玉。实际上是说对方不够格儿与她们对话

最后叫小丫头子擦地，就是在下逐客令，干净利落地结束战斗。

有理有据环环相扣，气场强大言辞锋利，对方悻悻败走。至此方知，对晴雯处处退让的麝月才是深藏不露的高人，身负独门武功，是个吵架达人。

别小看了吵架，除却上不得台面的泼妇骂街，吵本质上是辩论，可以称得上是一门技能，对当事人的要求那是相当高。

说得洋气点，别看吵的是架，但全方位飙的是综合能力，除了表达能力、应变能力，最重要的是逻辑严密，让人无从辩驳。既然要讲理，就看谁能讲得通。

不张扬不代表没能力。只有晴雯这块爆炭到处点火，袭人急得团团转一筹莫展时，不显山露水的麝月才会像救火队队长一般霸气出场，横刀立马还从不落下风。所谓静若处子动若脱兔，正是兵家之法也。

如果《奇葩说》剧组到大观园里选辩手，麝月必定能顺利入选。

三

除了口风厉害，麝月遇到突发状况处理起来也颇有谋略。

春燕娘二次闹事追打春燕时，袭人管不住气得铩羽而归，麝月一边使眼色让春燕找靠山一边出面应敌，还一边请平儿来，几下里都不耽误。

回头再看麝月对晴雯的"忍让"，方知那不叫软弱叫低调。她若亮剑，恐怕三个晴雯也不是她对手。对外虽寸土不让，对内却宽容礼让，不和姐妹们斤斤计较，自愿收敛锋芒，后退一步。

比晴雯柔软，比袭人有主心骨，该隐身时不抢风头，该出手时毫不犹豫手软。看到了吗？这世界既不缺晴雯的直率也不缺袭人的贤良，缺的就是麝月这样的拎得清。

逻辑好的人都这样，小到说话讲理，中到为人处世，大到人生抉择，都能分得清主次先后，轻重缓急。这类人里，心高的会脱颖而出，中庸的也能有自己一席之地，麝月便是后者。

有这样一个全才坐镇怡红院，真乃宝玉之福。

宝玉生日宴上，麝月掣的花签是荼蘼花。荼蘼的花季在春末，花朵不浓艳不妖娆，素白单薄但别有清香。虽不名贵，但身披微刺，不可随便攀折，将低调与锋芒集于一身。恰如麝月的生性淡泊抱朴守拙，随分守时不生是非，却有缜密审度之心，犀利裁决之力。

诗家云"荼蘼不争春，寂寞开最晚"。书到后半程，麝月才光芒渐显，想来是作者有意为"三春去后诸芳尽"的败局做准备。

贾府被抄家以后众芳荒秽，伺候的姑娘们死的死走的走，留给宝玉的是一副无从下手的烂摊子，他急需一个既温柔又坚强的明白人站在身边，入能持家照料出能顶风挡雨，而这个人，除了麝月还能有谁？

麝月之后，再无麝月。千红一哭，万艳同悲，最后才轮到她明亮地徐徐绽放。虽是"开到荼蘼花事了"，她充其量不过是大剧收梢上一个纤柔的背影，却也是命运尽其所能送给宝玉最后的也是最好的礼物。这个凡事拎得清站得住的姑娘，最后挑起了那副吃重的担子。

贾敬：《红楼梦》里的"科学怪人"

一

红学家胡适先生在台北发表过一篇动情演讲，题目叫《终生做科学实验的爱迪生》，讲述了爱迪生终生投身科学实验的事迹：这位科学家只要活着，醒着，就无时无刻不在做实验，胡适先生因此尊称他为科学圣人。

不知道他猛夸爱迪生的时候，有没有想起，在《红楼梦》里也有一位终生做实验的"化学家"呢？论起做实验的狂热，把两人拎到一起比较一下，爱迪生一定会觉得：我自己努力得还不够。

这位来自贾府的"科学家"，他为了一项在中华传承了上千年、无数人前赴后继却尚未实现的"航天事业"，常年吃住在"实

166

验室"里，和一众"实验人员"打成一片，全心投入做"科学实验"。大禹为了治水曾三过家门而不入，而他更狠，抛家舍业，弃儿别女，放弃了荣华富贵，连皇帝赐的官都不做了，一走就是十几年，只为了心中的梦想。

这是一种什么样的精神？这是一种为了梦想六亲不认的精神。

他的名字叫贾敬，宁国府健在的最高长辈，贾珍的亲爹，贾蓉的亲爷爷。他是进士出身，本该袭官，但志不在此，愣把官儿让给儿子当了，官位说起来还不小呢，是个三品威烈将军，说不要就不要了。啧啧啧，真超脱。

但这事到俗人嘴里就变味了。比如冷子兴，竟议论人家是"在都中城外和道士们胡羼"，真是"燕雀安知鸿鹄之志"，人家不稀罕当官，是因为他有更远大的理想：当神仙！

这没什么可诟病的，人各有志，再说有所求便要有所舍，忆往昔，还有释迦牟尼放弃王位成佛祖呢！

二

道家不同于佛家之处在于，佛家讲"舍"，道家讲"得"，只有得道才能成仙。成了仙，就可以"排空驭气奔如电"，想多快就多快；就可以"上穷碧落下黄泉"，想去哪儿就去哪儿；就可以穿墙进屋无所惧，想干啥就干啥。最最最重要的是：可以长生不老。

问题是怎么才能得道呢？

《西游记》里对此有过详尽的介绍。孙悟空的恩师菩提老祖，告诉他得道有三百六十种途径，最常用的有如下四种：

第一种是"术"，乃是请仙扶鸾，问卜揲蓍，就是算卦。

孙悟空问：这门专业能让我长生吗？菩提祖师说："不能。"

孙悟空说："不学！不学！"

第二种是"流"，就是学习儒道释等流派。

孙悟空问："能长生吗？"菩提祖师说："不能。"

孙悟空说："不学！不学！"

第三种是"静"，即清静无为，参禅打坐、入定坐关之类。

孙悟空问："能长生吗？"菩提祖师说："不能。"

孙悟空说："不学！不学！"

第四种是"动"，就是用方炮制，进红铅，炼秋石，并服妇乳之类，俗称炼丹。

孙悟空又问："能长生吗？"菩提祖师说："不能。"

孙悟空说："不学！也不学！"

这也不学那也不学，气得师父"嗷"的一声，从讲台上跳下来，打了他一顿。

一心修道的贾敬，好死不死，挑的恰恰就是猴子不肯屈就的四专业之一炼丹。菩提祖师对孙悟空说得很明白："此欲长生，亦如水中捞月。月在长空，水中有影，虽然看见，只是无捞摸处，到底只成空耳。"

然而这个专业的诡异之处就在于它有点像传销组织，成千上万的人证明了它的不靠谱，但仍然有成千上万的人狂热地加入进来，因为他们每个人都坚信：别人失败，不代表自己不能成功。"梦想还是要有的，万一实现了呢？"

三

人到中年的贾敬，就是怀着这样乐观的信念，才卷起铺盖卷进道观的——从此一入丹门深似海，用实际行动上演了一部《爸爸去哪儿了》。

他过生日，儿子为他备席请客精心准备，因为他喜欢清静，为了他连娱乐项目都免了。一切准备就绪的生日前两天，贾敬忽然变卦，说不回来了，连个解释都没有；而且，他不回来过寿，也不让孩子们去祝寿。

不知道贾珍心里是什么滋味，会不会默默大喊一声："老爷子你这不是折腾人嘛！"

摊上这爹，贾珍只好自认倒霉，风雨一肩挑了：

亲朋好友到了，他好生招待，把原本不用的戏班子再叫过来热闹热闹，活跃一下气氛；

京城里一等一的王公贵族，南安、东平、西宁、北静四郡王，镇国公牛府等一共六家，忠靖侯史府等一共八家，派人来送贺礼了，可不能怠慢，礼单一一上档，来人一一打赏；

又让贾蓉这个当孙子的，把上等稀奇的吃食装了足足十六捧盒，给他那不仗义的老爹送去。还特别嘱咐贾蓉这么说："我父亲遵太爷的话未敢来，在家里率领合家都朝上行了礼了。"

儿子做到这份上，真是仁至义尽了。

默默心疼贾珍两秒。

面对一个寿星缺席的寿宴，刻板的王夫人觉得很尴尬："我们来原为给大老爷拜寿，这不竟是我们来过生日来了么？"

还好凤姐儿反应快："大老爷原是好养静的，已经修炼成了，也算得是神仙了。太太们这么一说，这就叫作'心到神知'了。"大家哈哈一笑，算是把场圆过去了。

贾敬也有不得不回家的时候，就是除夕。因为要祭祖，他这长房长子要担任主祭，再赖不掉的，只好勉为其难回家。但就算过年这几日，他也不出来和人团聚，把自己一个人关在一个屋子里独处。还没成神仙，神仙的脾气倒有了。

挨到正月十七祖祀一完，他一溜烟就回道观里去了，跑得比兔子还快。

四

他身后的家，是什么样子呢？

他入住道观的时候，妻子已死，女儿惜春尚还是个幼儿，他把她往家一丢一走了之，从此不闻不问，是荣国府老太君心善，替他收养了女儿。虽说贾母待她不错，对外称她是自己的小孙女儿，但终是又隔了一层。回房里关上门，惜春自己一个人就是一家之主，渐渐养成了"百折不回的廉介孤独僻性"。

家里没有长辈约束，儿子贾珍便声色犬马胡作非为，把宁府搞得乌烟瘴气。不但和孙媳有染，竟然和孙子一起混两个小姨子，被骂"聚麀之乱"，以致臭名远扬，外头人说他们"东府里只有门前那一对石狮子干净"。

女儿因为怕被儿子的声名狼藉所牵连，为求自保，愤然与哥哥划清了界限："如今我也大了，连我也不便往你们那边去了。"
她用的是"去"不是"回"，证明她已经不把宁国府当自己家了。

当初赫赫扬扬的宁国府搞成这样，贾敬这个做父亲的有不可
推卸的责任，"箕裘颓堕皆从敬"，这话一点不冤枉他。

五

在电视剧《琅琊榜》中，也有个混在道观里沉迷于炼丹的言侯，
除夕了，他好不容易回趟家，儿子豫津小心翼翼劝他："爹，您求
仙修道怎么都好，只是，那丹砂实在是吃不得。"

言侯不屑一顾："你懂什么。"说毕，扬长而去。

很多号称自己有梦想的人，为了梦想公然逃避家庭责任，泯
灭舐犊之情。也说不定，有些梦想的核心其实是欲望，借梦想之名
行自私之实。

心魔已生，然仙丹难成。

所谓仙丹，主要是丹砂与金属炼和而成。丹砂的主要成分是
硫化汞，古人之所以偏爱丹砂，是因为发现它与草木截然不同，
怎么烧都不会成灰，还能反复变回原状。这个化学上最常见的还
原反应，让古人却想当然地认为它具有神奇的返老还童的药效，
于是前赴后继地趋之若鹜，多少人明知丹药有毒，却一再以身相

172

试以命相搏：不入虎穴，焉得虎子。

可以想见，贾敬是怎样废寝忘食夜以继日，做着一轮又一轮关于仙丹的"化学实验"。

虽然书里不曾正面描写贾敬全情炼丹，但他用他的死证明了这不是主观臆测。

六

曹雪芹写东西总是喜欢参差对照，形成斑驳跌宕的阅读美感。比如说第六十三回，前半部分是"寿怡红群芳开夜宴"，少男少女们彻夜大联欢；后半部分便是"死金丹独艳理亲丧"，大家正在拿着一枝芍药玩击鼓传花，忽然有人慌慌张张来报：老爷宾天了。

官方解释是："老爷天天修炼，定是功行圆满，升仙去了。"

据知情人透露：原是贾敬秘法新制的丹砂吃坏的事，道士们也曾劝说"功行未到且服不得"，"不承望老爷于今夜守庚申时悄悄的服了下去"，然后就一命呜呼了。

贾敬的尸检报告如下：肚中坚硬似铁，面皮嘴唇紫绛皲裂。

典型的重金属中毒症状，尤以铅汞为甚，死因明确。照死状来看，这是慢慢累积的恶果。弄成这样，这得是吃了多少丹砂啊！

比如肚中坚硬如铁，很明显他已便秘多日，不会没有感觉，但他却毅然决然地又服下一剂新配方，成为压倒骆驼的最后一根稻草。

回想起胡适曾说过的：爱迪生当初为了研制出"白热电灯"，用了几千种不同的材料来试验，矿物、金属，从硼砂到白金，后来又试验炭化棉丝，试验了几百种，最后才决定用日本京都府八幡地方所产的竹子做成最适用的炭精丝电灯泡。

爱迪生和贾敬本质上都是研究者，都表现出了孜孜不倦的探索精神。区别在于爱迪生靠的是用数据说话的科学精神，贾敬靠的是大无畏的"献身"精神。

古有神农遍尝百草，如细雨无声；也有铸剑师以血饲剑，如飞蛾扑火。

研发者在研究的过程中都会不断试错，但有科学素养的人会通过不断纠偏，最后一点点接近成功；而失去理智者则会滋生出赌徒心理：明知不可为而强为，因为付出越多，越不甘心放弃，赌红了眼时最后会连身家性命都搭进去。

所以爱迪生可以被称为"科学圣人"，而贾敬只能叫作"科学怪人"。圣人与怪人，半字之差，差就差在那一点"心"，前者始终清明理性，而后者却多出一颗执念之心。

贾敬用他的死，再次验证了菩提老祖当初对悟空的提点所言不虚。其实《红楼梦》里也不止一次提到过《西游记》，第二十二回，宝钗点戏点过《西游记》，第五十四回贾母还讲了个关于巧嘴媳妇吃过孙悟空猴子尿的笑话，所以贾敬一定是没好好看过《西游记》原著。

　　多读一本书，说不定便多一条活路。一个要成仙的人，怎么能不储备一点相关理论做基础，一味蛮干呢？闹到人死灯灭，聊以自慰的也只能是这一句："为梦想而死，光荣。"

王道士：历来高手在民间

一

《红楼梦》用一僧一道两位出家人开篇，十分有创意。

这二人上天入地，无所不能，缥缈而来，逶迤而去。云山雾海中无处可觅，万丈红尘里又无处不在。他们隶属于虚拟世界，是被曹雪芹理想化了的出家人。

至于真实世界里的出家人，曹雪芹写起来又是另一番手笔。他连滤镜都省了，让他们全部"素颜"出镜。

妙玉为人清高刻薄，没有半点出家人该有的随和宽容；

水月庵的尼姑智能不安分，和秦钟有一腿；

智通和圆心是拐子，拐走了芳官；

净虚老尼不净不虚，游走于上流社会，牵线搭桥九国贩骆驼，送礼行贿帮人退婚，套路玩得比佛门之外的人都纯熟，惯会用激将法，连凤姐都能被忽悠得替她办事；

马道婆坑蒙拐骗又贪财，还会下蛊害人，连做人的底线都没了。

这都是些什么人。

佛门里的人是这样，道观里又如何呢？要说佛家讲透出，那道家是讲超出，追求的可是成仙，前尘往事早该一笔勾销，不问俗务不操闲心才对。

清虚观打醮，出来迎接贾府人等的是张道士，荣国公出家替身，是受过封的，人人都称"老神仙"。见了宝玉却哭哭啼啼，送的礼又是金又是玉，整得跟宝玉的舅爷爷似的。

还当起了媒婆给宝玉提亲，不见一点仙风道骨。贾母不好拂这位"老神仙"的面子，急中生智回应说"上回有和尚说了，这孩子命里不该早娶"，贾母这个老太太呀，狡猾狡猾的，既然你是道士来提亲，我就抬出和尚来拒亲，出家人对出家人，谁怕谁?

据此看来，这些出家人，不过是披着出家人的外衣，行俗家之事，甚至借出家人身份，沽名钓誉借机敛财，世间熙熙皆为名来，世间攘攘皆为利去，僧道亦不能免俗。全是伪出家，除了宋小宝，啊不，王一贴。

二

卖膏药的王道士，堪称道观里的宋小宝。他一出现，满屋子自始至终都是快活的空气，仿佛响起欢快诙谐的背景音乐。他跟有点来头的张道士是没法比了，但居然也在荣宁两府混了个脸儿熟。

他的生财之道是卖膏药，人送诨号王一贴。

茗烟说他屋里有膏药味儿，他夸张地说哪有，听说宝玉要来，提前在屋里熏了三天香。宝玉问他你的膏药到底灵不灵，他背了一套滚瓜烂熟的广告语，说得头头是道，把自己的膏药吹得神乎其神，总结起来是"别看广告，看疗效"，还拍胸脯保证："百病千灾，无不立效"，如果不灵，你揪着胡子打我的老脸拆我的庙。这些胡话说得面不改色，脸皮不是一般的厚，心理素质不是一般的好。

这忽悠劲儿，让人想到《爱情公寓》里那个大师，又算命又卖药酒还混 IT 界免费手机贴膜。

宝玉让众人散去，问他有一种病你能治吗？他眼珠子一转，问宝玉是不是有关于"那"方面需要滋助，亏他想得出。如果不是茗烟喝止，不用怀疑，他一准儿能献出一个房中"妖方"来。

看到这里，王道士基本上给人的感觉就是一个流里流气的江湖游医。

当宝玉说出要治女人的妒病，王道士献出了一剂疗妒汤。

极好的秋梨一个，二钱冰糖，一钱陈皮，水三碗，梨熟为度，每日清早吃一个。

管用吗？

"一剂不效吃十剂，今日不效明日再吃，今年不效吃到明年。横竖这三味药都是润肺开胃不伤人的，甜丝丝的，又止咳嗽，又好吃。吃过一百岁，人横竖是要死的，死了还妒什么！那时就见效了。"

哈哈，原来如此！

宝玉茗烟逗得大笑，边笑边骂"油嘴的牛头"。

王一贴也笑：我逗你们解午盹呢！

接下来的一句话，竟有了反转，让人对他刮目相看。

他说：实话告诉你，连膏药也是假的。我有真药，我还吃了做神仙呢，还用跑来这里混！

三

这个死道士，亏他的膏药名声那么大，原来卖的都是心理暗示，他指天发地地说管用包好，人心里一信先好一半，一有信心免疫力自然变强，不好也好了，再加上口口相传，就跟真的一样了。

看他在宝玉面前做小伏低插科打诨，反应极快，包袱抖得一个漂亮，掌控着对话的节奏和反转。表面上是他逗宝玉开心，其实是他拿宝玉这傻小子寻开心。在他巴结讨好的笑脸后，闪着一双深谙人性的狡黠眼睛。

他对疗妒汤的解释有深层次的用意，女人爱妒是天性，哪里有药可治？

秋梨润肺，冰糖去火，陈皮祛痰，天天炖一碗这样的保健糖水喝，真的会让人心情愉悦。没准心情一好，性情就开朗，就不随便生气了，这妒病还就治好了呢！

这个不按常理出牌的家伙。一边满嘴跑火车没个正形，一边又据实相告自己卖的是假药，听者对他却怎么也讨厌不起来，这不能不说是本事。大概是因为他不装吧，真小人百无禁忌，比伪君子可爱。

"我有真药，我还吃了作神仙呢。有真的，跑到这里来混？"一下子就道破了一心成仙在某种程度上的荒谬。宝玉的堂伯贾敬，住在道观沉迷于炼丹成仙，连家都不回，最后竟吃丹中毒而亡，死后肚中坚硬似铁，面皮嘴唇都是紫绛皱裂。那叫一个惨。

贾敬那样的傻事王一贴肯定不会干，因为，他对自己所栖身的宗教，并不会愚信。宗教与人的关系很复杂，它能让人提升智慧，也能让人走火入魔。有趣的是，狂热追随某种宗教的往往是信徒，而宗教内部的任职人员却相对冷静。他们日日身处其中，在平淡日常中，渐渐磨损了最初的神秘敬畏，开启了另外的智慧之门，摒弃高深，从常识出发，回到人的本质上来，成为一个接地气的智者。

卖假药的王一贴，嬉笑之间告诉了宝玉两个绝望的真相：女人的嫉妒停不了；长生不老纯粹是妄想。

真要成仙，何必炼丹。也许这种老顽童式的幽默和通透，快活和自由，才更接近于道教成仙的真髓，是精神意义上的逍遥游。

王一贴在《红楼梦》里虽然只露了几分钟脸，但其他出家人跟他一比，都弱爆了。这个老戏骨猴精卖乖，一举一动都是戏，演示了什么才叫心是出家人，混迹于红尘。哪像他们，装腔拿范儿的，细细一瞅，却各种拖泥带水、六根不净。

多姑娘：我的生存之道是荡亦有道

一

《红楼梦》里，姑娘们掣花签，人人抽出了与自己命运和个性相对应的花。牡丹花宝钗，芙蓉花黛玉，海棠花湘云……

如果再多几个人来，猜猜她们能抽出什么花？

如果元春来抽，必定抽出攀缘的凌霄花，高高在上，令人仰望；

迎春也许会抽出素白娇弱的茉莉；

惜春会抽出"出淤泥而不染"又代表佛性的莲花；

妙玉多半是离群孤傲的空谷幽兰；

凤姐是罂粟，美丽而致命；她身边的平儿是山茶，天生丽质又端庄持重，花语是"谦让"；

岫烟会抽出坚韧淡定的木槿；

晴雯的是扎手迷人的玫瑰，但身份所限，说不定会被曹雪芹套路成美丽的蔷薇，早开也早谢，反正一定要带刺就对了；

小红是百日草，虽名为草，但花朵不弱，生命力顽强。

至于四儿、小燕、坠儿之类的小丫头子们，应该是雏菊、田旋之类的小野花，散落在大观园的各个角落里。"像眼睛，像星星，还眨呀眨的"，吐露着若有若无的芬芳。

名花要开，小花儿也要开。"苔花如米小，也学牡丹开"，是花儿都要开。

可是，唯有一个人，她也算是一朵花，但偏偏很难用一种花来形容。她是一朵未命名的奇葩。

她叫多姑娘，集美貌、放荡、卑微与通透等诸多元素于一身，让人很难界定她。

她是贾府厨子多浑虫的老婆，曹雪芹写她写得有点儿混乱，一会儿多姑娘一会儿灯姑娘，中间一度丧夫，把她移交给了鲍二，后来又让多浑虫还魂了。书中这样

介绍她：“恣情纵欲，满宅内便延揽英雄，收纳材俊，上上下下竟有一半是他考试过的。”出场次数寥寥，却都是床戏。不是和贾琏搞“直播”，就是欲非礼宝玉，是个活蹦乱跳令人瞠目的荡妇。

多姑娘这朵“花”，花种低贱，无人照拂，却生得妖娆摇曳，魅惑众生。能在讲究礼教的贾府中扎下根来，茁壮生长，招蜂引蝶，没有因有伤风化被拔除修剪。

她是怎么成为漏网之鱼的？

二

如果把贾府比喻成一艘豪华游轮，游轮上自然要分舱位等级。主子们在一等舱，多姑娘所属的下人们在三等舱。虽然大家在同一艘船上，但分属两个世界，平日根本没有交集的可能。

除非你在主子眼皮子底下。王夫人看到贾兰的奶妈十分妖乔，便要撵出去；晴雯也深知自己长得美，要不是遭人暗算，她才不主动在王夫人面前晃；更别提因跟宝玉调笑最后投井的金钏儿。

以多姑娘这样的品行，撵出去都太便宜她了，打板子都够她死好几回了。

但她运气好就好在离头层主子、二层主子的世界太远，她们不知道她的存在。

贾府底层不在市井，圈子相对封闭，流言蜚语也很难传到最上层主子那里去，主子们也怕脏了自己的耳朵。惜春不是说过：我只有躲是非的，哪有去寻是非的。大家集体掩耳盗铃，便有了管不到的地方。

圈子不同，便各有各的游戏规则。就像一等舱的客人们在船顶上衣香鬓影吟风弄月，也没妨碍到三等舱的船客在底层彻夜狂欢，多姑娘便是这聚会上的"皇后"。在这里，她想翻哪个男人的牌子就翻哪个男人的牌子。

人是环境的产物，多姑娘固然不好，但一个巴掌拍不响，底层宽松的道德环境给了她更多胡来的空间。

最最重要的是，她老公一味吃死酒，其他的都不计较，让她更加有恃无恐。

阶层生态决定了贾府虽是钟鸣鼎食之家，多姑娘这朵奇葩也能获得一片生存土壤。

三

作为一个三等舱船客，多姑娘很有自知之明。

她没有升舱的妄想，也不会没事去一等舱乱窜。不像鲍二家的，偷情偷到了凤姐房里，一样是跟贾琏，多姑娘让对方来自己炕上，虽然条件简陋，旁边还躺着自家喝醉了的老公——太无耻了是吧？但胜在安全。她很有原则，明白什么情况下必须是主场。

作为一个专业偷情的人，多姑娘的专业性还体现在只和贾琏谈情说爱，"海誓山盟，难分难舍"，剪一绺头发相赠，别的一概不掺和；鲍二家的则不然，她非要干涉贾琏家的私事，诅咒凤姐快点死，让平儿扶正。

所谓"闻道有先后，术业有专攻"。鲍二家的学艺不精，大白天就敢进入另一个女人的领地，又肆意妄言，让凤姐逮个正着，挨了一顿打，自己上吊了。

多姑娘呢，她继续招摇，还守株待兔地等来了宝玉。老公的表妹晴雯被撵出来，重病缠身，宝玉来探视，进到了多姑娘住的屋子。芦席土炕一穷二白，晴雯想喝口茶，连个像样的茶碗都没有，更别说茶不像茶了。间接看出多姑娘的生活条件有多差，钱大概都让多浑虫打酒喝了。

但多姑娘一出场，完全没有穷家没法接待贵客的自惭形秽。她笑嘻嘻地走进来，像妖精等来唐僧肉一样兴奋："我等什么似的，今儿等着了你。"主动对宝玉上下其手，吓得宝玉连连求饶。

其实，她也就是半真半假地撩逗他一下而已。

因为她发现，传说中的宝玉和真正见到的宝玉根本不是一回事，宝玉和晴雯也不是外界所传扬的那样，她正色说："如今我反后悔竟错怪了你们。既然如此，你但放心。以后你只管来，我也不罗唣你。"意思是：骚年，姐放过你了，谁叫咱不是一路人。

她私生活很乱，却能尊重别人的清白。

因为之前对多姑娘的第一印象，读者读到这里，常常免不了要对她刮目相看一下。嗯，所谓"盗亦有道"，人家多姑娘则是"荡亦有道"呢。

毛姆说："作家要更关注于了解，而不是评判。"

同是刻画所谓的荡妇，去翻翻《水浒传》，看施耐庵笔下的潘金莲和潘巧云，与多姑娘一比，就知道作家与作家的格局到底差在哪里。

曹雪芹写出了人性的多面和丰富。他的创作从不会脸谱化，他写的人更像人，而不是无视人性，写一个人形靶子让道德家们吐唾沫。

四

关于多姑娘，不少红学评论者将她视为"被侮辱和被损害的"，去回溯她的成长史，找她的性格成因，给她的放荡行为安插一个"不得不如此"的合理理由，推理出她是"破罐子破摔"，甚至将她的行为上升到对不公社会的反抗。

更有甚者，将多姑娘拔高成女权主义先驱斗士。

电影《驴得水》中，裴魁山抱着拯救"放荡"的张一曼的想法，向张一曼求婚，自作多情地说：我知道你不是那样的人。被张一曼笑着拒绝了：我就是那样的人。

张一曼的样子，活脱脱一个民国多姑娘。

好这一口需要理由吗？你喜欢吃辣给我一个理由，难道是因为跟辣椒有仇，小时候让辣椒辣哭过，长大了发誓复仇，要吃辣椒吃遍全球？

无非就是觉得好吃嘛！

多姑娘也是这样一个享乐主义者，"花开不多时啊，堪折直须折"，她只活在当下。所以这个人物，从头到尾都特别放松通透，没有半点拧巴，她有她自己的价值体系。

站在道德的立场上，她在男女关系上的随便当然不值得提倡，更不能效仿，特别是很可能伤害到别人。这种人受到惩罚，也是活该，不值得同情。

但是，就像面对生物多样化的事实一样，得像接受不同物种一样，接受不同的人的存在。

对自己不理解的人，不必非要理解。硬做姿态去理解，显得特别裴魁山。

三毛写过一个在沙漠里遇到的搭车客，是个兴高采烈的妓女。

她本来很同情对方，但交谈几句之后才发现人家根本不需要同情，事情还反过来了，人家还轻视正当职业的女性。

三毛说："遇到这样的宝贝，总比看见一个流泪的妓女舒服些。"

面对多姑娘，三毛提供了一个正确的打开方式：看一个这样乐此不疲又有生命力的荡妇，总比看一个顾影自怜的没有故事的女同学要有意思得多。不是吗？

尤氏姐妹花的母亲尤老娘，是一个怎样的娘

一

汪曾祺小说里有这样的段落："两个女儿，长得跟她娘像一个模子里托出来的。眼睛长得尤其像，白眼珠鸭蛋青，黑眼珠棋子黑，定神时如清水，闪动时像星星。浑身上下，头是头，脚是脚。头发滑溜溜的，衣服格铮铮的……娘女三个去赶集，一集的人都朝她们望。"

这是一个多么富有的母亲，这富有不是指钱财，指的是她家有三朵"花"：两个如花似玉的好女儿，外加她自己。

这样的娘，搁《红楼梦》里，应该叫尤老娘。

她也有两个女儿：尤二姐和尤三姐。

尤二姐把以模样标致著称的凤姐儿"秒"得渣都不剩，贾琏曾亲口对尤二姐说："人人都说我那夜叉婆齐整，如今我看来，给你拾鞋也不要。"贾母也当着凤姐面说她比凤姐俊。

至于尤三姐，那更是"绝色"了，兴儿说她身段面庞和黛玉不差上下。她稍微放出点手段，就能将男人迷得丑态百出："松松挽着头发，大红袄子半掩半开，露着葱绿抹胸，一痕雪脯。底下绿裤红鞋，一对金莲或翘或并，没半刻斯文。两个坠子却似打秋千一般，灯光之下，越显得柳眉笼翠雾，檀口点丹砂。本是一双秋水眼，再吃了酒，又添了饧涩淫浪，不独将他二姊压倒，据珍琏评去，所见过的上下贵贱若干女子，皆未有此绰约风流者。"

见多识广的宝玉称尤二姐尤三姐为"真真一对尤物"。

不用说，这一对尤物的美貌基因，来自她们的母亲尤老娘。虽然"尤老娘"这仨字儿没有半点儿美感，代表的是鸡皮鹤发垂垂老矣的老妪。

读《红楼梦》，我们常常会以字面和主观定美丑。比如赵姨娘，因为行事鄙俗

191

见识低微，读者很容易将其想象成丑妇，但事实上她的女儿探春却美得见之忘俗，她能丑到哪儿去？当然这里面还有个概率问题，贾环就差一点儿。

但尤老娘却从未失手，接连生出两个标致的女儿，一个赛一个的美，这就是实力。

母亲美貌基因太强大，生漂亮女儿的概率当然也大。

二

不如翻开尤老娘的人生履历表，细说从前。

只知她改嫁后从夫姓被称为尤老娘，两个女儿也改了尤姓，头婚嫁的是何等人家语焉不详，但也不是没有蛛丝马迹可循。

大女儿尤二姐，当时许配的张华家是皇粮庄头。因她父亲当日与张华父亲相好，遂指腹为婚。这里面还有个信号，即两家大体上门当户对，相去不远。尤老娘前夫家至少小康，绝不是社会底层。

如果没有意外，她的一生也会安稳到老岁月静好。

但命运不仁，前夫死了，生活从此没了着落，她成了远近闻名的美貌寡妇。也正是凭借这转瞬即逝的美貌，她还能带着两个"拖油瓶"改嫁到尤家，让自己和两个女儿的生活有了保障。

美貌从来都是这世界的稀缺资源，拥有它的人们，先天便占着竞争优势，这本无可厚非。

她还顺便当了另一个姑娘的后娘，这个姑娘就是后来的尤氏。尤氏天性随和明达，就算嫁进宁府做了主子奶奶，也没有对她们疏远。要去庙里给公公料理后事，还专门把她们接过来帮忙照看家里，待她们不可谓不亲厚。在这些过程中，她们也顺带着沾了不少光，得了不少接济，更有机会见识到了真正豪门的富贵奢华。

也正是这点见识，让她的两个女儿一路走偏。小女孩没见过什么世面，被贾珍贾蓉父子的一点小恩小惠诱惑，与姐夫外甥陷于聚麀之乱，搞得臭名远扬。

后面的事情大家都知道了，姐妹二人都不得善终。

悔悟后的尤三姐一心想上岸洗白，找个好男人过安生日子，她选中了柳湘莲，柳湘莲也允了，送了订婚信物。但后来还是被柳湘莲瞧出端倪，果断悔婚。三姐上岸无望，羞愤交加，自刎身亡。

尤二姐稀里糊涂成了贾琏的偏房，稀里糊涂被凤姐诓进园子受尽折辱，又稀里糊涂被打掉了孩子，最后万念俱灰吞金自杀。死了之后连贾氏祖坟都没入，和妹妹埋在一起。

两个女儿先后自杀，一夕之间，尤老娘成了无依无靠的孤老太婆。

这一切怪谁呢？怪贾琏？怪柳湘莲？还是贾珍贾蓉父子？归

根结底，要怪的人，是尤老娘。她才是女儿们之死的始作俑者。

三

老了以后的尤老娘是个瞌睡虫，成天迷迷瞪瞪睡不醒。她第一次出镜，就是休眠状态。

和她一样第一次出场也睡觉的只有巧姐，那是个尚在襁褓中的婴儿，还需要奶母拍着哄；尤老娘不用，贾蓉在她睡榻前公然调戏尤二姐，动手动脚，丑态百出，舔着吃她女儿唾在脸上的砂仁，还有一众丫鬟在场，吵吵嚷嚷，骂骂咧咧，尤老娘照样能睡得和死猪一样。

曹雪芹替她解释："尤老安人年高喜睡，常歪着。"年老嗜睡大概和脑供血不足有关。

但也不得不说，她的心真大。

在此之前，珍蓉父子在她们家去留随意，与她女儿们眉来眼去，轻薄狎昵乃至勾搭成奸。家里一共母女三人，尤老娘呢？她在干什么？在睡觉吗？

尤三姐对贾珍说：你们就是花了几个臭钱，拿着我们姐儿权当粉头来取乐儿。她只恨自己当时年少无知，像哈代笔下的苔丝一样，受了坏人蒙骗。

194

尤老娘作为一个嫁过两任丈夫的过来人，再嗜睡，也不可能对珍蓉父子的用意一点不知道。她对这一切应该心知肚明，但眼皮子太浅，看在那点儿钱的面子上，就淡然地将女儿舍了，至于她们的名节和前途，她似乎并不在意。对贾珍她不但不恨，还充满感激，亲口说："我们家里自从先夫去世，家计也着实艰难了，全亏了这里姑爷帮助。"

　　女儿们所承受的侮辱和损害，从未见其阻拦，全是毫无原则的默许纵容。

　　二姐婚后，贾琏已经给她们母女买了一座大院子居住，其实此刻她们母女已经有了依靠，是该考虑抽身而退了，但并没有。

　　贾珍趁着贾琏不在又一次登门寻欢作乐时，她们母女还陪着一起吃酒，尤二姐知局，便邀她母亲给贾珍腾地方，说："我怪怕的，妈同我到那边走走来。"曹雪芹写了一句意味深长的话，"尤老也会意，便真个同他出来"，很有默契地把三姐留给贾珍供他施淫，这是亲妈能做出来的事吗？她拿自己的女儿当什么？分明像个老鸨子。

　　贾琏回来，听说贾珍来了，便回到自己房里。尤老娘一见，面上也会讪讪的——原来她还知道不好意思。

四

这个做娘的，不但贪，而且蠢。

回溯贾琏偷娶尤二姐时，贾蓉帮忙说合，满嘴跑火车，许的是等一二年凤姐病死就接她进门扶正，说得好像想凤姐啥时候死就啥时候死似的。尤氏知此事不妥，但尤老娘却深信不疑，也不找尤氏商量。尤氏一见如此，索性说不是亲妹子，便干脆不管了。她这边被下人几句"老太太"的称呼奉承昏了头，毫不犹豫地给二姐退了原先的婚约，许给贾琏偷做二房。

尤二姐的出嫁，也很辛酸。

"偷来的锣儿敲不得"，没有盛妆出行，没有迎亲队伍，没有亲朋祝福，甚至都不能大大方方走在太阳下。她是在五更时分，也就是现在的凌晨三四点，趁着月黑风高被一乘素轿做贼似的抬进了小公馆，开始了自己的苦难人生。

紧随其后的，还有她的妹妹尤三姐。

这一对尤物，在沦为上层社会男人们的玩物后，终于又被冷落和嫌弃乃至抛弃，在清醒、绝望后不约而同选择了自我了结。

其实本不用如此的，即便家道艰难，有尤氏这个姐姐在，总不能看她们饿死，哪怕粗茶淡饭，也总可以活下去。

明白自己的珍贵，不急于变现，沉住气自珍自爱，也能等来一个安稳人生。

即便贾珍们撩骚，只要娘儿仨态度坚决，他也没有"牛不喝水强按头"的道理，亲戚关系多少会令他有所忌讳，更不可能有贾蓉什么事。

明明有许多正途，却偏偏走了最危险的一条攀缘之路，姿态难看至极，最后跌得翻身碎骨。

两个女儿都如此，绝不是偶然，是家教使然，"上梁不正下梁歪"。

"父母爱子女，必为其计深远。"尤老娘，实在是个很糟糕的娘。她才是尤氏姐妹花的命运悲剧的起源。

张爱玲说过：人有了一样本事，总舍不得不用。

年轻时靠美貌让自己摆脱过困境的尤老娘，尝过甜头后，只认识这一条路，一心让女儿们继承自己的衣钵，继往开来开辟新的天地。为了能攀上高枝，换取一点富贵荣华，任由两个尚在懵懂中的、金玉一般的女儿被糟蹋。鼠目寸光智商有限，偷鸡不成蚀把米，将女儿们亲手送进火坑，害她们红颜薄命，如花朵凋零于淤泥之中。

其实，最该死的人是她。

母亲的教养和品识多么重要，对于孩子来说，一个丢了人格底线的娘，是多么可怕、可悲、可憎和可杀。

贾代儒：长大后你还不如我

台湾的曾仕强教授之前在中央电视台《百家讲坛》讲过《易经》，他发表过一段骇人的言论："当你有个儿子，你不好好教他，你就是害自己全家；当你有个女儿，你不好好教她，你就是害别人全家！所以你和谁有仇，很简单，生个女儿，然后宠坏她，嫁给仇人的儿子，他全家就完了，你大仇就报了。"这话一度在网上疯传，被很多人视为金句。

目测这一部分瞎起哄的人应该没好好读过《红楼梦》。有什么新鲜的，这话贾政和王夫人聊天时早说过了，只不过不像老曾那么直白，人家是这样说的："生女儿不济，还是别人家的人；生儿子若不济事，关系匪浅。"

好像的确是这么回事儿。夏金桂不就是吗? 从小被娇惯得跟凤凰蛋似的，视自己为天仙，视他人为粪土，骄奢泼刁，薛家就是败在她手里，自她嫁过来之后家里鸡飞狗跳，各种作死直到把自己作死为止。

这两位文化人其实都是在讲教育的重要性，但重点不同，老曾说话虽然语不惊人死不休，但实质上是讲女性的受教育质量直接影响一个家族的未来，狠话后面是热肠;老贾虽然文绉绉点到为止，但却是一副精于算计的冷酷嘴脸:女儿教不好无所谓，祸害的反正是别人家，儿子可不能，那关系到自己家的千秋大计。

结果挺讽刺，贾政手头的两儿两女，却和他的期许反着来。俩姑娘一个是皇妃一个是王妃;俩儿子一个游手好闲一个气质猥琐，成了他嘴里的"两难"，以致贾家后手不继，成了冷子兴嘴里的"一代不如一代"，眼看着气数就尽了。

其实贾政也犯不上太自责，因为他在儿子的教养问题上并不是没有努力过，奈何撞上了"富不过三代"的铁律。

贾政曾煞费苦心为宝玉遍寻名师，据说先是相中了个学问极好的先生，但一看籍贯，南方人，便担心南方人脾气太阴柔管不住宝玉，为了工资瞎糊弄糊弄，那就把娃耽误了。

思来想去还是按老辈人的做法，在本家之内找有点学问有点年纪的老师，不为别的，只为镇得住在尊老环境中长大的宝玉。挑来挑去只好再找贾代儒，在业内虽然学问中等，但强在以严厉著称。

二

严厉不是万能的。

最下作的贾瑞就是代儒自己教出来的，那可是他的亲孙子。管教那么严，照样不学好，还色胆包天痴心妄想勾搭凤姐，蠢萌蠢萌地一再以身犯险，死不悔改一次次跳进凤姐毒设的相思局里，小命都丢了，代儒还蒙在鼓里。

问题出在哪儿呢？出在周遭环境上：贾府里全是纨绔子弟，没几个好学上进的，代儒还偏偏把孙子和薛蟠金荣之类的放在一起，几天就跟着学坏了。不怪几千年前孟母事儿妈似的一迁二迁三迁，俗话说"人搀不走，鬼叫飞奔"，做家长的如果不留意孩子身边的朋友，弄不好自己累得都吐血了孩子照样不成器，跟乌七八糟的环境比起来，自己那点教育纯粹是杯水车薪。

闲话不表。且说贾政带着宝玉去拜会代儒，见了面先向代儒请安，代儒坐下他才敢坐，口称"太爷"，"今日我自己送他来，因要求托一番。"和所有的家长一样俗套，巴拉巴拉请老师对孩子严加管教，说完站起来又作了一个大揖。没话找话说了一通，才离开。

态度不可谓不恭敬，言辞不可谓不恳切，此刻的贾政，除了小辈对长辈，更是以一个学生家长的身份来面对代儒，甭管自己家多有钱多有地位，也甭管自个儿官儿有多大，只要面前是孩子的老师，天下望子成龙家长的心都是一样的，为了孩子，自己低到尘埃里也是愿意的。

中国人讲究师道尊严，《礼记》上说"凡学之道，严师为难。师严然后道尊，道尊然后民知敬学"，有位大学教授曾为此有感而发："家长不懂得尊敬老师，孩子就会生出轻慢之心，对老师不够尊重，对自己的学业不够认真"。到头来吃亏的是学生自己。在尊师重教这件事上，贾政给宝玉做了个好榜样。

面对这样的家长，贾代儒不可能对宝玉不上心。接下来就全看他的了。

三

许多家长提起自己的孩子，最爱说的一句就是："他其实不笨，挺聪明的，就是聪明不往正地方上用。"也不知是褒还是贬，听者唯一可以基本确定的是这孩子不爱学习。宝玉就是这一类孩子的典型。

第七十三回，宝玉得到密报，听说父亲要检查他的学习情况，吓得临时抱起了佛脚，点灯熬油突击复习。奈何落下的功课门数太多，全面盘点了一下，复习这个怕明天抽查那个，复习那个又怕明天抽查这个，一夜之间想要都补起根本来不及，于是焦躁万分，生动演绎了一个平时不用功临考前抓狂的坏学生形象。后来狗头军师晴雯给他出主意，自导自演了一场装病闹剧，贾政只好放他一马。

宝玉这次遇到的可是贾代儒。小狐狸遇到狐狸精，就算对方目光如炬，也想试试身手。

于是，这一对师生之间进行了一次名义上是学问实则是人生观的交锋。

起因是贾代儒让宝玉讲一讲"后生可畏"这一章，宝玉于是借题发挥，先是朗朗地念了一遍，说："这章书是圣人勉励后生，教他及时努力，不要弄到……"说到这里时，故意抬头向老师脸上"一瞧"。

这一顿一瞧，意味微妙。明是避讳，实则提醒：你就是那种人，我还要接着说吗？

而贾代儒，真的像宝玉眼里那样，混得很差吗？

古代科举制度极为严苛，童生中只有佼佼者才能通过三级考试升为秀才（生员），相当于今天的一本985、211，贾代儒就处在这个层次。能有资格当教书先生，也是非常受人尊敬的，并非碌碌无为之辈。

"学而优则仕"，遗憾的是他没有进一步取中功名做上官。在讲究成王败寇的中国人眼里，秀才无疑是个失败者，所以自古以来民间嘲笑秀才的段子才特别多。

高鹗写："代儒觉得了，笑了一笑。"这一笑，是了然和大度，真是博人好感。

他并没有回避，而是直面尴尬。鼓励宝玉接着讲，因为"临文不讳"。

宝玉不客气了："不要弄到老大无成。"说完，又一次看着老师，既是挑衅也是观察，什么时候可以激怒这白胡子老头，那就好看了。

代儒淡定地说：请展开来讲。

宝玉接着指桑骂槐：年轻时聪明能干当然是很可怕，谁知他虎头蛇尾蹉跎岁月，一大把年纪了还是老样子，"这一辈子就没有人怕他了"。明知举业上秀才不上不下，是个很尴尬的身份，就是要专捅心窝子：你既然那么牛，还不是没考取功名，我才不尿你。

代儒又笑了：你讲得嘎巴儿脆，只是"有些孩子气"——小鬼，

203

你还嫩得很。

他讲了自己对这段话的理解：先说"无闻"，看一个人是不是成功不能单看他有没有做官，如果懂得了人生的真谛，就算不做官也已经很棒了，你看那些圣贤，他们也没做官。你把"不足畏"解释为"没人怕"，在我看来却是结局终于可以尘埃落定。孩子，要从这个角度理解，你才能深刻，明白了吗？

这一回合，宝玉用的是七伤拳，招招狠辣直逼要害，而代儒用的则是太极八卦掌，以柔克刚将力道一一化解。人师贾代儒，用坐而论道的方式，在给宝玉讲人生真相。

四

不要以为代儒只会防守，他把书往前翻了一篇，就轮到宝玉刺心了，那一篇是《吾未见好德如好色者也》。

其实宝玉一开始是拒绝的，说没什么好讲，代儒叱他："胡说！"理由冠冕堂皇："如果考场中出了这个题目，你也这么答吗？"宝玉硬着头皮随便讲了讲，代儒直接打脸：既然如此，为啥明知故犯？你别以为你的那些毛病我不知道……老师最后说：记住，"成人不自在，自在不成人"。

这真是肺腑之言，在该奋斗的时候选择安逸，只好在该收获的时候领受困窘。可惜衔玉而生的宝玉不懂，他以为可以躺在祖宗的功劳簿上舒服一辈子，哪知能轻易给你的荣宠，也自然能轻易剥夺。

不知道为什么，高鹗要给宝玉安排一个考中举人的结局，其实用脚趾头想都知道，以他的学问根本做不到。曹雪芹一早就在第三回里剧透了，说他不通世务，怕读文章："可怜辜负好时光，于国于家无望。天下无能第一，古今不孝无双。寄言纨绔与膏粱：莫效此儿形状！"

也许每一个成年人都是劫后余生。曾经有过梦想，但是梦破了；曾经以为一生还很长，一转眼就老了；曾经自以为某种活法绝不能忍受，现在却正学着享受。你曾经向未来漫天要价，但现实对你落地还钱，你竟也无奈接受了。后来你认了命，却也乐知天命，你终于发现人生不止一种方向。你努力过，得到过，也失败过，历经世事悲欣交集后终于释然。人变得洞明而坦然，宽容而悲悯，谦卑而善意，平和而强大。

所以，对于宝玉的无礼，贾代儒早已在之前的蹉跎岁月中获得了免疫力，方才从容消化，不会恼羞成怒。

宝玉看不起自己的老师，不过没关系，子在川上曰：逝者如斯夫。白驹过隙，他很快就知道自己嘴里讽刺讥诮的那个"不足畏"者，原来正是他自己。

他以为的"长大后我不成为你"，成了"长大后我还不如你"，而这一点，贾代儒其实一开始就是知道的吧？学生是哪块料老师最清楚，但只能微微笑一下，再笑一下，不去说破。真挚温和地告诉他："你这会儿正是'后生可畏'的时候，'有闻''不足畏'全在你自己做去了。"

多年后，有个牛人关于"后生可畏"也发表了一段观点。她说她对年纪大的人感到亲切，对同龄人看不起，对于小孩则是敬而远之，"倒不是因为后生可畏。多半是他们长大成人之后也都是很平凡的，还不如我们这一代也说不定"。说这话的人，她叫张爱玲。

冯紫英：《红楼梦》里最有男子气的男子

一

读《红楼梦》，总是被贾府那些钟灵毓秀的各色女儿吸引，对于里面的男子，就大部分只能呵呵了。

荣府这边，贾赦油腻，贾政无趣，贾琏窝囊，贾环猥琐，宝玉也自嘲愚顽；宁府那边，贾珍贾蓉父子一对混蛋。就连亲戚家的薛蟠也十分不堪。偏这本书讲的就是他们家的事，所以他们戏份还挺多。

目光放远一点，越过亭台楼阁峥嵘轩峻，看看贾府高墙外的男子，瞬间观感变好。宝玉诸多好基友中，且不说北静王人如美玉，贾芸聪明仁义；也不说柳湘莲有侠气，蒋玉菡虽然卑贱但人格不低；单拎出一个出场寥寥的冯紫英，就令人胸怀荡涤。

这真的是一个很爷们儿的男人啊，可惜被很多人忽略了。

二

冯紫英第一次出场，是"人未到，声先传"。小厮一句"冯大爷到了"，大家一起喊"快请"可知此人是有多受欢迎。话音未了，只见冯紫英"一路说笑，已进来了"，谈笑自若神采飞扬，老带劲了。他一进来，"众人忙起身让座"，这个"忙"字道出了冯紫英在朋友圈子里的地位之高。

冯紫英笑道：哥儿几个行啊，也不出门了，就在家里乐呵上了。

宝玉和薛蟠连忙问候他父亲：老世伯身体可好？

冯紫英答：我父亲托大家的福，身体还好。就是我母亲感冒了几天。

虽是几句寒暄的场面话，也是很能体现出一个人的个性能耐的。三言两语的对谈之间，冯紫英的干脆练达跃然纸上。

薛蟠看冯紫英脸上有伤，马上八卦：你这又和谁打架了？

这就是薛大傻子不识相之处，这话也只有安排他问，宝玉是出了名的体贴暖男，不会让人尴尬，就算心里存疑，也不会贸然当众出口。

冯紫英大大方方应答：从上次把仇都尉儿子打伤之后，我就决定再不和人斗气了，怎么会再和人打架呢？这脸上，是前几天围猎，在铁网山被猎鹰捎了一翅膀。

几句话里，交代出了不少东西：首先，冯紫英是个身体强健的习武男子，要不然不会打伤人，更没资格去参加围猎；其次是他自己的心路历程：血气方刚的少年也曾经叛逆过，惹是生非，但事后反省，吸取教训，从此不在无用处用强，要将自己的本事用对地方。孺子可教也。

至于他被猎鹰误伤的话，有红学家认为是托词，影射的是大清历史上著名的"帐殿夜警"事件，龙颜震怒太子被废，可谓惊心动魄，所以冯紫英才有后来那句"这一次，大不幸之中又大幸"的话。

至于真假且不去管它。只说冯紫英因话语中信息量太大，令薛蟠等八卦之心又蠢蠢欲动，非要让冯紫英坐下来细说。但冯紫英却立起身来说："论理，我该陪饮几杯才是，只是今儿有一件大大要紧的事，回去还要见家父面回，实不敢领。"看样子他已经是父亲的得力助手，孰轻孰重分得很清。

薛蟠宝玉这些人做好了准备听故事，哪里肯依，死死拽住不放。冯紫英哪能和他们耗得起？于是很豪气地说：你们今儿这都怎么了？既然非让我喝，那好，拿大杯来，我喝两杯就是！

冯紫英真就站着，将宝玉递过来的两大碗酒一气饮尽。这风格太不《红楼》，倒像是水泊梁山上的武松，《天龙八部》里的乔峰，斩了华雄回来的关公。

喝毕，他告了个罪：改天请你们。执手便走。

薛蟠说：别开空头，说个准日子呗！

冯紫英说："多则十天，少则八天。"一面出门上马走了，绝尘而去。不拖泥带水，也不叽叽歪歪，那叫一个帅。

伴着他策马离去的背影，背景音乐应该放《好汉歌》：说走咱就走哇，风风火火闯九州。

冯紫英更像一个侠义之士，一身武艺，来去如风，做事果断也有原则，不该说的话不说，不该恋的酒局不恋，与宝玉们的气质实在太不同。说句不好听的，宝玉们给人的感觉是混吃等死，冯紫英那架势，就是要顶天立地干大事，至少也不会辱没祖宗的。

三

除了习武，冯紫英还会行令作赋，其他场合也绝不掉链子。

冯紫英第二次出场，是在第二天。他果然没有食言，得空便请了宝玉和薛蟠还席，又请了蒋玉菡作陪。

宝玉还惦记着"幸与不幸"那件事，这一次又被冯紫英打个哈哈过去了："令表兄弟倒都心实。前日不过是我的设辞，诚心请你们一饮，恐又推脱，故说下这句话……"说得大家一笑而过。冯紫英之言谈机变可见一斑。

那次的酒席让人记忆犹新，一是为宝玉日后挨打埋下祸根；二是行酒令暗示了人物们的结局命运。

宝玉与蒋玉菡一见如故，两人借着上洗手间的工夫就互赠叫"汗巾子"的裤腰带，被薛蟠跳出来大喊一声"我可拿住了"，状似捉奸，揪住死死不放。尴尬之际，还是靠人情练达的冯紫英出来解围才罢。

在那次酒席上，薛蟠贡献了著名的"哼哼韵"；宝玉唱出了令人断肠的酒面《红豆曲》；蒋玉菡则说出了"花气袭人知昼暖"的酒底。事后读者们才知道，原来那些酒令里藏了那么多的信息量：薛蟠的酒令有点不知所云，如他一以贯之的不靠谱儿；妓女云儿的酒令唱的是自己悲惨无靠的命运；宝玉声声泣血牵挂的是他心爱的林妹妹；蒋玉菡暗示了自己未来的女人叫花袭人。

可是，有谁注意到冯紫英的酒令吗？

他先说的是：女儿悲，儿夫染病在垂危。女儿愁，大风吹倒梳妆楼。女儿喜，头胎养了双生子。女儿乐，私向花园掏蟋蟀。

他唱的则是："你是个可人，你是个多情，你是个刁钻古怪鬼灵精，你是个神仙也不灵。我说的话儿你全不信，只叫你去背地里细打听，才知道我疼你不疼！"画风转变得忒快，与他平日里做派大相径庭。平日里信马由缰在天地间恣意驰骋，当面对想象中自己心爱的女子时却瞬间切换模式，百炼钢化作绕指柔。

也许，这才叫真正的丈夫气，将那些出了门唯唯诺诺回到家颐指气使的直男们，全都秒成了渣渣。

当看到这样一个豪气冲天的男子，忽然唱出这么甜蜜肉麻的小调调，流露出如此柔情如此细腻的情感，禁不住想问：那个"头胎养了双生子"又"儿夫染病在垂危"、让他怎么疼也疼不够的"刁钻古怪鬼灵精"的掏蟋蟀女生，到底是谁呢？

不出意外的话，和黛玉、袭人一样，应该也是与宝玉关系密切之人。

私心里，多么希望那是湘云。

湘云，这个又让人疼又让人怜的好姑娘，她开朗活泼元气满满，能诗能文也能玩能闹，实在需要一个文武双全又有胸怀担当的男子来相配，才不算明珠暗投。这个男子，肯像五阿哥对小燕子那样娇宠，既能在才华上与她相称，也能欣赏得了她的天真娇憨与无拘无束，容许她不那么淑女地"胡来"，闯了祸也不用害怕，他自会出来为她兜底：她摔倒了，他就会哈哈笑着把她扶起；她要吃烤鹿肉，他就会陪着一同烟熏火燎，说不定还会喊一嗓子"温壶好酒"；她喝高了醉卧于花下青石，他就有力气把她横抱回房去——而这些事情，大概只有冯紫英才能做得到。

他唱的那支小曲儿，让人想到做《还珠格格》里《有一个姑娘》：有一个姑娘，她有一些任性，她还有一些嚣张……只不过他唱的是古典升级版。而且，冯紫英还没有五阿哥那动不动也使小脾气的臭毛病，他刚柔相济的个性，完全可以甩爱嘟嘴的小鲜肉十八条街。

当他第一次出现在读者面前，"一路说笑"着走进来，会令人跳戏地想到到第二十回史湘云第一次亮相，也是在"大说大笑"。这是巧合吗？冯紫英跟史湘云，真的好配啊！

要知道，老曹在前八十回里并没有写明史湘云许给了谁家，只说有人来相看，袭人向她道喜，她脸儿红了红，就过去了。

所以，我们自作多情地假设一下，不算违规。

四

冯紫英不但本人出众，背景也很了得。

贾母清虚观打醮，冯紫英家第一个送来猪牛香火等献祭之物，两家关系很是亲厚。

冯紫英的父亲是神武将军冯唐，单这名字和封号便不可小觑。"神武将军"已经很神气，老曹还给人起名叫"冯唐"——历史上的冯唐乃汉文帝时期一位敢于直谏皇帝的大臣，因一个成语与李广齐名，有刚正不阿之美名。综合起来看，冯唐将军应该是个能力和人品都很超群的人物。

虎父无犬子，论基因、出身与家教，冯紫英都算得上是一等一的夫君人选。

前期秦可卿生病，弄不清是病是喜，各路太医结论不一之时，是冯紫英专门向贾珍推荐了张友士，后者除了学问渊博，还医理极深，能断人生死。果然，张不但是个好大夫，也是个很好的心理学家，一番望闻问切之后，便对秦可卿的病症说得头头是道。

这个张友士不是别人，正是冯紫英幼时的老师。名师出高徒，冯紫英即便不是高徒，好歹经高人指点教引，见识自然有不俗之处。

回头想想，史湘云判曲中唱的"厮配得才貌仙郎"中的"才貌仙郎"为什么不能是冯紫英呢？单凭脂砚斋关于湘云所配麒麟的那

214

句点评："后数十回卫若兰射圃所配之麒麟正麒麟也"，就断定湘云跟卫若兰是原配，现在想想是不是有点简单了？卫若兰与冯紫英是好基友，经常在一起喝酒打猎射圃，秦可卿葬礼上一同出现过，从冯紫英再到卫若兰，会不会这中间还有什么曲折故事呢？

况且湘云素来喜欢大英雄，她还将自己的丫头葵官女扮男装，起名韦大英，取"惟大英雄能本色"之意。没错，她喜欢的正是冯紫英式的英雄气呢！而湘云后来的结局是"云散高唐，水涸湘江"，此"高唐"会不会暗指神武将军冯唐呢？

湘云跟冯紫英，到底有没有可能呢？不知道，不知道。《红楼梦》后半本未完，给我们留下了一个巨大的谜团，有待于我们细细地寻找、收集线索，探轶、辨析再去伪存真，一点点接近这本书的真正结局，还原作者的本意。在这个过程中，当然会免不了走错走歪，但是，胡适不是说过吗？"要大胆地假设，小心地求证"。所以即便最后错了，至少给后来人提供一点不一样的角度——错，也有错的价值。

《红楼梦》告诉你，人心的地界里不讲先来后到

一

《红楼梦》第二十回，黛玉正为宝玉跟宝钗走得近哭鼻子，宝玉劝她说："你这么个明白人，难道连'亲不间疏，先不僭后'（疏不间亲，后不僭先）也不知道？"他的理由是：第一件，咱俩是姑表亲，我跟她是姨表亲，论亲戚，咱俩亲。

毕竟是父系社会，父亲的亲戚比母亲的亲戚靠前，这么论亲疏不算有毛病。

第二件，你先来，咱们俩同吃同住一块长大，她后来才来，岂有为了她疏远你的？

好像说得也挺有道理：我认识你的时间比她长，自然和你更

216

亲近。

可惜上一秒言之凿凿，下一秒就被啪啪打脸。

话音刚落，杀进来个史湘云："爱哥哥，林姐姐，你们天天一处玩，我好容易来了，也不理我一理儿。"

论起先来后到，她认识宝玉才最早。

史湘云认识贾宝玉那会儿，还没林黛玉什么事儿呢！有一次袭人跟湘云说起往事：十年前咱们在西暖阁住着时如何如何。湘云答：那会子咱们那么好，后来才把你派了二哥哥如何如何。而黛玉进贾府的时候，袭人就已经是宝玉的丫鬟了。可知亲戚家的姑娘里，湘云是最早入住贾府的人。

从时间轴上来讲，和宝玉头一个两小无猜的，湘云当仁不让。

但自从有了林黛玉，史大妹子就靠边站啦！

湘云为此生了不少闷气，十分看不惯林黛玉，成天噘着小嘴抱怨，一口咬定是黛玉拿小性儿挟制住了她的"爱哥哥"，但对"爱哥哥"主动粘着林姐姐这个事实却选择性眼盲。

她不懂：二哥哥的心是一座房子，虽然她最早到来，但她自由地出出进进，二哥哥全不介意；宝姐姐是始终没有走进来，在门外白白溜达了一圈；而林姐姐，则是那个走进来，二哥哥就没让她再离开的人。

在人心的地界里，全不讲什么先来后到，在这里感觉最大。

二

有同样困惑的还有薛蟠薛大爷。

他愤愤地说宝玉在外面太会"招风惹草"："别说多的，只拿前儿琪官的事比给你们听：那琪官，我们见过十来次的，我并未和他说一句亲热话；怎么前儿他见了，连姓名还不知道，就把汗巾子给他了？"

宝玉和琪官初次见面，吃了不过半顿饭，趁着出来解手的工夫，两人就互赠了贴身汗巾子做礼物，算是郑重地交了朋友。这当儿，在暗中的薛蟠忽然跳出来一声大叫："我可拿住了！"

薛大傻子你拿住什么了？你就欠柳湘莲捶你。

宝玉和蒋玉菡算是一见如故。首先是早有闻名，宝玉问："有一个叫琪官的，他在哪里？如今名驰天下，我独无缘一见。"蒋玉菡忙说"琪官"是自己的小名儿，宝玉欣然跌足而笑：有幸有幸，果然名不虚传。

琪官妩媚温柔，和宝玉先时好友秦钟同属一类。除了是花美男，种种表现也很刷好感，席间行酒令无意说了袭人的名字，明明"不知者不怪"，却一再向宝玉道歉，温和有礼，修养极佳。

虽然身份低贱，但薛蟠和他见了十来次面，没半点进展也不敢有半分造次，说明人家不但不俗，还不谄媚。薛大爷只妒恨宝玉有本事，能后来居上轻而易举勾搭到琪官。这个精虫上脑的家伙，他根本理解不了宝玉与琪官之间，那种细腻走心的惺惺相惜，相见恨晚。

"我们见过十来次的"，不在一个频道上，就算见上一百次也没用，你不是人家的菜，人家连眼皮子都不会夹你一下，撑死和你做个酒肉朋友，敷衍敷衍过场。

三

细翻翻书，何止以上两位，为这种事儿郁闷的人多了去了。

宝钗不郁闷吗？否则她不会对第四十九回才进到大观园，却独得贾母恩宠的宝琴说："我就不信我哪儿不如你。"

宝玉也会郁闷呀，否则他不会对着林黛玉的背影长叹："既有今日，何必当初！"他伤心的是跟黛玉从小一起长大，他对她那么那么好，无微不至，"谁承望姑娘人大心大，不把我放在眼里，倒把外四路的什么宝姐姐凤姐姐的放在心坎儿上，倒把我三日不理四日不见的"。好在后来说开了才尽释前嫌。

除了主子们，小人物的郁闷也历历可见。

李嬷嬷曾拉着宝玉一把鼻涕一把泪地诉苦："把你奶了这么大，到如今吃不着奶了，把我丢在一旁，逞着丫头们要我的强。"芳官干娘上赶着给宝玉吹口汤，被赶了出来，原来这是刚进怡红院才几个月的芳官的特权，婆子出来后是又恨又气。

令人既伤脑筋又伤怀的人际关系，哪里只限于爱情。只要有人的地方，就永远无法避免厚此薄彼，挂万漏一，也免不了因诉求不满而心生龃龉甚至横生枝节。

其实最该憋屈的是黛玉从苏州带来的唯一的丫鬟雪雁，她跟着黛玉风尘仆仆北上，无亲无故有家难回，在这里和黛玉相依为命的是她才对。但事实是黛玉的心腹是紫鹃，连紫鹃自己都觉得匪夷所思："我并不是林家的人，我也和袭人、鸳鸯是一伙的，偏把我给了林姑娘使。偏生他又和我极好，比他苏州带来的还好十倍，一时一刻我们两个离不开。"

"苏州来的"，就是指雪雁。她在全书里戏份少得可怜，倒是有一句嵌着她名字的台词挺著名："雪雁，快掀帘子，姑娘来了。"还是从鹦鹉嘴里说出来的，多心酸啊！

但是，我们从来没机会见雪雁为此流露出不爽，正好乐得自在，有事了干脆往紫鹃身上一推。比如赵姨娘来借孝服，她不想借，这样答："我的衣裳簪环都是姑娘叫紫鹃姐姐收着呢。如今先得去告诉他，还得回姑娘呢。"说罢溜之大吉。

雪雁那永远一副快快乐乐的样子，叫随遇而安。

四

刘瑜说过："那些与你毫无关系的人，就是毫无关系的，永远是毫无关系的。从认识的第一天开始，其实你就知道。就算是笑得甜甜蜜蜜，就算是有无关痒痛的来往，就算你努力经营这段关系。而那些与你有关的，就是与你有关的，是逃也逃不掉的，就算你们只见过三次，就算你们三年才彼此搭理。就算你简直想不起他或者她的样子，就算是你们隔着十万八千里。"

在这种事情上，直觉往往比理性好使。

所以抛却功利的因素，去介意那些人与人相处中的厚此薄彼，计较感情上的收支失衡，追问为什么总是走不进自己在乎的人的心，而别人却轻而易举可以后来居上，由此生发种种负面情绪，有事没事给自己加场内心戏，实在大可不必。

非要拿相处时间来换算感情深厚，更是要流氓。"白头如新，倾盖如故。"君不见多少人朝夕相处一辈子，不见相爱只见相杀，做了仇人对头或最熟悉的陌生人；而多少人在千万人中遇见对方，要惊喜地说一声：哦，原来你也在这里。

宝钗有一次去找黛玉，一看宝玉先进去了，马上识趣地想，他俩从小一块儿长大，互相之间不避嫌疑，自己进去倒显得多余，于是抽身回来。

宝黛二人从小一块长大不假，但真正不避嫌疑的原因还在于性情相投，感觉相契。

重温宝黛初会，看他们四目相接如电光石火，一个想："好生奇怪，倒像在那里见过一般，何等眼熟到如此！"一个说："这个妹妹我曾见过的。"又说就算从前不认识，"今日只作远别重逢，亦未为不可。"

这句一出，便知是乱红纷纷过墙去，我思君处君思我。纵然前有湘云，后有宝钗，但在宝玉心里，除了林黛玉，别人都没戏。管你们这个最早就与我相识，那个用金玉之说早早做足铺垫，都抵不上此刻和眼前这个人的"只作远别重逢"。

每个人都有自己的一见就觉得面善，也会有自己的死活看不顺眼。也许在初相见的瞬间，相处基调就已能定下。气场能量微妙地传递信号，如净水淘沙。是不是跟自己合得来，能不能做朋友或恋人，潜意识早已心若明镜，尽管它还没来得及通知你的灵魂。

还是那句话：人心的地界，不讲先来后到，只讲心有戚戚焉。

我们往往误把人情当交情，把交情当感情，到头来才发觉都是错付。如果太过在意，还会姿态难看，交往中斤斤计较患得患失，遍施雨露"尽人而悦之"，弄些徒增烦恼的无用之术。朋友爱人的定额绝不会因此而增加半个，反而造成生命中更多的内耗。

合则聚，不合则保持间距，别有执念，就这么简单。

刘若英唱"对的人终于会来到，因为犯的错够多"。其实我们干吗要犯错，什么都不用做，做好自己就行，相同特质的人会从人群中自动离析出来，向我们靠拢。与这世间的人们相处，最舒服的态度是顺其自然，正所谓无为而治，大道至简。

职场篇

人生需要一点弹性

凤丫头说了：给我一个舞台，我绝不会跌倒

一

秦可卿临死托梦留遗言给凤姐，为贾府上市公司今后的发展指明了方向：要发展房地产，但地段也很重要。

一定要多买房买地，房子就买在祖坟边，这样抗风险能力最强，因为没听说抄家抄人祖坟的。

她说，我走了，舞台留给你，好自为之吧，记住啊："三春过后诸芳尽，各自须寻各自门。"

秦可卿怎么死的，书里书外大家都心照不宣。虽然官方说法是病死，讣告上冠冕堂皇地写着"秦可卿死封龙禁尉"，但私底下都传她是上吊死的，小报为了博流量，还特别标题党："秦可卿淫

丧天香楼。"也没见宁府人出来辟谣，倒是做婆婆的尤氏称病不出撂挑子，把烂摊子丢给了新闻当事人贾珍。

万般无奈之下，贾珍只好来荣府请求支援，他求的是王夫人：能不能把凤丫头借调我几天？让她帮忙料理一下丧事。

王夫人本来觉得凤丫头太年轻，便不敢替她答应："他一个小孩子家，何曾经过这样事，倘或料理不清，反叫人笑话，倒是再烦别人好。"

但此事对于年轻的凤姐来说，是挑战也是机遇。他知道自己当家能力现在虽获得认可了，但没办过婚丧大事，总觉得差一口气，想正好借此提升一下地位。

就像一个年轻模特，自己的台步功底大家都说不错，但是没

上过"维秘"秀场，就不能算一流超模。

舞台近在咫尺，岂能错过？于是凤姐决定迎难而上，好好展示。

她说：不会我可以学，可以问。

贾珍说：你家在荣府，天天两边跑太累，我给你在

这边收拾个院子,你住这边好了。

凤姐说:不用,那边也离不开我,我跑通勤赶场就好了。

这就算临危受命走马上任了。

二

她当天回去,经过调研思考,找出当前项目任务中亟待解决的五大紧迫问题:头一件是人口混杂,遗失东西;第二件,事无专执,临期推委;第三件,需用过费,滥支冒领;第四件,任无大小,苦乐不均;第五件,家人豪纵,有脸者不服钤束,无脸者不能上进。并一一找出了对策。

第一天,凤姐和中层们开了个见面会,了解了一下宁府人员情况;

第二天,早六点半(卯正二刻),就开晨会点名安排工作,把头一天拟好的整改方案予以实施。

按理说,各项工作安排到位,一个临时理事会主席,该稍微放松一点了吧?

不,七七四十九天,她天天来坐班,天天早上六点半。

如果六点半到岗,那她每天几点起呢?

寅正:凌晨四点。

四点起来梳洗化妆，她要用最精致的妆容、最好的精神面貌来迎接自己的舞台。早饭反而很简单，吃两口奶子糖粳米粥，漱下口就到点儿该上车走了。

到了宁国府，除了安排诸事，她还要哭灵。她是长辈，不用跪，大圈椅往灵前一放，她坐上去放声大哭。她一带头，大家都跟着哭，丧事该有的悲伤气氛登时有了。

有个员工因为睡过了迟到，她毫不客气打二十板子，管事的来升负连带责任，扣了一月工资。她有不得不这么做的理由："本来要饶你，只是我这次宽了，下次人就难管。"

这下就不难管了，杀鸡儆猴，人人都变得爱岗敬业。

在这四十九天里，她不只管秦可卿的丧事，还要管荣府里的诸事。不仅如此，还有：

缮国公的老婆没了，送祭礼；

西安王的老婆过生日，送寿礼；

镇国公的老婆生孩子，送贺礼；

娘家哥哥王仁回南边，给爹妈带东西；

婆家小姑迎春病了，请大夫开方子看病……

凤姐忙到什么田地？到了宁府，荣府的人跟到宁府；回到荣府，宁府的人跟到荣府。她一视同仁，也没因为荣府在自己家就流于应付，凡事不偷懒，日夜不暇，事事筹划到位，不让人说闲话。

到了秦可卿出殡那日，一应执事陈设，全都是现赶着新做的，一色光艳夺目。于是合族上下无不称叹。

三

年轻的凤丫头借此一战成名，人人敬服。以后府里有什么机会，都给了她。

渐渐地，她见的世面越来越多，能力越来越强，她的咖位越来越高，舞台越来越大，从家里一直延伸到了皇宫里，连宫里的太监都指名来找她办事了，一句一个"二奶奶"。

即使这样，她也从未放松，她的敬业有目共睹，家里管得井井有条，贾母说她是"丢下耙儿弄扫帚"，从不懈怠。

尊敬是靠自己挣来的，用《霸王别姬》里的话说是"自己成全自己"。

府里上下对她，有人恨有人妒，但提起她的能干，却无人不服。

在贾府的舞台上，能长袖善舞那么多年不跌跤，除了会做人会整人，更重要的还是职业素养，这才是凤丫头的立身之本。

凤姐曾对贾琏开玩笑说自己是"人家给个棒槌，我就认作针"。一语道破她所依仗的就是俩字：认真（认针）。

可是伟人都说了：世上怕就怕"认真"二字。

凡事认真用心，就不会出错丢人现眼。

平儿对婆子媳妇们说："你们素日那眼里没人，心术利害，我这几年难道还不知道？二奶奶若是略差一点儿，早被你们这些奶奶治倒了。"

一个对所有机会都认真对待的人，怎么会轻易摔倒呢？

《红楼梦》告诉我们，一个人是怎么失去别人尊重的

一

贾琏偷娶尤二姐后，小厮兴儿卖力地向新奶奶演绎贾府诸事，在介绍自己的岗位和职能时，他说了这样几句话："我是二门上该班的人。我们共是两班，一班四个，共是八个。这八个人有几个是奶奶的心腹，有几个是爷的心腹。奶奶的心腹我们不敢惹，爷的心腹奶奶的就敢惹。"颇令人玩味。

奶奶的心腹爷的不敢惹，爷的心腹奶奶的就敢惹，说明爷的心腹们怕奶奶，奶奶的心腹们不怕爷。听起来有点绕，简单说就是打狗还要看主人，下人们的态度折射的是主人在他们心里的地位。

显然，贾琏比较"菜瓜"。

其实贾琏为人公认的好。从不为难下人，不像凤姐，动不动就要将下人"拉出去打二十板子"，或者"垫着瓷瓦子跪在太阳地下"，要不就威胁"仔细你的皮"。

他与人为善，温厚大度，见过世面，言谈机变去得，偶尔有一点幽默和小滑头，不喜欢跟人争上下高低。这种个性与人群相融度较高，一般人缘都不错，牌桌上是个好牌友，酒桌上是个好酒友，需要撑场子时也很拿得出手。

可是，在自己家里，连跟着伺候他的人都受气，难道全是因"人善被人欺"吗？

也未必。《红楼》一读再读，便读出贾琏这个可怜之人的可恨之处。

二

第十六回，贾琏和凤姐正在相对吃饭，贾琏的乳母赵嬷嬷来了，两人连忙让饭，凤姐一下让尝火腿炖肘子，一下又让喝惠泉美酒。

赵嬷嬷却说："我这会子跑了来，倒也不为饮酒，倒有一件正经事，奶奶好歹记在心里，疼顾我些罢。"

原来是给自己的两个儿子求差事。在此之前，她已经求过贾琏了，没什么卵用："我们这爷，只是嘴里说的好，到了跟前就忘了我们……我还再四的求了你几遍，你答应的倒好，到如今还是燥屎。"

"燥屎"，意即事情搁置不办。

她拜托过贾琏不止一次，但他只答应不办事。万般无奈之下，她只好改求凤姐："所以倒是来和奶奶来说是正经，靠着我们爷，只怕我还饿死了呢。"

凤姐当即一口答应下来，喂了颗定心丸："妈妈你放心，两个奶哥哥都交给我。"

她一边替贾琏打着圆场："你从小儿奶大的儿子，你还有什么不知他脾气的？拿着皮肉倒往那不相干的外人身上贴。"一边又借着"内人外人"的话嘲笑了贾琏一番：我们瞅着是外人的，你瞅着是"内人"。

赵嬷嬷听得心花怒放，从开始的"我不为饮酒"，变成了痛饮："我也乐了，再吃一杯好酒。"因为"从此我们奶奶作了主，我就没的愁了"。

善哉凤姐。王昆仑先生说过："恨凤姐骂凤姐，不见凤姐想凤姐。"就这一件事上而言，办得可比贾琏够意思多了。她给出的这份温暖人情，让赵嬷嬷终于放下了心中大石头，能长出一口气，今晚回去能睡个好觉。

为了儿子们的生计，这个老太太不知道在家里眼巴巴地存着热切希望，已经熬煎苦盼了多少白天，辗转反侧过多少长夜，甚至受着儿子们的催促与埋怨。原以为自己面子够大，这不是什么难事，哪想到竟会这么曲折艰难。可又不得不老着脸，一而再再而三地求告贾琏，希望就像气球，一次次膨胀又一次次干瘪。

这个过程，没有求告过的人不知其折磨。

三

赵嬷嬷求托的这件事很让贾琏为难吗？

在贾府，年老的仆人历来有体面，安排子女接班就业是不成文的规矩。奶妈们的地位更是不一般，同是告老还乡的奶妈，李嬷嬷的儿子李贵跟着宝玉，赖嬷嬷的两个儿子都成了管家，像小红、鸳鸯、春燕这些家生小丫鬟们那更是多了去了。赵嬷嬷想给儿子谋个差事的要求不违规，并非特例。就像凤姐嗔责贾琏时说的："你疼顾照看他们，谁敢说个'不'字儿？"

赵嬷嬷在求情时也说："幸亏我从小儿奶了你这么大。我也

236

老了，有的是那两个儿子，你就另眼照看他们些，别人也不敢呲牙儿的。"

年少时读这一段，眼睛打滑一刺溜就过去了，只觉得这老太太真能倚老卖老。如今多少经过一些小烦小难，方懂"不借人为富，不求人为贵"的道理，再看这一段，竟觉心酸漫淹：这哪里是倚老卖老，分明是老而弥弱的低声下气。

史铁生说过："真正的理解是设身处地。"诚哉斯言！《红楼梦》就是这样一本书，洋洋洒洒浩浩荡荡，其中无数情节闪过，不见得当时留意，但是在今后漫长的岁月里，必然会一一再看见它们。

四

回头说贾琏，此刻的他除了讪笑吃酒，再也不见往日的巧舌如簧，嘴里只剩干巴巴的两个字"胡说"。

不仅仅是胡说，凤姐是借玩笑揭露贾琏的真面目：有一种拖延消极，叫冷漠不上心。

当别人来向你寻求帮助，能办不能办做出判断后，尽快回复，是为教养；

答应别人要办，就守信，暂时有情况就回个话，不叫人傻等，是为厚道。

你要知道，在你眼里可以放一放的小事，可能正是别人生活里的大事，身陷困境中的人们正寄满怀希望于你，也许焦头烂额茶饭不思，每一小时都忐忑不安甚至心急如焚。

特别是那些在乎你、信任你的人，尤其不要。无论何种原因，拖延答应别人的事，说好听点是缺少同理共情之心，本质上是没把求你的人放在心上——如果是这样，不如不答应，不要考验人的耐心。当然有意不办，或者想借此做某种交换的不在讨论之列。

被凤姐暖热的赵嬷嬷，从今往后在自己心灵的天平上，怎么会不偏向凤姐多一点？就算贾琏是吃自己奶长大的奶儿子。她会对前者多一层感激尊重，默默在心里给后者减分。

这样的事情还有很多。凤姐弄权专权不假，但威重令行之时，对来求告的人，决定帮助便当即着手，比如对刘姥姥，一面说着"大有大的艰难去处"的话，一面出手给了二十两银子让她过冬，再给一吊钱雇车回去，为后来的巧姐积下了福报。

利落可靠给办事，是人们对她的印象。这样的人，时间一长别人怎么会不尊重敬畏她？而贾琏，以他自己那肉不唧唧的行事风格，下人们也只维持一点表面上的恭敬罢了，威信是不大有的。

想要失去人们的尊重很简单，承诺别人的事情不守信，不了了之，让别人知难而退或心冷心寒就行了。

第二十四回，宗族穷孩子贾芸想在贾府求份差事，先找贾琏，贾琏说本来有个差事，但凤姐再三求他让给了贾芹，便让贾芸后天再来。贾芸想了一路，决定改换门庭，去求凤姐。

贾芸得到种树的差事后，对凤姐如此说："早知这样，我竟一起头求婶子，这会子也早完了。谁承望叔叔竟不能的。"实际上，这差事贾琏已经替他说得差不多了，最后让凤姐落了人情，长了威信。

贾琏冤，也不冤。他的问题出在回复不及时不透明。

这一个人的财富可能是拜家庭所赐，一个人的地位也与背景运势有关，但唯有别人对你的尊重，要靠自己挣。

坠儿：出身底层的年轻人，犯不起的错不要犯

一

时隔多年以后，坠儿偶尔抬起手，还能忽然一下子想起来，这手，曾经被一种叫"一丈青"的尖头簪子狠狠戳过。

那天的场景她不愿闪回，但晴雯尖细的声音还在耳边炸裂："要这爪子作什么？拈不得针，拿不动线，只会偷嘴吃。眼皮子又浅，爪子又轻，打嘴现世的，不如戳烂了！"彼时年幼的她，只会挣扎跟哭喊。如今疼痛虽无，惊惧犹忆。

后来她妈来领人，她临走，还给戳她的这位姐姐磕了头。

也怪她自己，谁叫她一时糊涂拿了人家平姐姐的虾须镯，毁了怡红院丫鬟团队的清誉。

二

如果没有"虾须镯事件"，坠儿就可以在怡红院接着当差。活儿也不累，管吃管住管穿，没啥花销，月钱存起来既可以贴补家里，还可以攒点嫁妆，再顺便跟着学点眉高眼低出入上下的，晃荡个几年也就大了。指给宝玉做妾就别想了，最大的可能是配个也在府里当差的小厮，生儿育女，这一辈子就这么安安稳稳不饥不饱地交代过去了。

谁知就在那个雪后，因为她的一次鬼迷心窍，命运就此转向，通往了不可预知。

坠儿偷镯子并不是蓄谋已久，是临时见财起意。主子们和副主子们在芦雪广吃烤肉，吃完后需要洗漱一下，平儿把腕上的镯子褪下来放在一边，一旁的坠儿就顺手牵了羊。

241

拿回去窝赃不专业，被宋嬷嬷发现并揭发。平儿为了宝玉的面子，选择了将此事按下，但性子像爆炭一般的晴雯不依，终是找碴儿把坠儿赶了出去。

坠儿在第五十二回就领了盒饭。

三

回头细看这个坠儿，才发现她原本就不太一般。

这小姑娘最大的特点是胆子大。

她不止做过一桩出格的事。

贾芸和小红这一对，也是靠她穿针引线联络上的，私相授受跑腿传话，她一人全包。

贾芸起初对小红有意时，不敢唐突。他到怡红院拜访宝玉，出来时是坠儿送他，便一路走一路慢慢套话。

他先从坠儿入手，声东击西，打听她的年龄，"几岁了？"

问她名字："名字叫什么？"

问她的家庭背景："你父母在那一行上？"

问她的工龄："在宝叔房内几年了？"

还问她的薪资："一个月多少钱？"

这种问法，一般会将最想知道的事情放在最后问。在迂回之间，不动声色套出对方的答案。

他把话题从坠儿身上引到"共总宝叔房中有几个女孩子"，坠儿还浑然不觉，一一回答。

当他终于问到重点："才刚那个与你说话的，他可是叫小红？"

不知坠儿是不是意识到了，笑着反问："他倒叫小红。你问他作什么？"

贾芸说刚听说小红丢了一块帕子，而自己恰好就捡到一块。边说边从袖中将自己的手帕拿了出来，投石问路。

坠儿说："好二爷，你既拣了，给我罢。我看他拿什么谢我。"

"我看她拿什么谢我。"这句话一出，便知坠儿是个千伶百俐的小丫头，几分调皮几分精明跃然纸上。

四

不同于跟贾芸交谈时的一派天真，坠儿给小红送帕子时，言语陡然变得老道起来，几乎都不像她这个年纪的人。

"你拿什么谢我呢？难道白寻了来不成。"这是她的原话。

小红答："我既许了谢你，自然不哄你。"

坠儿打蛇随棍上："我寻了来给你，你自然谢我；但只是拣的人，你就不拿什么谢他？"

小红说：他捡了我的东西，就该还我。我谢他干吗？

坠儿却道："你不谢他，我怎么回他呢？况且他再三再四的和我说了，若没谢的，不许我给你呢。"

就这样连哄带要挟，让小红半推半就又回了一块帕子才算完，她又可以拿着去向贾芸邀功了。

人小鬼大，这嘴皮子功夫，都仿佛隐隐得到《水浒传》里那"开言欺陆贾，出口胜隋何"的王婆的真传了。

更神的是后面，当她俩在亭子里的对话被宝钗听到，宝钗为了把自己择干净，故意嫁祸于以刻薄著称的黛玉时，小红特别紧张，私相授受的事让人知道了，可是犯男女之大忌的。

但坠儿却说："便是听见了，管谁筋疼。"

那个混不吝的劲儿，让人一怔。

你可以说她涉世未深头脑简单，也可以说她我行我素天性彪悍，只要自己想做的事做了，才不管外界舆论怎么看。以这样的个性，将来长大成人嫁作人妇，从珍珠变成鱼眼珠子，不知道会是怎样泼辣世故的一个妇人。

只可惜，她离开了读者的视线，后来的样子我们只能靠猜。

五

偷窃被撵是罪有应得，没啥好说的，这是坠儿身上洗不掉的污点。但不知怎么的，她却让人恨不起来，连宝玉都替她可惜。

她不是白色的小天使，也不是黑色的小恶魔，她处于灰色地带，是个集多面性于小小一身的平凡人。

她会热心热肠给人当红娘促成好事，也会一转脸就成为让人不齿的小偷。自知理亏，被人打时没有大义凛然倔强应对，一样哭爹喊娘惊惧怕疼。临走前被人批评不懂规矩，不得不屈辱地追着大丫鬟们挨个磕了一圈的头，可惜她们鼻孔朝天，连理都不理她。

其实，贾府里偷过东西的何止她一人，贾琏不是就求过鸳鸯，让她偷点老太太暂时查不着的东西出来吗？大丫鬟彩云也还替赵姨娘偷过玫瑰露，但因碍着探春的面子，让宝玉跳出来顶了罪，这事也就不了了之了。

这样的好运并没有降临到坠儿头上，因为她不像鸳鸯彩云们，爬到了屋里除了主子数自己最大的阶层。她这边，主子倒是愿意放过，但级别较高的奴才们却不依，她们有权力先斩后奏，照样说撵也就撵了。

跟在她娘身后，她灰头土脸地走出了怡红院，心里一片昏昏然的茫然，如一只小小的丧家之犬。被撵，不只是丢了差事，也意味着滚下了刚刚千辛万苦才够得上的那一层矮台阶。

从此以后，坠儿这个人就真的不知所终了。生活到底没有向她网开一面，更没有峰回路转，玛丽苏的情节并没有上演。

这才是底层"草根"们真实的人生吧，没有一生下来嘴里就叼着一块玉，让别人可望而不可即的天花板做自己的起点。纵然千伶百俐，但出身卑微，没有根底没有人脉，职场里毫无优势可言，只能处于食物链末端。

更没有免死金牌，犯一次错就可能永远万劫不复，需要承担所有的后果。危急关头没有霸道总裁从天而降给你兜底，帮你解脱面前的困境。同情你可怜你的人寥寥无几，茶余饭后拿你嚼舌根的却从来不缺，站在道德制高点对你唾弃。

《人民的名义》里，祁厅长不是说过吗："我们没有一个好的老子，不能随心所欲地做事。"世界对两手空空的普通人从不宽容，原则性的错误你根本犯不起，走的每一步都很关键，唯有规矩做事清白做人，才是暂保人生无虞的正确打开方式。

柳嫂子：势利乃人之常情

这世上就没有不势利的人。

金庸小说里，最正大光明的门派要属少林了，老和尚们天天念叨"阿弥陀佛众生平等"。可是郭襄一来就不一样了，这姑娘脾气暴躁，两句话不到就开打，伤了好几个和尚不说，其中一个还被齐刷刷斩断两根手指。然而罗汉堂首座无色禅师不但不怪，还要亲自送她下山，"要送够三十里"。她要不是郭靖和黄蓉的女儿，又有杨过罩着，能对她那么客气？而对那个断指留下终身残疾的本门弟子，无色禅师连问都不问一下，让人心寒。

看来就连金庸大侠也不能免俗，他在创作时，也许根本不知道，自己已经表现出了一种叫"势利"的人性痼疾症状。

在人情世故上，那些冲淡超脱宠辱不惊者，大抵是经过内心深处的种种纠结锻造，时时警惕，处处内省，重塑了一个自己而已。哪有臻于化境的"本来无一物"，能遇上个把懂得"时时勤拂拭"的，已很难得。

回到《红楼梦》里，那些光风霁月的主角们，就不为势利所累了吗？

至少在赵姨娘眼里，探春很势利。她将自己这亲娘视为奴才，连亲舅舅死了都不闻不问，只认正房太太的弟弟，"我舅舅年下才升了九省检点"，唉，就是不知道人家认不认你这个外甥女呢？林黛玉也势利，宝钗送礼物好歹还有她的一份儿，而林丫头却"把我们娘儿们正眼也不瞧"。

在李纨眼里，妙玉很势利。平日里对谁都爱答不理冷若冰霜，可是贾母一去，她就忙着奉茶招待。贾母说："我不吃六安茶。"大概嫌

六安茶比较冲，喝了伤脾胃。她马上乖巧地说："知道。这是老君眉。"私下里还是做了些功课的嘛。贾母品完后顺势让刘姥姥就着杯子也尝了下，妙玉看在眼里，嫌刘姥姥用过的杯子脏，让丢出去，宝玉求了情才不情愿地施舍给了刘姥姥，还说："若是我吃过的，我就砸碎了也不能给他。"

在贾环眼里，大家全体都势利："我拿什么比宝玉呢。你们怕他，都和他好，都欺负我不是太太养的。"

趋利避害是生物界的天性，连花朵都喜欢追随着太阳，一天内不知疲倦地转动 N 多次方向。人们会依附、追随、仰望能量巨大的强者，希望得到庇佑和好处，这是人类千万年进化来的智慧。适者生存没有错，但与之同来的，是尚未退化的动物本能，弱肉强食的劣根性，一直根植在血液里不能祛除。

而且，越是小人物越易势利。因为他们资源太少，要借助别人的力量达到自己的目的，不得不奴颜婢膝，而由此心中积攒的戾气，只好发泄在不相干的弱者身上。

管厨房的柳嫂子，就是现成的真人演绎。

二

第六十回，芳官来到厨房传话，说宝玉晚饭的素菜"要一样凉凉的酸酸的东西，只别搁上香油弄腻了。"柳家的笑道："知道。今儿怎遣你来了告诉这么一句要紧话。你不嫌脏，进来逛逛儿不是？"对一个小丫头态度巴结得不得了。这时芳官看到蝉儿买的糕，嘴馋要尝一块被拒绝，柳嫂子忙凑上来说自己有新买的，给芳官端上来，又现给她通火烹茶。芳官拿着糕没吃，故意糟蹋掰了打雀儿玩，柳嫂子居然也不生气，低声下气得匪夷所思。

还是蝉儿一语道破天机："有人作干奴才，溜你们好上好儿，帮衬着说句话儿。"

原来是柳嫂子有求于芳官：想让自家女儿五儿进怡红院当差，让芳官帮着疏通。芳官素与柳嫂子交好，刚从梨香院出来，眼皮子浅但个性掐尖，便答应帮忙，和五儿也过从甚密。

会经营人脉是柳嫂子的本事，这叫情商高。拜高没错，但加个踩低，就变了味，成了势利。

对宝玉、探春、宝钗等得势主子屋里的人，柳嫂子是一副脸子；对贾环、迎春等不得势的主子屋里的人，是另一副脸子。当然了，柳嫂子也有柳嫂子的难处，这些人肥鸡大鸭子吃腻了肠子，开始变着花样的要吃素，鸡蛋豆腐面筋酱萝卜炸儿，"一处要一样，就是十来样。"人人来要小炒，她哪能忙得过来？那就区别对待。

只是不要做得太露骨好吧？

宝玉的晴雯要吃芦蒿和炒面筋儿，她"赶着洗手炒了，狗颠儿似的亲捧了去"。迎春的司棋想吃碗炖鸡蛋，她对着来传话的莲花儿一顿恶剋，还拿探春和宝钗给钱的事儿顺便挤对了下赵姨娘。司棋丰壮彪悍，之前已拜柳嫂子赐过一次馊豆腐，这次决计不能再忍，带了一帮人群起而砸之。柳嫂子嘴硬头不硬，司棋一吼一砸，她就理短地蒸了一碗鸡蛋送去了，被司棋当场泼在了地上。梁子就此结下。

　　紧接着，她家五儿就被诬陷偷盗茯苓霜和玫瑰露被关押了起来，而指证五儿的恰是之前受过她气的蝉儿与莲花。柳嫂子的岗位被司棋的婶娘取而代之，还差一点挨了板子。还是平儿替她平了冤屈，令她复了岗。

　　蒙冤期间，没见有人替她说话，倒见不少人下蛆，再回想司棋带人砸场子时，一声令下，小丫头们竟是"巴不得一声"，全都七手八脚地扑了上去。后来，园子里查赌查出了她妹妹聚众赌博，还有人去凤姐面前揭发告状"凡妹子所为，都是他作主"——大家怨气都这么重，冰冻三尺非一日之寒，柳嫂子真需要好好检讨一下。

三

　　受了一场虚惊，柳嫂子会不会借此反省，从此改了呢？

251

呵呵，势利是她的一样本事，她怎么会舍得不用？

后来芳官有饭不吃，还是叫她给自己单做一份送来，柳家的殷勤地送来一个盒子，里面是"一碗虾丸鸡皮汤，一碗酒酿清蒸鸭子，一碟腌的胭脂鹅脯，一碟四个奶油松瓤卷酥，并一大碗热腾腾碧荧荧蒸的绿畦香稻粳米饭"。有凉有热，有汤有菜，鸡、鸭、鹅、海鲜、限量版主食、外加饭后甜点，全齐了。连宝玉都忍不住上来蹭一点吃，芳官却骄矜地嫌油腻，显见胃口被惯坏了。

一听说平儿过生日，柳嫂子忙说"姑娘的千秋，我竟不知道"就咕咚一下磕下头去，慌得平儿把她拉了起来。这里面除了感恩，更有巴结，她还指靠着平儿以后再多罩着她点。无欲则刚，只要你有求于人，腰板就永难挺直。

"我贵而人奉之，奉此峨冠大带也；我贱而人侮之，侮此布衣草履也。然则原非奉我，我胡为喜？原非侮我，我胡为怒？"势利人敬你，敬的是你手里的资源；欺你，欺的是你两手空空能奈我何。一味厌憎愤恨也不是办法，学着了解他们的游戏规则，一笑置之，也算与这现实世界达成某种谅解，毕竟要做的正事还很多。当然，他们偶尔撞上司棋一类的莲花们，也会吃些亏，那不是巧合，是食物链的一次翻转。

伶俐的小孩子从小跟在势利的父母身边，会早早学会察言观色，一遇到父母笑脸相向的人，他立马嘴变得特别甜。父母淡然处之的，他也跟着视若无睹。有遗传天赋，也有不自觉的模仿。这样下去终有一天，他会长成他父母那样的人。

柳嫂子的女儿五儿从小跟着母亲耳濡目染，将来会不会有乃母之风青出于蓝呢？

这事永远无解了。虽然后四十回有"候芳魂五儿承错爱"，但第七十七回王夫人提到她时，如是说道："幸而那丫头短命死了"。原来，茯苓霜事件让五儿受的惊吓不轻，小身板经不住折腾，回去以后气病相加，不久就"挂"了。这是原作者曹雪芹的意思。

替柳嫂子一哭。真可怜啊，处心积虑忙乎一场，竹篮打水就罢了，竟还落了个儿死楼空，大地一片白茫茫。

金钏儿：人生多艰，需要一点儿弹性

一

读《红楼梦》，发现书里死个人就跟玩儿似的，好好一个人说死就死了。

比如贾瑞，受了几次捉弄和惊吓，钻被窝里多看了几回色情镜子（风月宝鉴），就精尽人亡，堂堂一个大小伙子，死了。

比如晴雯，受个凉，外加再挨顿骂，就不吃不喝一病不起，拖出去过了几天，死了。

比如柳五儿，被误认为偷东西关了一夜，放出来就气病了，没多久，也死了。

除了病死，曹公还爱让人自杀。

秦可卿，上吊了；尤二姐，吞金了；尤三姐，自刎了。不知道是为了表达自己的三观正，还是没想好怎么安置人物结局，凡是作风问题有前科的，曹公让她们统统自杀，以死谢罪。

"死者为尊"，人一死，前尘往事里有多少对或错也不宜再论，再较真的话就显得有失厚道。所以曹公尽可能给她们收个好尾。

秦可卿的葬礼，排场大得吓人，棺材是皇家规格，吊唁的也都是皇亲国戚；

尤二姐明明是吞金，活活腹痛坠死，死状应该十分恐怖，但非要写她"面色如生，比活着还美貌"，这不科学；

尤三姐死了，从前的放荡史一笔勾销，成了柳湘莲贞洁的亡妻，他还为她削发出家。

还有金钏儿投井，那一回的题目竟然是"含耻辱情烈死金钏"，特特用了个"烈"字。

用激烈的方式结束生命也许可以称为刚烈，但金钏儿生前种种所为，却与这个"烈"字毫不搭边儿。

255

二

第七回，周瑞家的去梨香院，看到金钏儿和刚留了头的香菱站在台阶上玩。等周瑞家的从屋里出来，看到金钏儿一个人在那里无聊地晒太阳，一副悠闲的样子。

这是金钏儿第一次出场，给人的感觉怎么说呢？不全是贪玩，也不是懒散，直觉是个不太爱想事儿的姑娘。

不太爱想事儿的人好啊，活得简单。但是，不太爱想事儿的人也有一个硬伤，就是常常会显得不懂事儿。

第二十三回，宝玉被他爹喊去训话，本来心理压力山大，一步挪不了三寸，好容易蹭到这边院子里来。一大帮丫鬟站在廊檐下，一见宝玉，"都抿着嘴笑"，这笑里，是心照不宣，是善意的揶揄：小子，你就等着挨收拾吧！

金钏儿竟然一把拉住宝玉嬉皮笑脸道："我这嘴上是才擦的香浸胭脂，你这会子可吃不吃了？"

说这话摆明是脑子进水了。就像一个男同学被教导主任叫去挨批评，某个不长眼的女同学凑过来说："小鲜肉，还跟姐浪了？"换个脾气爆点的，这会子一掌劈死她的心都有了。

好在有彩云，她一把推开金钏儿说："人家正心里不自在，

256

你还奚落他。"又善意地转向宝玉：趁这会子老爷心情好，你快进去吧！

这个细节让人对彩云重刷好感。金钏儿这一拉，与彩云的这一推，对比鲜明。前者烦人，后者感人。

后来彩云承认自己偷了王夫人屋里的玫瑰露，宝玉马上跳出来兜揽顶罪，说是自己偷的。

他对金钏儿就不是这样，动手动脚、油嘴滑舌，看见她倒霉，他"早一溜烟去了"。

因为他分得清，什么样的人不能轻薄，什么样的人喜欢被轻薄。

三

金钏儿言谈举止之所以这么任性随便，一是在奴才里地位顶尖，被捧杀了；二和王夫人有关，她对她太过放心。

王夫人膝下寂寞，唯一的亲女儿元春进了宫，金钏儿跟她一跟就是十几年，是她的小丫鬟，更是她的小棉袄。

贾母去庙里打醮，大家都挤破了头的想跟着出去逛逛。王夫人自己有事不去，却放金钏儿跟着出去耍了，可见她有多疼她。

她自己也说"虽然是个丫头，素日在我跟前比我的女儿也差

257

不多。"

她对金钏儿寄予厚望，还指望将来重用，结果却被事实啪啪打脸，发现自己所托非人。

那天中午，王夫人在里间凉榻上睡着，金钏儿在给她捶腿，困得迷儿巴登，宝玉上去又是摘耳坠又是喂香雪润津丹，金钏儿都没有拒绝。接着两人开始了言语调情，书中如此描写道："宝玉上来便拉着手，悄悄的笑道：'我明日和太太讨你，咱们在一处罢。'金钏儿不答。宝玉又道：'不然，等太太醒了我就讨。'金钏儿睁开眼，将宝玉一推，笑道：'你忙什么！"金簪子掉在井里头，有你的只是有你的"，连这句话语难道也不明白？我倒告诉你个巧宗儿，你往东小院子里拿环哥儿同彩云去。'"

看到这里，就发现金钏儿已经不只是脑子进水，脑袋还被门夹、被驴踢了。

凡事是要讲场合，人家妈妈是在睡觉，不是死了好吗？你就这样和人儿子叽叽咕咕调情，还挑唆人家到东院看色情真人直播，十足一个风骚的小妇人样。这种事情搁哪个时代哪个母亲都不可能容忍。

说完这句话的后果是："王夫人翻身起来，照金钏儿脸上就打了个嘴巴子，指着骂道'下作小娼妇，好好的爷们，都叫你教坏了'。"

然后就叫她母亲来领人。

这个反应太正常了，就是一个正常母亲的反应。

宝玉早起身跑了，留下金钏儿跪地苦苦哀求："我再不敢了。太太要打骂，只管发落，别叫我出去就是天恩了。我跟了太太十来年，这会子撵出去，我还见人不见人呢！"

姑娘，你早干吗去了？枉你跟了王夫人那么多年，只看到她平日待下人宽厚，对你更是另眼看待，那你是真不了解你的主子。

待人宽厚是大家闺秀的涵养，但不代表人家没底线。

爱八卦、说话没分寸、撩骚小鲜肉，这三样，条条犯王夫人的忌讳：一忌目无尊长；二忌嚼舌根；三忌轻浮水性。全是原则性错误。

第三条最严重，王夫人在宝玉的男女问题上本来正过度焦虑，防这个防那个，没想到却是灯下黑。

震怒、失望、挫败，交织在一起，王夫人根本不可能马上原谅她，撵她并不意外。

四

金钏儿出去后，在家里哭天哭地。她想当然地认为自己是太太内定给宝玉的妾，否则不会对宝玉说出"金簪子掉在井里头，有你的只是有你的"这么气粗的话。

而现在，"羊肉没吃着，惹了一身膻"。

登高跌重，会格外痛不欲生。人言可畏，她脑补到自己接下来的路会很难走，索性就不走了。

她被撵的第三天，湘云大妹子来了，还兴冲冲地用手帕包来四只绛纹戒指，要分别送给这府里站在权力顶尖的四个女奴："袭人姐姐一个，鸳鸯姐姐一个，金钏儿姐姐一个，平儿姐姐一个。"

然而这点儿心意，她的金钏儿姐姐已经永远没机会领受了。

人们在井里发现了她的尸身。

贾环添油加醋地说："那井里淹死了一个丫头，我看见人头这样大，身子这样粗，泡的实在可怕。"借机让贾政痛打了宝玉一回，也算间接替她出了口气。

哭得最伤心的莫过王夫人："我只说气他两天，还叫他上来，谁知他这么气性大。"这话未必真，也未必是假，毕竟她是真疼过她。过上三五个月，气消了，未必没有转圜。

总有人说是王夫人逼死了金钏儿，这个锅不该王夫人背。她只是一气之下撵走了她，可没想让她去死。被撵的人多了去了，茜雪、良儿、坠儿、入画……名单拉出来一长串，也没见谁轻易自寻短见。

宝钗淡淡地说了句："纵然有这样大气，也不过是个糊涂人，也不为可惜。"

意思翻译过来就是：她自己要作死，谁也怨不着。

"性格决定命运"，顺境里，该谨慎的时候不谨慎；有了变故，该隐忍的时候又不隐忍。可不就是个"糊涂人"？

金钏儿的命运悲剧，其实是性格的悲剧，从头到尾，她的性格都缺乏了那么一点弹性，要么肆无忌惮，要么一死了之。

当然了，烈女们的宁折不弯在我们的文化中从来是值得尊敬和讴歌的，但对于只有一次的生命本身而言，韧劲儿与寸劲儿哪个更珍贵？

自杀，是把自己的命看得太重，还是太轻？

不说了，还是那句话吧，"死者为大"，再站在一旁喋喋不休就有点刻薄了。

如果，那个午间，宝玉说"我向太太讨你吧，等太太醒了就讨"时，她能留点心眼，使个眼色说："二爷且去歇息，太太好容易刚睡着，别吵醒她。"就没有后来的扎心事儿了。

可惜，人生没有如果，只有结果和后果。

李嬷嬷：得体退出有多么难

很多人的少年记忆里，家中都有一个李嬷嬷这样的长辈。嘴碎爱唠叨，什么都要管，哪儿都要插一脚，一点都不识趣，怎么看她怎么多余。在少年人的眼里，她就像一只烦人的家养苍蝇，拍又不能拍，赶又不好赶，只能任由她嗡嗡，心里烦得不要不要的。

少年会长大成人，偶尔一天回忆起她，间隔的岁月如柔光，往事一夕变作莫兰迪色调。她的种种毛病不那么讨厌了，竟然开始念起她的好，她对自己点点滴滴的关怀都是真的，这才反省当初自己对她那么多的厌弃怠慢，是多么混蛋。（而这时候，她也许已经不在。）

犹记得宝玉过生日，按规矩去依次给李、赵、王、张四个奶妈磕头以示感恩，李嬷嬷排序第一，因为，只有她哺乳过宝玉。

动物界的杜鹃鸟有个习惯，喜欢把自己的蛋下在其他雌鸟窝里，让后者替它孵化，孵化出来后，雌鸟对这只外来的幼鸟一视同仁，不眠不休地悉心照顾。直至一天，翅膀硬了的小杜鹃一飞冲天，头也不回，只剩雌鸟对天悲愤哀鸣。

李嬷嬷就是这样的雌鸟。

她觉得有奶便是娘，只要宝玉吃过自己的奶，就是自己的娃。外加贾府对资深用人无原则的尊崇，更使得她理直气壮起来，动辄拿贾政吓唬宝玉："你可仔细老爷今儿在家，隄防问你的书！"口气比亲娘王夫人还霸道。

亲娘王夫人操心儿子靠遥控："我身子虽不大来，我的心耳神意时时都在这里。"她的办法是安插眼线，风格是抓大放小，只要宝玉不犯原则性错误，小节上她倒不见得多干涉。

李嬷嬷完全相反，朝夕相处事必躬亲，给她的分工

263

是管鸡毛蒜皮。阶段性任务完成，她完全可以功成身退回家享清福，但仍不肯退出宝玉的世界，什么都要跑来再管一管。

"宝玉如今一顿吃多少饭，什么时辰睡觉""只知嫌人家脏，这是他的屋子，由着你们糟蹋，越不成体统了。"生活、作息、卫生，简直就没有她不操的心。

角色也没及时转换过来，好像怡红院的家还是她当似的："只从我出去了，不大进来，你们就越发没个样儿了。"和袭人的说"一时我不到，就有事故儿"同声同气。李嬷嬷曾说袭人是自己一手调教出来的，看来不是胡说。弄不好李嬷嬷就是老年版的袭人，从前也和气过娇媚过，是岁月把珍珠变成了死鱼眼珠子。

二

第八回，宝玉在薛姨妈处要酒喝，李嬷嬷在一旁三番五次拦阻，奈何薛姨妈是个没原则的家长，黛玉是个任性的妹子，李嬷嬷孤掌难鸣，只得怏怏作罢。当时她还是宝玉的监护人，所以是说自家孩子的口气："姨太太不知道，他性子又可恶，吃了酒更弄性。"自揭其短，其实是申明主权，标榜自己对宝玉脾性的了解无人能及。

奶妈的身份很特殊，主子年幼时，她需要在很大程度上充当母亲的角色，一个娇嫩的小婴儿全权托付给她，责任心必须得强。与之相伴的是责任大了权力就大，吃喝拉撒睡样样要由她操心，自然样样也由她说了算。

天长日久，惯出了一身臭毛病，直把杭州作汴州，误认他乡做故乡，拿主家当了自家，导致角色混乱。

清史曾记载清王室子女的奶妈一手遮天挟制主子的事，格格们想见个驸马都得经她们批准，有个格格结婚好几年了，回到皇宫委屈地问父皇："阿玛给女儿指了个什么样的额驸？"原来是被奶妈拦着，夫妻还从来没见过面，简直耸人听闻。

李嬷嬷不也是吗？桌上盖碗里的酥酪必须是她的；怡红院里的豆腐皮包子自行打包给孙子，理由是"宝玉未必吃了"；著名的"枫露茶事件"也因她而起，话说这茶好硬，宝玉泡了整整一天才出色，李嬷嬷说喝就喝了，惹得宝玉冲茜雪大发一火，连茶杯都摔了。"他是你那一门子的奶奶，你们这么孝敬他？不过是仗着我小时候吃过他几日奶罢了。如今逞的他比祖宗还大了。如今我又吃不着奶了，白白的养着祖宗作什么！"宝玉不是小气人，是烦透了李嬷嬷，正好借酒盖脸，发泄对李嬷嬷积存许久的不满。

枫露茶事件之后，两个人离开了怡红院。一个是茜雪，从此销声匿迹；一个就是李嬷嬷，她"告老解事"了。

李嬷嬷一夕老去。再出现时，拄上拐棍了。

骤然的清闲会加速衰老。照管宝玉曾经是她一生引以为荣的事业，当生命中最重要的支撑被拿掉，她需要一点形式上的支撑才能站得稳。

此时的李嬷嬷变得越发不可理喻：敏感易怒易激惹，特别能作。又是污言秽语地大骂袭人，又是鼻涕一把泪一把地控诉宝玉。宝钗劝宝玉让一步，袭人则是百般忍耐，王熙凤干脆连哄带骗。对她，大家都是息事宁人的态度，认为她老糊涂了。

她哪里是老糊涂，不过是患了"退休综合征"。乍然被退休，无法适应新常态，对现状充满了无力感，觉得全世界都开始欺负自己，导致负面情绪爆棚。人这一生，有多少难过还不都因没有理顺自己和自己之间的关系？

李嬷嬷没有向内的智慧，只会迁怒于外，连打牌输了点钱都要找碴儿发飙，而且总是剑指袭人——只能是袭人。满腔的仇恨，是她取代了她的位置。于是袭人成了心机婊，"谁不是袭人拿下马来的"。

一趟趟地往怡红院跑，是惯性使然，对于往日那点蝇头蜗角权力的留恋使她停不下来。她还让自己的亲儿子李贵接了班，留在宝玉身边伺候，现实点说在贾府的奴仆里算是谋了一份美差。站远点看，也是"献了青春献儿孙"。

三

她对宝玉的挂心也没有停下来，但正值青春期的宝玉开始叛逆，他有了自己的主见，讨厌她没完没了的束缚。她不是不知道，只是不死心，自己巴心巴肺奶大的孩子会这么没良心。她执意要吃掉宝玉给袭人留的那一碗酥酪，就是一种孩子气的挑衅，是对宝玉这个小白眼狼"有了媳妇忘了娘"的气不愤。她恨宝玉的凉薄。

李嬷嬷最可爱的一次，是在第二十六回。小红在沁芳亭畔遇到她，上前问候，她将手一拍，很兴奋地"诉苦"，说宝玉逼着她去找贾芸来。小红问："你老人家当真的就依了他去叫了？"李嬷嬷的回答很有意思："可怎么样呢？"语气宠溺。是的，可怎么样呢？她对这个奶儿子一点办法都没有，能被他需要已经是一种莫大的幸福，拄着拐杖替他跑腿她也愿意。

曹雪芹写李嬷嬷先抑后扬，最后干脆来了个翻转。到了第五十七回，宝玉得了癔症。大家先去请的不是亲娘王夫人，而是奶母李嬷嬷。

李嬷嬷来了摸了脉门掐人中，见宝玉没反应，"呀"的一声便搂着宝玉放声大哭，捶床捣枕说自己"白操了一世心了"！这一声大哭尽显母子情深，让她的种种可厌全被覆盖。曹雪芹真是写实通透，读者当下就谅解了李嬷嬷：关心则乱才姿态难看，之前的烦人不过是因付出没有换来预期回报，上赶着的不是买卖。宝玉少年不识爱滋味，看不到她咋咋呼呼外表下那一颗柔软的慈母心。

照看宝玉的责任再一次落到了李嬷嬷身上，她带领着几个老嬷嬷用心看守，辛苦着，也幸福着，日子仿佛又回到了从前。

张爱玲在以自己为原型的《小团圆》里写过这样一个细节：每天早起奶妈都像老牛一样，用舌头舔她的眼睛，因为口水有"清气"，可以明目。这样的事胡适的母亲也对胡适做过。是颇不卫生，但这种舐犊情深，是至亲之间才会有的动作。

从前的李嬷嬷对宝玉一定也如此疼爱过，只是一个等闲变却，一个刻舟求剑，他们被生生分隔在了亲情两岸。眼下这场病"正当其时"，让黛玉和宝玉情比金坚的同时，也让一对形如冤家的母子尽释前嫌。

他们再在一起时，画面变得温暖起来，宝玉过生日，用感恩的姿态上门给李嬷嬷磕了头。当宝玉恭恭敬敬一个头磕下去，那一刻的李嬷嬷，应是满心的欣慰和成就感，有再大的不甘失衡也该烟消云散了。老的对小的总是特别心软，记不起仇来。

这真是再好不过的收梢了。

这一对特殊母子的相爱相杀，映射了人与人之间的诸多关系，每一种关系其实都是有有效期的，要永远保持一种珍惜而超然的态度。当一段关系到了转折，哪怕心中有千般不舍，也要忍痛放手，留一点余地给彼此。实在不必苦苦相逼到图穷匕见，露出人性深处的丑陋。其实峰回路转之后，焉得没有另一种柳暗花明？

李嬷嬷就此从书中淡出，不再折腾。宁愿她是心结从此解开，找到了新的人生定位，安享晚年含饴弄孙就好。宝玉既已长大，就该从他的生活中得体退出，正应了龙应台那段著名的话："我慢慢地、慢慢地了解到，所谓父母子女一场只不过意味着，你和他的缘分就是今生今世不断地在目送他的背影渐行渐远，你站立在小路的这一端，看着他逐渐消失在小路转弯的地方，而且，他用背影默默告诉你：不必追。"

焦大：我情愿你是个精致的利己主义者

读《红楼梦》看焦大，常常让人生出一阵警惕：天啊，等我们老了，一定不能让自己活成这个样子。

焦大一生，登上过两次人生巅峰：

第一次是战场上救主，得了主子们的心。得追溯到很多很多年前了，那时候宁国府还是太爷时代，年轻的仆人焦大跟着代化和代善出过三四回兵。战争残酷，在血肉横飞的战场上，是他从死人堆里把主子背出来，救回一条命；两天没有水，他自己喝马尿，把仅有的半碗水让给主子喝。如果不是他，贾府的家族史也许就要改写。

第二次是年老后醉骂，入了读者们的眼。许多许多年后，太爷已经故去，太爷的儿子贾敬都看破红尘求仙问道去了，太爷的孙子贾珍开始步入中年，太爷的重孙子贾蓉也已娶妻成家，焦大还是焦大。

一朝天子一朝臣，作为"前朝遗老"，借着酒劲臭骂指派工作给他的得势管家，年轻的主子贾蓉听不下去，责骂了他两句，也惹来他一顿大骂。更令人瞠目的是，他还骂出了主子们的隐私："爬灰的爬灰，养小叔子的养小叔子。"被小厮们情急之下顺手用马粪塞住了他的嘴。因为这次粗暴羞辱的噤声，虽然出场只有一次，他却被读者永远记住，给予同情和问候，也算是"一骂成名"。

这两次相隔甚远的人生巅峰可以概括为：年轻时在战马旁喝马尿，老了老了在马圈里塞马粪。

多么讽刺，这一生还真是有始有终。

其实焦大本人不正像一匹老马吗？年轻时靠一腔忠勇在战场上驰骋嘶鸣，战争结束，没有了用武之地，回到马圈，"祗辱于奴隶

271

人之手，骈死于槽枥之间。"饶是如此，几十年烈性不改，时不时要尥蹶子踢人。

主子们也还算念旧，看当年救主有功的分上，才没有卸磨杀驴，让他有个安身之所养老。

但焦大对这份安排领情吗？

二

第七回是这样写的，尤氏让人派人送儿媳妇的弟弟秦钟回去。媳妇们回说："外头派了焦大，谁知焦大醉了，又骂呢。"一个"又"字，说明焦大骂人是常事。

尤氏秦氏婆媳俩异口同声道：那么多人派谁不行？"偏要惹他去。"主子把派奴才干活叫作"惹"，这个"惹"字后面，是对焦大的集体忍耐。

凤姐批尤氏软弱，把下人纵得不成体统。尤氏叹一口气，将焦大的功劳罗列了一遍，解释说："不过仗着这些功劳情分，有祖宗时都另眼相待，如今谁肯难为他去。他自己又老了，又不顾体面，一味吃酒，吃醉了，无人不骂。我常说给管事的，不要派他事，全当一个死的就完了。今儿又派了他。"寥寥几句，基本上交代完了宁府与焦大的"想说爱你不容易"。

一面是焦大"不顾体面，一味吃酒，吃醉了，无人不骂"的肆意妄为，作天作地，却也不肯告老还乡出去。

一方面是宁府主子对他的矛盾心理：他于宁府有功理当善待，但又确实不待见他，于是既不赶他走，却也"都不理他"。

没有过河拆桥不假，但给焦大的待遇也在逐代递减。到了管家赖二这里，出夜车送人这样的苦事，那么多年轻司机不派，偏派他，于是一下子捅了马蜂窝。

逆来顺受苟且偷生，在焦大这里不存在的。他开始大骂赖二："没良心的王八羔子，瞎充管家！你也不想想，焦大太爷跷跷脚，比你的头还高呢。二十年头里的焦大太爷眼里有谁？别说你们这一起杂种王八羔子们！"

这些话听起来有没有很熟悉？单位机构里都有这样的不得志老员工，曾经得意过，但因为没成算运气差，爪子浅没挠住出溜了下去，对新的既得利益群体各种不服和愤怒，一点事情就要撕破脸，翻旧账摆老资格，闹得谁都下不来台。反正谁又不能拿他们怎么样，也没人愿意和他们怎么样，惹不起也犯不着。

对贾蓉这个小主子，焦大是这么骂的："蓉哥儿，你别在焦大跟前使主子性儿。别说你这样儿的，就是你爹、你爷爷，也不敢和焦大挺腰子！不是焦大一个人，你们就做官儿享荣华富贵？你祖宗九死一生挣下这家业，到如今了，不报我的恩，反和我充起

273

主子来了。"接下来就是"红刀子白刀子"，说白了就是"信不信我拿刀捅死你"。

看吧，他其实是有多恨他们：你们收留我不假，但别忘了你们的荣华富贵都是靠我一个人挣的，你们全族世世代代都该永远对我感恩戴德，可是，这才到第四代，你们就变了，你们全都该死！

接着，就是要去祠堂里找对方祖宗打小报告，捅腰眼子抖隐私，好像全府里只有自己最忠心、最痛心疾首、最举世皆醉我独醒。直到被捆住手脚，嘴里塞了马粪。

其实不就是不愿意加班吗?

三

爱闹事的老员工里有两种人，一种是焦大型，一种是李嬷嬷型。

表面上是那么相似：焦大骂赖二欺负他，李嬷嬷骂袭人怠慢她：你不就是我手里调教出的毛丫头，见我来了竟敢不理我；

焦大骂贾蓉没良心，李嬷嬷也骂宝玉没良心：吃我的血变的奶长大，现在吃不着奶了，把我丢到一边，逗着丫头们要我的强。

一样是找碴儿闹事，但管理层却两样对待。

王熙凤处置焦大是这样：还不早打发了这没王法的东西！

但对李嬷嬷却是这样：妈妈去我家里吃酒，还有炖得稀烂的野鸡。我叫人给你拿着拐棍子，还有擦眼泪的手帕子。

因为，虽然同是闹，出发点却截然相反。李嬷嬷闹，是想继续留下来发光发热。第二十六回，她已经告老解事，还拄着拐棍屁颠屁颠地给宝玉跑腿叫人，小丫头说：你还真听他话。她答：不然呢？

焦大闹，是不想干活要待遇，要躺在功劳簿上当大爷。

所以主子们和李嬷嬷的矛盾可以调和，让她继续领返聘工资就行了；但跟焦大却不行，因为他的要求不但是白养，还要和大股东平起平坐，甚至要凌驾于他们之上。

于是，宁府主子们一肚子委屈，恨得牙痒痒。

而焦大却觉得被欺负了：要去祠堂里哭太爷去。

他是真不知还是假不知，那祠堂的门根本轮不上他进。

八月十五中秋夜，祠堂里人家老祖宗那一声叹息，是叹给贾珍听的；

贾府除夕祭宗祠，子孙后代一起跪下，乌泱泱将五间大厅、三间抱厦、内外檐廊、阶上阶下，塞得无一隙空地，自家正经子孙都快安插不下了；

就连宝玉能梦游太虚幻境，也是宁荣二公的魂魄托付警幻仙姑安排的：我家运数将尽，子孙那么多，没几个能继承家业的。就数宝玉还聪明，烦请仙姑对他加以指引。

自古穷通皆有定，是人家家里的事，和你焦大有啥关系？

还想去祠堂哭？就在马圈里哭吧。

四

读焦大，初读是同情和不平，再读是了然与苦笑，再再读，就变成了隐隐的恐惧。

总害怕有一天，自己一不小心也成了焦大。

怕自己年龄见长，薪水不涨，职位不涨，如果有一天，眼瞅着资历和能力都不如自己的人一个个后来居上，想当初自己也是意气风发过的呀，怎么就落到这一步了？

这一天也许会到来，这一天终将会到来。

如果再看看后来人，不过都是些借着人脉、资源甚至先天阶层优势的人，竟然开始踩到自己头上，指派甚至吆五喝六了，委屈、不服、愤怒，种种情绪一齐涌上心头：觉得诸事可恨，却不知该干点什么。

此时，一不小心就会怨天尤人牢骚满腹，随时准备找人开火，发泄一腔怨愤。你以为自己是愤青，其实跟焦大一样，是个老不死的刺儿头。

焦大这样的人生，其实是输在没规划没远见，还不认命甘心。

一样是奴才出身，起点一样，看看人赖嬷嬷是怎么玩的。

对贾府主子，她永远谨记自家身份，不失礼数。贾府的规矩是服侍过父母的家人，比年轻主子有体面。赖嬷嬷在奴才里辈分很高，贾母让她坐，她看尤氏凤姐站着，不忘告个罪才坐下。等听说要凑份子给凤姐过生日，主动提出降格。还特别会讲笑话凑趣儿，听的人都很舒服。晴雯原本是她买的小丫鬟，一看贾母喜欢就送给了贾母……种种见风使舵不一而足。

因为会来事儿，赖嬷嬷两个儿子作为家生奴才，分别在两府当管家，媳妇儿赖大家的也跻身管理层，很有体面。靠着贾府这棵大树，她不但闷声发大财完成原始积累，自家盖起了带花园的院子，泉石林木楼阁庭轩该有的都有。

这老太太最厉害的是教导有方，带领全家实现了阶层跨越。她居然没让孙子再进贾府当接班奴才，而是供他读书识字，愣是花钱捐了个州县官儿当，开始和贾宝玉一桌喝酒称兄道弟，算是彻底摆脱了奴才的身份。

不要以为她只会做小伏低逢迎拍马，她高瞻远瞩有远见着呢。

然而她教训孙子，听来却句句血泪，字字扎心："你那里知道那'奴才'两字怎么写的……也不知道你爷爷和你老子受的那苦恼，熬了两三辈子，好容易挣出你这么个东西来。"

哪有人真会喜欢当奴才呢？都是生存所迫咽泪装欢。

但总有人能将"垃圾吃下去，变成糖"。努力经营积累，让自己越过越好，完成自我迭代和家族华丽转身。管这样的人，叫"精致的利己主义者"大概也不错。

当焦大指着赖嬷嬷儿子的鼻子大骂"焦大太爷跷跷脚，比你的头还高呢。二十年头里的焦大太爷眼里有谁"时，他可曾想过，这二十年当他跷着脚骂人撒酒疯时，赖嬷嬷全家都在干什么？他原本也可以凭着救主有功置换一点资源，为老年保底的呀——脑子是个好东西，但首先你得有。焦大们有吗？

人生是赛场，愿赌服输。如果真的时运与能力不济，底线是哪怕打落牙齿和血吞，也绝不失态。显然，焦大也做不到。

全世界都欠了焦大们的，他们肚子里憋着一股三昧真火，恨不得随时和这世界"红刀子进去，白刀子出来"。逼急了用一口道德大锅扣过来，彰显自己的正义与愤怒，此时嘴里若被塞上一把马粪，便更显得悲壮无辜，获取无数人的同情唏嘘。

天下熙熙，皆为利来，天下攘攘，皆为利往。

不过有的人得到了，还吃相不难看；

有的人没得到，骂天骂地，让自己占领道德高地。

易卜生说："有时候我真觉得全世界都像海上沉了船，最要紧的还是先救出自己。"不要把自己混成焦大，假使混成他，也不要活成他。

王住儿媳妇：刁人都有自己的逻辑

一

《红楼梦》里有个叫王住儿（一说玉住儿）的人，好多人都没注意到吧？这就好比你去某公司打听一个人，被打听的一脸懵圈："这人干吗的？你说清楚点。"

你得说："他娘是你们府里二小姐的乳母。"

对方一定会马上恍然大悟："哦，你早说他娘是谁我不就知道了嘛！"然后，咳咳两声，欲言又止，会反过来问你："你和他们家很熟啊？"

这时候你该怎么答呢？

你如果是个好奇心重的人，千万不能答"是的，很熟"。你

279

应该模棱两可地说："谈不上熟不熟，也就认识，找他有点事。怎么了，是不是我来得不是时候？"

对方如果也是个八卦的，会说："恐怕他这会子顾不上你，他娘犯了点事儿。"

你就可以顺水推舟问："他娘犯了啥事儿？"

带头聚众赌博，被老太太赏了四十大板要撵出去，不许再入。

好赖有二小姐的脸面在，就没给她求求情？

求了，听说还是三小姐、林姑娘、宝姑娘一起求的，可老太太不依呀："况且要拿一个作法，恰好果然就遇见了一个。你们别管，我自有道理。"没啥好说的，猪撞树上了。

那，二小姐平常就不管？

我们二小姐是出了名的二木头，性子最软弱的，哪敢管自己的乳母呀？她连二小姐的攒珠累丝金凤都敢偷出去当，也是试准了姑娘的性格。

话说到这儿，迎春乳母是个啥货色，就一目了然了。

《红楼梦》刁奴排行榜上，王住儿他娘排名稳居第二，不是那种她"自称第二没人敢称第一"的第二，是真的第二；王善保家的只能屈居第三，因为她只是煽风点火，没有赌或偷的违法犯罪行为；那么第一名是谁呢？好想知道啊！

当当当当，冠军登场，定睛一看不是别个，竟是王住儿的亲媳妇！顿时觉得王住儿八字好硬。

王住儿媳妇的实力有多强呢？来来来，翻到七十三回，都来围观一下她在场上的表现，赛场设在迎春屋里。

绣桔正在嘟嘟嘟嚷抱怨迎春：怎么样？我前儿就发现金凤不见了，给你汇报了你也不过问。我都说了肯定是老奶奶拿去典了银子了，你不信，说是司棋收着呢，司棋说她没动就在匣子里放着呢，可匣子里哪有啊？你就该问老奶奶一声，你面子软怕人家恼不敢问。现在老奶奶被扣住了，金凤也不在，明天八月十五别人都戴就你不戴，算什么啊？

"一将无能累死三军"，摊上这么个窝囊主子，绣桔也不容易，生生被逼成了叨逼叨的唐僧。

迎春说：那还用问吗？肯定是她。我等着她悄悄送回来就算了，谁知道这一下出了事，问也问不着了。

绣桔说：她哪里是忘了？分明是柿子拣软的捏！待我去告诉二奶奶去！

迎春说：算了算了，省点事吧。

绣桔说：必须去！总是图省事，你将来还要被骗得卖了呢！

真是一语成谶，迎春后来果然被他爹以五千两银子的价钱卖给了孙绍组。

王住儿媳妇没有早一刻，也没有晚一刻，就在此刻登场了，时机卡得非常准。原来她一直就在门外埋伏，本来是来求迎春给她婆婆讨情的，正好听到屋里说金凤一事，就先不进去。这说明她婆婆偷金凤这件事，她是知情人。

她上来第一句话居然是："姑娘，你别去生事。"先发制人给绣桔定了性，还挺义正词严的。

第二层意思是金凤算她婆婆"暂借"的，本来打算一两天就还，这不是临时出了事了嘛，但你放心，东西迟早会还的。我先开张空头支票给你。

第三层意思才是重点，看在你小时候吃过我婆婆奶的分上，快把她救回来。

迎春糊涂蛋，好声好气地叫"好嫂子"，说这事儿她搞不定。

多亏还有个绣桔："赎金凤是一件事，说情是一件事，别绞在一处说。难道姑娘不去说情，你就不赎了不成？嫂子且取了金凤来再说。"犀利地指出了王住儿媳妇是在偷换概念，变相要挟——废话少说，把金凤还回来再扯别的。

二

王住儿家的一看说好话要挟都不顶用，耐心用光了当即翻脸。原文写她对迎春是"明欺"，并剑指绣桔："姑娘，你别太仗势了！"欺人的反骂别人"仗势"，又给绣桔扣了一顶帽子。

"你满家子算一算，谁的妈妈奶奶不仗着主子哥儿多得些益，偏咱们丁是丁卯是卯的"，这是占便宜没够的人才会说的话，心里不平衡所以才偷人家主子金凤来找补吗？

下一句："只许你们偷偷摸摸的哄骗了去。"再泼绣桔一身脏水。

还有延伸发挥呢，竟然挤对起邢岫烟来："自从邢姑娘来了，太太吩咐一个月俭省出一两银子来与舅太太去。这里饶添了邢姑娘的使费，反少了一两银子。"

这纯粹是胡说八道，平儿曾说道："姑娘们的每月这二两，原为的是一时当家的奶奶、太太或不在，或不得闲，姑娘们偶然一时可巧要几个钱使，省得找人去。这原是恐怕姑娘们受委屈。"

可知这二两银子是岫烟的零花钱，跟王住儿媳妇有毛关系？她也要把这看成是自己的，人家补贴自己多妈就成了她吃亏了。况且剩下的一两，岫烟隔三岔五还要省俭出来给她们打酒喝，穷得连冬衣都当了，她还要反咬人家花了她的钱。缺德！

紧接着红口白牙倒打一耙，狮子大张口说自己填补"算到今日，少说些也有三十两。"

绣桔没等她咧咧完，便"啐了一口"，此刻再没有比这更合适的表达了。这还算轻的，换个暴脾气，一个大嘴巴子抽上去。

绣桔要和她算笔账，让她说说都白填了哪些东西。

还没轮上她现瞎编，迎春就头大了，情愿自己吃个亏息事宁人：我那凤也不要了，拜托你出去休息一会儿，让我清静一下。绣桔你去给我倒杯茶。

迎春真乃神人也，这种情势下，还有心情喝茶。

绣桔总结得好到位："把姑娘的东西弄丢了，他倒赖说姑娘使了他们的钱，这如今竟要准折起来。"担心死了："倘或太太问姑娘为什么使了这些钱，敢是我们就中取势了？这还了得！"又气又怕又委屈，哭了。

上半场王住儿媳妇胜。

三

现在我们来做个中场点评，倒推一下王住儿媳妇对迎春的逻辑：

你们欠我的三十两银子，是这么算的：平常你的月钱都在我手里，短了东西让我去买，偏这邢姑娘来了不交给我倒先给爹妈分出去一两，明明都该归我！所以是你们先欠了我的，我拿你金凤便也是应该的。

不打招呼私拿金凤那不是偷，是"暂借"。本来一两天就能物归原处，现在我婆婆被扣住了，所以拿不回来。你去求个情，把她放出来，她就还你金凤。你不把她捞出来，金凤你就别要了。

颠倒是非，指鹿为马，歪理说得头头是道理直气壮，难得胡搅蛮缠逻辑还这么严密，人才呀！刁奴第一人是实至名归。

这有点像给人发荤段子说挑逗性的话，还不许人家不高兴，不理就得寸进尺，敢不高兴就是你不好沟通，我瞅你好看才撩骚你，你以为我发这些不耗流量和荷尔蒙吗？我还没管你收买补药的钱呢！

像光天化日之下大段抄袭别人的文字再公开发表，被举报了问到脸上，还能睁着眼睛说瞎话：这本来就是我写的我写的，她的我根本没见过。

像自媒体时代看着别人公号上哪篇原创文章不错，趁人家还没权限，就可以不打招呼一再转发，等发现了说全怪你的文章写得好，以后你的文章都让我标原创，我这是在替你的新书做推广，我还白贴补了你广告宣传呢！你敢让我删文，我从此再不发你的文你怕了吧……

对，这些都是王住儿媳妇的逻辑，这种逻辑学名叫流氓强盗逻辑，俗名应该叫"恬不知耻胡搅蛮缠"。

四

哨子一响，下半场开始了，三姑娘探春看不下去，披挂上阵要一管到底，于是场上局势陡变。

王住儿媳妇就像换了一个人，在探春面前唯唯诺诺，大气都不敢出。会脸红，知进退，慌得统共只剩了两句台词，一句是让平儿："姑娘坐下，让我说原故你听"，还被平儿撵出去了；一句是向平儿求饶："姑娘好歹口内超生，我横竖去赎了来。"

跟在平儿背后亦步亦趋再三保证，天黑之前就赎回金钗，乖乖还回去。

还以为她威武不能屈呢，哼。

原来这种人的逻辑也不是一成不变的，他们的思维里至少储存了两套体系，一套用来臣服厉害人，一套用来欺负老实人。

可是，这世上并不是只有迎春与探春两种人，大多数人都介于这两者之间，不十分软弱也不分外强悍。也说不定迎春的外表下正藏着一颗探春的心，暂时不发作是在暗自估量未来与你的可合作空间，愿意多一重维度来对你进行深度观察，不想一棍子打死人而因小失大；而温和谦让只是善良和教养使然，不惮以最坏的恶意揣测他人，并不代表人家真傻真软弱，做人留一线为的是日后好相见。一再被蹬鼻子上脸，就会逼出迎春灵魂里的探春。

愿我们都自知也懂自律，自爱也会自省，自强也能自保，做一个善良但有原则、有温度也有棱角的人，不为人所欺，亦绝不欺人。

宝玉：你们叫不醒一个装睡的人

一

春天，和姐妹们一起放风筝，在桃花社里填柳絮词；

夏天天热，妹妹懒懒的，姐姐淡淡的，没人搭理顶无聊，不想洗澡，也别跟我提水晶缸里还浸着果子，才不要吃，不如撕扇子玩吧——哧啦一条，哧啦一条，换姑娘千金一笑；

秋天开螃蟹宴，席上喝的是合欢花浸过的酒，记得池子里的破荷叶不要拔呀，妹妹还要"留得残荷听雨声"；

冬天，干脆一起来烤鹿肉吧，烤得吱吱冒油也口水直流，还要去栊翠庵踏雪寻梅，折姿态上好的一枝来插瓶，又红又香，众人围着啧啧赞叹……这些吉光片羽的段落影像感丰沛，如唯美的文艺电影画面，连缀成了富贵闲人宝二爷的四时岁月。

都是在世上走一遭，但生活于他，竟可以如此省心又如此丰富，如此闲散又如此绮丽，宝玉这种活法引一代一代的草根读者意淫向往。

现在，静下心来想一想，是什么为他托起了这些惬意欢畅？可以一边厢"宝鼎茶闲烟尚绿，幽窗棋罢指犹凉"，一边厢"吟成豆蔻诗犹艳，睡足荼蘼梦也香"。

陈文茜有言："你觉得生活容易，是因为有人帮你承担了难的部分。"正可挪用过来做答案。

先是祖上。没有好爸爸得有好爷爷，没有好爷爷得有好太爷，前人栽树后人乘凉，蒙祖余荫这个词不是随便使用的。宝玉这块青埂峰下的顽石，虽然无才去补苍天，但是个投胎小能手，一出生就有个好出身。宁荣二公自不必说，当初宁公之子贾代化在战场上浴血厮杀身负重伤，是仆人焦大把他从死人堆里背出来，整整两天自己忍饥挨渴喝马尿，将好不容易找来的

289

半碗水喂了他，九死一生才捡回一条命。是他们提着脑袋淌着鲜血给子孙后代挣来了荣华富贵。正因经历当年的不易，焦大才大叫着要"去祠堂里哭太爷去"。八月十五中秋夜，贾珍饮酒作乐时忽听得隔墙传来的毛骨悚然的诡异长叹，便是祠堂里先祖发出的一声悲鸣。

再是亲人。朝里有人好做官，更何况是宫里。宝玉的亲姐姐元春在三千佳丽的竞争中脱颖而出，做了皇帝的贤德妃，是她为身后的娘家赢来了皇恩浩荡，让贾家鲜花着锦烈火烹油更上一层，连凤姐都要调侃着称贾琏一声"国舅老爷大喜"。但是有几人能体会元妃的不易？历来伴君如伴虎，无一日不朝乾夕惕，唯恐引来杀身之祸殃及全家。面上看来风光无限，但省亲时一句"送我到那不得见人的去处"便漏了底儿，那才叫说多了都是泪。在做人上，元春更是低调再低调，省亲之夜，一见"天仙宝境"四字，连忙让换成"省亲别墅"。临上轿前反复叮嘱"倘明岁天恩仍许归省，万不可如此奢华靡费了"。直说了吧，就是"这有钱也不是这么个花法啊"！

不怪元妃心疼，贾府为了这几个小时的归省，盖了这么大个园子，再大的家业，这么干也难免亏空。

二

人前既然充了门面，人后就不免为钱日夜发愁。贾琏面对这宫里太监隔三岔五的"暂借"不胜其烦，做开发财梦："这会子再发个三二百万的财就好了。"凤姐不得不当着对方的面半真半假地说先把她的两个金项圈当了去。

连局外人冷子兴都知道："如今外面的架子虽未甚倒，内囊却也尽上来了。"所以有点头脑盘算的，都明里暗里找后路，有的为己，有的为公。

李纨知道储蓄，积谷防饥，为自己和儿子攒点体己以防万一。不吭不哈，只进不出。凤姐一时兴起替李纨算了笔账，又是月钱又是收租又是分红，抖出李纨一年下来能有四五百两银子的节余。

凤姐本人则熟谙资本运作，拿用人们待发的月钱放高利贷，也算打个时间差投资理财项目，以公谋私。

宝钗劝说邢岫烟咱们如今不比从前，该俭省的就俭省，因为知道四大家族同气连枝一损俱损，要居安思危，未雨绸缪。

秦可卿临死，还托梦给凤姐，时局易变圣心难测，谨防乐极生悲，要为这赫赫扬扬的家族想好退路："但如今能于荣时筹画下将来衰时的世业，亦可谓常保永全了。"因为贾府目前祖茔虽四时祭祀，但没有专款专用钱粮；家塾私立，也没有专款专用的供给。针对这个漏洞，她提的建议高明至极：不妨趁现在富贵之时，在祖茔周边多置田产，索性把家塾也迁到祖茔旁边。将来万一犯了罪，家产要充公，但国法规定祭祀产业可以不充。这样一来，即使败落下来，子孙也依然有学上，有田种，读书务农做个耕读之家，也算是一条退路。真是高瞻远瞩深谋远虑，看来从过去到未来，房地产投资都永不过时。

最让人惊喜的是探春，理家期间她既节流又开源，双管齐下。一边蠲掉府里不必要的开支，一边锐意改革搞创收。探春极具商业悟性，跟赖家的女儿聊了回天，竟然一下子开了窍，"一个破荷叶，一根枯草根子，都是值钱的"，开始在自家推行新政，实行承包责任制，就这么一点小变动，给家里一年省出几百两银子的开销。

三

有人在背后日夜筹谋，但也有人尚不知时艰。未来的荣国府接班人宝玉，就一点危机感都没有，何止于他，贾珍贾琏贾蓉，哪一个不是躺在祖宗的基业上混吃等死。贾府阴盛阳衰，运筹帷幄本应是男人们的事，可这些却全让精明贤达的女主人们代劳了，无怪老曹发出一声喟叹："金紫万千谁治国，裙钗一二可齐家。"

就连怡红院的大丫鬟们，也被宝玉惯出了骄奢之风。

袭人"手中散漫"，晴雯自己说"玻璃缸、玛瑙碗不知弄坏了多少"，清明如麝月也难逃此染。晴雯生病时，请来的大夫要给车马钱，按惯例需得给一两银子。麝月拿了一块银子，竟不认识秤，不知道一两银子是多少。宝玉道："拣那大的给他一块就是了。又不做买卖，算这些做什么！"麝月听了，便放下戥子，拣了一块掂了一掂，笑道："这一块只怕是一两了。宁可多些好，别少了，叫那穷小子笑话，不说咱们不识戥子，倒说咱们有心小器似的。"办事的婆子笑他们："那是五两的锭子夹了半边，这一块至少还有二两呢！这会子又没夹剪，姑娘收了这块，再拣一块小些的罢。"麝月早掩了柜子出来，笑道："谁又找去！多了些你拿了去罢。"

这一段看的人呵呵了，婆子心里一定说：土豪啊土豪，我们一直做朋友吧！麝月再是个明白人，但奈何怡红院固若金汤自成一统，大家都不拿钱当回事儿，床下面就放着一吊一吊零花钱，谁想赌时拿一吊出去就是，哪里知道家里财务形势之严峻。就像懵懂小儿，虽然耳边常听人喊"狼来了"，但是日子久了，没有亲见，只当大人在唬人。

《红楼梦》挨到最后，怡红院里只剩了麝月留在宝玉身边，穷困潦倒举家食粥，当被一文钱困住动弹不得时，麝月可曾闪回过自己当初为摆阔而随便丢出去的那几两银子，现在想起会不会心疼得想挠自己？

四

一定程度上，对钱财的态度，就是对现实的态度。理财能力是一个人最核心的生存能力之一。财商高低决定了一个人对风险的预判应对和对自身生活的掌控能力。

文艺女生林黛玉，文艺归文艺，但财商绝对不低。她能对探春的改革大加赞赏，还忧心忡忡对宝玉说："如今若不省俭，必致后手不接。"宝玉却满不在乎道："凭他怎么后手不接，也短不了咱们两个人的。"

黛玉听了，什么也没说，转身就往厅上寻宝钗说笑去了，似乎与宝钗更有共同语言。这个回应与平常很不一样，按黛玉的个性，至少应该尖酸刻薄一下才符合套路，而这一次不同，黛玉居然破天荒选择了收声。

黛玉变了。从一开始写"何不食肉糜"式的"盛世无饥馁，何须耕织忙"，到如今的"咱们家里也太花费了。我虽不管事，心里每常闲了，替你们一算计，出的多进的少"，看得出这不是一时兴起，而是已经在经常性地思考家计。凤姐曾经隐晦地提到有事求黛玉帮忙，黛玉打趣她"使唤人"，两人虽没有明说，但凤姐能有什么求黛玉呢？诗词文章不可能，针黹活计更不可能，不外乎就是帮忙理理账目记记流水，黛玉因此掌握了几分贾府财务的核心机密，才有了以上的忧虑。她说的是"咱们家"而不是"你们家"，这表明在此地生活多年，潜意识里她已经不拿自己当外人，将贾府视为了自己家。

她生出了主人翁的责任感，开始试着降落烟火人间，操心一饭一蔬，一丝一缕的来处和去处。梨香院的戏子小厨房里的菜，廊下的鹦鹉院子里的鹤，乃至一砖一瓦，一花一竹，这些费心维系的场面讲究，哪一样不是靠一两一两的银子养？而收支严重失衡，这表面上的繁荣还能维持多久？一大家子人的未来将何去何从？人无远虑必有近忧，是该好好采取一些措施了。聪慧的少女开始蜕变成熟，变得理性务实，她懂得仰望星空，也要脚踏实地，这是多么令人欣喜又欣慰的成长。

遗憾的是，宝玉的心智还停留在少儿区。他拒绝长大，理财这种事他不懂，也不想懂。危机感衍生自责任感，一个溺爱中长大，从来没有培养过责任感的人，不可能有危机感。他有的只是洋洋得意的优越感，无视大局，只用小儿女情怀抖机灵：再怎么没钱，也不会亏到你我头上。未曾料，黛玉与他的思想早已不在一个频道，更不在一个境界上。

　　成长已经不同步，这对号称知己的灵魂伴侣，在财政这个看似庸俗却最现实的问题上，在这里第一次发生了实质性的分歧，原本一致的三观上迸出第一道裂痕，看得人不由心里咯噔一下。黛玉对嬉皮笑脸的宝玉那傲然的一转身，是失望也是鄙视，仿佛在说："我叫不醒一个装睡的人，给你个背影自己体会去吧。"

芳官：天分越高越要当心，运气越好越要低调

一

生日晚宴上，宝玉手里拿着宝钗抽的那一支牡丹花签，嘴里颠来倒去，念着签上的那句话："任是无情也动人。"眼里却瞅着另一个人陷入了沉思。

不，别误会，这一次他瞅的不是黛玉，而是他的小丫鬟芳官。

唯芳官浑然不觉，咿咿呀呀唱得起劲儿，本来她打算唱戏曲版《生日快乐歌》应景的，谁料一句"寿宴开处风光好"刚出口，就被众人打回去了：不用你上寿，换首你拿手的。每读此处便觉作者真牛，到底是写年轻人的聚会，反感这种调调就对了，吉利话还是留给已经老去或者正渐渐老去的人们听吧！在被无常的命运

震慑过的人们那里，这样的句子才讨好。

于是，芳官改唱《赏花时》，这一折戏词初听非常唯美有仙气："翠凤毛翎扎帚叉，闲踏天门扫落花"，但细究就隐隐透着不祥之兆。要知道，这一出来自汤显祖的《邯郸记》，这个故事还有另外一个名字："黄粱一梦。"

其实《红楼梦》讲的不也是这样的一个梦吗？风云诡谲荣枯难料，曾经的鲜花着锦有多么云蒸霞蔚赫赫扬扬，后来的树倒猢狲散，大地一片白茫茫就有多么不忍猝视萧索苍凉。很难说作者给芳官选的这段戏，唱的到底是戏中人的故事，还是那夜在座者们自己的人生。

二

芳官，本是梨园正旦出身，贾府戏班子解散后，就被贾母看中，分在宝玉房里当差，部门分得相当不错。

更不错的是上岗没多久，她就得到了宝玉的盛宠，一时风头无两。宝玉宠她到什么份儿上？宠到可以吃她的剩饭，宠到一觉醒来见她酣睡于卧榻之侧竟然一点儿也不恼，宠到让她装扮成贴身小厮，每天在园子里招摇过市。

怡红院里女人多，自然是非也多，宝玉身边的人都是伶牙俐齿的，端茶送水的活儿全都被几个大丫鬟们垄断，一个外来的小小的芳官是靠什么后来居上的呢？

是靠像袭人那样老母亲一般的忠心尽职，或借职务之便与宝玉上床先下一程吗？显然不是，她的级别还轮不上去贴身伺候；

是靠像晴雯那样，有一手人无我有的过硬针线活儿的业务能力吗？更不是了，她从小学戏，"不能针黹"，女红完全不会。

那么，是靠小红那样见缝插针抓住一切机会地表现自己吗？呵呵，如果是，袭人哪里还敢给她机会给宝玉吹汤，还唠叨她："你也学着些服侍，别一味呆憨呆睡。"

事实上，她什么都没干，她什么也不会干。出了戏班的芳官如囚鸟出笼，成天在园子里东游西逛。不但干活儿不行，还贼不省心，经常东一出西一出的到处惹事。

但就是这样的姑娘，像一株移栽过来的植物，明明水土不服，却硬是在懵懂之中扎下根来，开始野蛮生长。

原因说出来有点啼笑皆非，她靠的是她的真性情。

三

怡红院里一共有两位姓花的姑娘，一个是袭人，一个是芳官。袭人是大姐，照顾宝玉的饮食起居，监督思想动态；芳官是小弟，只管跟着吃喝玩乐快意人生，没心没肺地还要宝玉反过来操心她，宝玉曾这样托付其他小丫鬟："以后芳官全要你照看他，他或有不到的去处，你提他，袭人照顾不过这些人来。"

她的到来，给宝玉的生活填补了某项空白。更多的时候，他俩像是一对臭味相投的小伙伴。

怡红院里人多嘴杂，宝玉想私下问她一些事，给一个眼色她就能会意，马上装头疼不吃饭，让别人先出去，留出时间细细八卦她们戏班子里的风月往事；

宝玉酒桌上耍赖不想喝酒，把剩的半杯偷偷递给她，她马上端起酒杯一扬脖子，动作飞快；

她会穿着秋衣秋裤，跟宝玉窝在炕上，没大没小五五六六地划拳；

哪怕宝玉玩心大发，把她头上的碎发剃了，露出碧青头皮，当中分大顶，让她冬天"作大貂鼠卧兔儿带，脚上穿虎头盘云五彩小战靴，或散着裤腿，只用净袜厚底镶鞋"，做吐蕃打扮，还改男名叫"耶律雄奴"，她都欣然配合，从而引领了大观园一波潮流。湘云、宝琴也看样学样，把自己的葵官和荳官也做了男儿打扮。

宝玉生日那一夜，她又是唱又是闹，开心得不得了。曹雪芹细细描画了她青春年少的俏丽模样，上身是花样繁杂的玉色红青三色小夹袄，腰上系着柳绿汗巾，下着水红撒花夹裤，穿得桃红柳绿；头上梳着非洲脏辫似的时髦发型，首饰戴得也非主流：右边耳眼内只塞着米粒大小的一个玉塞子，左耳上单带着一个白果大小的硬红镶金大坠子。虽然不对称，"却越显的面如满月犹白，眼如秋水还清。"大家都说她和宝玉像一对双胞胎兄弟。

后来，她喝高了，两腮绯红，媚眼如丝，睡在了袭人身上。袭人只好就势把她扶在宝玉身侧睡下，任她一觉到天亮。

"记得当时年纪小，我爱谈天你爱笑……我们不知怎样睡着了，梦里花儿落多少。"

青春年少的芳官啊，在宝玉身边相伴的日子，可能是这一生中最快乐的一段时光，堪称她自己的黄金时代。

四

可是不要忘了，真性情这东西，从来就是一把双刃剑。遇到

301

性情相投者自然一拍即合，好到蜜里调油，但不是每个人都能欣赏得了。换个角度，真性情还有一个叫法：太自我。

在书里，芳官的第一出重头戏就是和她干娘干仗。

她干娘拿自己亲女儿洗完头的剩水给她洗，她当场就不干了："我一个月的月钱都是你拿着，沾我的光不算，反倒给我剩东剩西的。"一个无亲无故的未成年小丫头，干娘是贾府指定给她的法定监护人，月钱在人家手里攥着，合着一般胆小识相点的，就由着人家捏巴了。可芳官不行，直接上来一把撕掉两个人之间所谓"母女"的遮羞布，点破赤裸裸的利益关系。让对方恼羞成怒，攻击她出身和专业，辱骂她是"咬群的骡子"，当下吵得不可开交。

围观群众对这事有三种看法。

第一种来自晴雯：芳官不省事太狂，不就是会唱个戏吗，就跟战场上立过功似的；

第二种来自袭人：一个巴掌拍不响，老的太不公，小的太可恶；

第三种来自宝玉："物不平则鸣"，受了欺负就该反抗。必须向着芳官。

毕竟是主子，宝玉一发言，就给这场争端定了性，其他人纷纷帮着芳官，她干娘下不来台，拍了芳官两下，芳官便大哭起来。

她大哭的样子真好看："只穿着海棠红的小棉袄，底下丝绸撒花袷裤，敞着裤脚，一头乌油似的头发披在脑后，哭得泪人一般。"这种介乎女童和少女之间的萝莉之美，让人忍俊不禁却我见犹怜。

晴雯去给她梳头，宝玉说了一句耐人寻味的话："他这本来面目极好，倒别弄紧衬了。"这哪里是说长相，分明是说给她留一份自我，不要急于约束逼迫她成长。

晴雯闻言便给她松松地挽了一个慵妆髻，顾名思义，这个发型不十分齐整，慵散而妩媚，将芳官俏丽的小脸衬托得与众不同。

于是，与众不同的芳官，在宝玉和怡红院大姐姐们的宠惯容忍下，一次次尽情放飞自我。

五

芳官第二次与人开撕，对象升级成了高一阶层的赵姨娘。

她敢拿茉莉粉骗贾环，说是蔷薇硝。环三爷伸手来接粉，她"忙向炕上一掷"。"贾环只得向炕上拾了，揣在怀内，方作辞而去"，看得人心酸。贾环亲妈赵姨娘打上门来，骂她势利眼看人下菜碟："好不好，他们是手足，都是一样的主子，那里有你小看他的！"

　　如果说芳官跟干娘闹是得理不饶人，跟赵姨娘可就是无理强三分了。芳官答得振振有词："没了硝我才把这个给他的。"还说出了金句，"梅香拜把子——都是奴几"，一句话惹来两个耳刮子。这下芳官的同班同学们不答应了，一帮小戏子冲上来把赵姨娘围住，扯胳膊顶肚子，一场群殴开始上演，热闹程度不亚于第九回的"顽童闹学堂"。

　　乱哄哄中，自觉受了委屈的芳官再次放声大哭，这次哭相更加出位，小姑娘气性大，"直挺挺躺在地下，哭得死过去"。这做派很难不让人想到，日后她如果也成了气候，撒起泼来绝不亚于赵姨娘。

六

　　除了隔三岔五与人吵嘴打架，芳官与人小摩擦龃龉更是不断，四处树敌。

　　她在厨房要尝小蝉新买的糕被拒绝，柳嫂子忙凑上来说自己有新买的，给芳官端上来。芳官拿着糕问到小蝉脸上，话语欺人："我不过说着顽罢了，你给我磕个头，我也不吃。"还当着小蝉的面故意糟蹋，将糕一小块一小块掰碎了打雀儿玩。

小蝉气出内伤，但一语道破天机："有人作干奴才，溜你们好上好儿，帮衬着说句话儿。"

原来，是柳嫂子有求于她：想让自家女儿五儿进怡红院当差，让芳官帮着向宝玉疏通。芳官满口答应下来，对柳嫂子的巴结欣然接受。

芳官有饭不吃，叫柳嫂子给自己单做一份送来，柳家的殷勤地送来一个盒子，里面是虾丸鸡皮汤、酒酿清蒸鸭子、腌胭脂鹅脯、奶油松瓤卷酥，并一大碗热腾腾碧荧荧绿畦香稻粳米饭。有红有绿，有咸有甜，有凉有热，有汤有菜，鸡、鸭、鹅、海鲜、限量版主食、外加饭后甜点，全齐了。连宝玉都馋得蹭她的剩饭吃，芳官却骄矜地嫌油腻，显见胃口被惯坏了。

不知不觉间，因为和宝玉的亲近关系，她已经变成了手握资源的人，说话行事常常恃宠而骄却不自知。但是如此高调，可曾注意到阴影就一直尾随在后？只等时机来临便立刻将她反噬。

七

五儿并没有如愿进来，反被小蝉举报偷玫瑰露，误关了一夜，气惧交加，出来没多久就病死了，她被视作芳官同党而遭报复。必须再提一笔，芳官一干人之前得罪过的夏婆子，便是小蝉的亲外婆。

大观园里人际关系错综复杂，到处是雷，芳官步步踩爆。

更倒霉的还在后面。

王夫人突袭怡红院，不容反应直接开除掉一批丫鬟，芳官赫然在列。这朵美丽又扎手的小花儿顷刻间就被连根拔除。

撵她的罪名是"调唆宝玉"。芳官笑着分辩说自己没有，她居然还笑得出来。似乎没有意识到事态严峻。

王夫人拿出实锤，第一桩证据便指出她调唆宝玉要柳五儿，连时间地点都说得清清楚楚；第二桩证据则是"你连你干娘都欺倒了"。

这一节令人不寒而栗。明枪易躲暗箭难防，原来早有身边人暗中一笔笔记下了她的小黑账，这事成了"罗生门"：谁也说不清背地里下蛆的，到底是哪个渐渐看她不顺眼的大丫鬟，或是某个暗中咬牙切齿的婆子。

芳官就此被赶了出去，还连累了其他小戏子一同被撵。无家可归又落到干娘手里，这还能有好吗？不是被奴役虐待，就是被发嫁变卖，刚烈的她，不甘心任其摆布，便以绝食相逼，选了一条少有人走的路，进水月庵剃头做了使唤小尼姑。

就像是唱那首《体面》："谢幕的演员，眼看着灯光熄灭，来不及再轰轰烈烈，就保留告别的尊严。"

一夜之间，昔日台上美貌优伶，成为今日阶前扫地女僧。命运在此触底，想要反弹难上加难，不是人人都能做还俗的武则天。

对她的被撵，宝玉很理性地做总结分析，说了一句大实话："只是芳官尚小，过于伶俐些，未免倚强压倒了人，惹人厌。"他不傻，知道芳官被撵是因为得罪人太多，被人暗算。

他表示爱莫能助，贾母王夫人宝玉三个人，就像打牌要看牌面一样，大王小王红桃 A，一张管一张，现在小王要 K 芳官这张梅花 3，红桃 A 有什么辙？管不起。

宝玉自我逃避说：从此谁也别再给我提起她们这些被撵的人，我就当她们死了。况且之前死了的也不是没有过，也没见我怎么样不是吗？

芳官这一页，就这么轻巧地在怡红院的历史上翻过去了，很快，她就被人忘记了。

替芳官不值，可是，转念一想，她也算是该有此劫。

大观园不比戏班子。戏班子是学校，演正旦的芳官是成绩优秀生，在班里受宠惯了，心高气傲一呼百应，掐尖逞强不吃亏；但大观园是职场，宝玉那样好脾气的老板可遇不可求，再拿学校里惯出来的那一套闯职场，好恶不假辞色，凡事不讲迂回，说好听点叫"角色转换滞后"，难听点叫"还没在社会面前学乖"。为什么如今许多在校优秀生，到社会上反而发展不起来，很多人脱不了"自视过高"这一条。

八

在青灯古佛旁，缁衣草履如蝼蚁一样苟活的芳官，后来怎么样了？不知道，《红楼梦》未完，给我们留下许多遗憾。

夜深人静，薄衾硬枕上，她会想念怡红院里的锦褥绣被、温香暖榻吗？

一日三餐，粗茶淡饭前，她会怀念柳嫂子送来的清蒸鸭子、胭脂鹅脯和那碗油津津的虾丸鸡皮汤吗？

早起晚睡，被人呼来喝去时，她会想起自己也曾经是颐指气使的逛吃一族吗？

更多的时候，脑子里会瞬间闪过"也不知怡红院里的他们此刻在干吗"吗？转念一想，他们干吗和自己有关系吗？叹口气，先把阶前的落叶扫干净再说，免得被师傅责骂。

太年轻的时候，谁不是这样呢？

总是误把运气当能力，把一时的顺遂当作终生都会拥有的常态；

总是低估江湖险恶人心叵测，要等被恶意教训后，才明白自己的道行太浅；

总是习惯仰望星空，以为自己一定是其中某颗灿星，最后才发现渺小卑微如己，不过是一粒尘埃，随便一阵风，就被吹得人仰马翻。

"你待生活如初恋，生活虐你千百遍"，说到底是自己把生存想得太简单。

芳官的故事，告诉我们一个道理：来自底层的年轻人，天分越高越要当心，因为天分绝不等于起点。前路漫漫坑满满，时刻记得腾挪躲闪。留三份性情给自己与知己，存七分谨慎混江湖和人间。

《红楼梦》告诉你，人生实苦，愿你有处可诉

话，要说给懂的人听。

没有对的人，宁可憋着。

比如，不能对着一个用半生碌碌换一身颓气的老家伙说梦想，不能对着一个赖祖余荫实际一肚子草的上司讲文化，不能跟一个拎不清的人讲一二三四先来后到，更不能给一个特别擅长得过且过的人拿主意，有一些雷区是可以绕的。

何止是谈梦想说文化出主意，就连诉苦，也是不能尽人诉之的。

就像《红楼梦》第三十九回的李纨，好好吃螃蟹就是，非要用手揽平儿；揽就揽吧，还要摸人家，摸得平儿开始抗议："奶奶，

别只摸得我怪痒的。"让好事者怀疑她是同性骚扰，这个不好说，也许常年寡居的女性会有一点皮肤饥渴，但更多的还是对平儿的疼爱和喜欢，也有对凤姐的嫉妒和不愤：这么个好姑娘，怎么就轮到给她使唤了？

她边摸边问："嗳哟！这硬的是什么？"平儿说是钥匙。

她打趣道："你就是你奶奶的一把总钥匙，还要这钥匙作什么？"

由此展开讨论，大家说起府里几个德才兼备的贴身助理，贾母的鸳鸯，王夫人的彩霞，宝玉的袭人……还是李纨，执拗地把话题再绕回到平儿身上："凤丫头就是楚霸王，也得这两只膀子好举千斤鼎。他不是这丫头，就得这么周到了！"

话里话外透着对凤姐儿的不服。大家闺秀出身的李纨，非常看不上凤姐的"无赖泥腿市俗专会打细算盘分斤拨两"的"破落户儿"气质，总觉得她德不配位。

虽有隐隐的不和谐音符跳出，但总体上气氛还是比较欢乐的。但直到李纨忽然开始诉苦并滴下泪来："想当初你珠大爷在日，何曾也没两个人。你们看我还是那容不下人的？天天只见他两个不自在。所以你珠大爷一没了，趁年轻我都打发了。若有一个守得住，我倒有个臂膀。"气氛陡然尴尬起来。

原来心结在这里呀！她不愤于自己的势单力薄。可是按官方活法，你一个寡妇就该远离权力中心，安安心心带孩子，你胡思乱想整那没用的干哈玩儿？好好地要啥自行车？

没有一个人接她的话茬儿。

面对一个向来以与世无争著称的人所袒露出的内心诉求，大家用行动表示爱莫能助。"众人都道：'又何必伤心，不如散了倒好。'说着便都洗了手，大家约往贾母王夫人处问安。"明着是转移注意力，实则集体回避，心照不宣地把她晾了起来。

想象那一刻的李纨，只能识趣闭嘴，讪讪收住眼泪，嘴角浮起一抹苍凉的微笑。自己回头想想，也会颇觉没劲吧？心不拔凉拔凉才怪。

一帮正醉心于风花雪月的少男少女，对人间疾苦尚没有那么深的体会，他们对李纨的反应还上升不到道德层面来谴责。然而，当下，哪怕有一个人，说一句四六不着的安慰之语来交代一下场面也行，然而并没有。

诉苦哪是那么容易，李纨大概吃螃蟹的时候黄酒喝多了，昏了头了。

二

电影《桃姐》里说："我们要亲身经历苦难，然后才懂安慰他人。"

想要诉苦，尽可能找三观一致、立场相同、阅历对等的人，最好还有共情能力，才不会对空谷，被冷漠以对，虚耗时间和情绪；或者双方心灵管道阻塞，跑冒滴漏，排毒不畅；甚至，伤面子伤自尊，造成内心一万点暴击。

你看赵姨娘，她诉苦就绝不会找王夫人，她找的是马道婆，指着一堆碎布头道："成了样的东西，也不能到我手里来！"又诉，"我手里但凡从容些，也时常的上个供，只是心有馀力不足。"

一样的话说给心高气傲的女儿探春，说不定会换来一句"这都是阴微鄙陋的见识"。但猥琐如马道婆，竟然一句话就宽慰到了点子上："你只管放心，将来熬的环哥儿大了，得个一官半职，那时你要作多大的功德不能？"

这两个老阿姨之间的对话，是尝过人情冷暖、阅过世态炎凉的俗人之间才有的算计阴狠和支撑打气。

鸳鸯被贾赦看上，她诉苦不会去找哪个婆子，她找的是平儿和袭人。她们会一起谴责贾赦：这大老爷，略平头正脸的都不放过，合着是想集邮哪！没有明说出来的是：鸳鸯即使做房里人，也不能找个糟老头子嘛！至少应该像我们一样，找个年轻主子。才有了平儿打趣说叫她说已给了贾琏了，袭人则打趣说把她许给宝玉。

这既是在一起相知多年的小伙伴们的同仇敌忾，也是她们之间一种心照不宣的定位认同。

黛玉诉苦不会找紫鹃，虽然紫鹃替她愁了好多年了，但囿于主子身份，不宜在丫头面前婆婆妈妈。她在观察了很久之后，才将自己在贾府的难处向宝钗和盘托出，被戏谑后，林黛玉说：人家是真心向你诉苦，你倒拿我取笑。宝钗马上表态：你我其实是同病相怜。你放心，我在一天就罩着你一天。不就是燕窝吗？多大点事，我马上派人给你送来。

这是两个涉世之初已深知人生不易的早熟少女之间的惺惺相惜，肝胆相照。从此孟光接了梁鸿案，金兰契互剖金兰语。

黄昏时分宝钗走了。夜里下起雨来，但她还是说到做到，派人冒雨送来了一大包燕窝并一包洁粉梅片雪花洋糖。淅淅沥沥的雨里，有人打着油纸伞，提着明瓦灯，过桥穿树，绕亭依水，自花草芬芳的蘅芜苑，向竹叶掩映的潇湘馆逶迤而来，给内心紧绷的林姑娘传递一份风雨无阻的关怀。黛玉投桃报李，马上给送东西的婆子赏钱，让她打酒喝去去寒气，场面温暖人心。

谁的人生没有苦呢？诉苦找对了人，心事得遇良人，被妥帖安放悉心照料，是一件很美好很幸运很值得欣慰的事。

三

有人可诉当然好，无人可诉便不诉也罢。

湘云一个大小姐，父母双亡，在婶婶手里讨生活，每天干针线活到深夜。但外人问起，她红了眼圈儿，却嘴巴闭得紧紧的。知道多说无益，唯有忍，忍到出阁那一天。像萧红祖父对小萧红说的那样："快点长大吧，长大就好了。"

岫烟寄居于迎春房内，被下人们挤对。她深知多一事不如少一事，宁可把棉衣当了换银子给下人打酒喝，也不轻易找人诉苦。不是宝钗发现，她绝不会主动说。

李纨所欣赏的平儿，被凤姐逼着做了贾琏的房里人，其实就是一条冰箱里的咸鱼，有名无实。只见她每天笑意盈盈迎来送往，不是贾琏对鲍二家的说，哪知道她也一肚子委屈无处可诉。

就连贾芸，受了舅舅"不是人"的气后，在街上遇到醉金刚倪二，在诉苦之前还知道铺垫一下讨个口风："告诉不得你，平白的又讨个没趣儿。"成功地挑起了倪二的好奇心和义气："不妨不妨，有什么不平的事，告诉我，替你出气。"

还是那句话，找人诉苦，第一条就是得会挑人。看不准瞎诉苦，就很容易沦为祥林嫂招人厌烦遭人践踏，再被别有用心者当把柄利用，更是得不偿失——所托非人，心会更苦。

回头看看，李纨该找谁诉苦呢？她最应该找的，是东府里的尤大奶奶。

这二位年纪相当，身份对等，都是奶奶，但前者是寡妇，后者是填房，都是被权力边缘化的人；而且须知尤氏也是很看不惯凤姐的飞扬跋扈，曾经半开玩笑半认真地对凤姐说："我劝你收着些儿好。太满了就泼出来了。"

所以，如果李纨那天诉苦找的是尤氏，必定是不一样的待遇。

尤氏是个热心热肠的人，必会说出一番让李纨心境平和的话。

她大概会说：冷眼瞅了这么些年，你的苦楚我何曾不知呢？只是何苦来置这些气，我劝你好好保养，好歹有兰小子在，慌什么！将来大了为官做宰，你就等着做一品诰命夫人吧。只看那些赫赫扬扬的，到头来也难说！——这世界就该这样：得意人跟得意人玩，失意者同失意者抱团取暖加油鼓劲，大家才好活下去。

书到第七十五回，凤姐奉王夫人之命带人抄检完大观园后第二天。李纨和尤氏两个人心照不宣地走到了一起，尤氏隐晦地表达着不满："我们家上下大小的人只会讲外面假礼假体面，究竟作出来的事都够使的了。"李纨明知故问：你说谁呢？尤氏说：你问我干吗？你是病了又不是死了！

正说着，宝钗进来向她们辞别，说要回自己家去。

曹雪芹写："李纨听说，只看着尤氏笑。尤氏也只看着李纨笑。"

读者读到这里，看她们相视而笑，也忍不住要会心一笑；等到探春来，因为昨晚抄检的事发了些狠话，李尤二人又不约而同地"皆默无所答"。

这分明是两个通晓人情世故的熟女之间的默契。尤氏与李纨，才是可以相互诉苦的人。

四

子曰："可与言而不与之言，失人；不可与之言而与之言，失言。知者不失人，亦不失言。"

诉苦，何尝不是如此？

每个人的心底都有苦涩秘密，也许是如影随形的恐惧，也许是无法启齿的创伤，也许是久不释怀的隐痛，也许是无法排解的愤怒，这些负面情绪令人不胜重荷，忽然就在此刻，想对着面前的人不管不顾地倾诉。

这本也是人之常情。然而，要明白，此刻的每一句话，不管是伤心之语，还是愤怒之言，抑或只是牢骚半句，在从嘴里输送出去的一刹那，就不仅是话语，还是你真实的内心。是被郑重承接真诚抚慰，还是被轻巧闪了，吧唧一下摔地下，甚至被恶意踩踏得血肉模糊，都将有它自己的命运。

所以啊，诉苦从来都是个技术活儿，就像在帮不堪重负的灵魂卸货，卸好了得点解脱，卸不好烦恼更多。而那些肺腑之言，就多病多灾的宝贝，既然打算寄养，就要找一个可靠的好人家，不要随便打发。

"人间不值得"，可还不都是去卑微而用力地生活？愿你，这一趟人生之旅，练就了金刚不坏之身扛打扛造，也练出了火眼金睛有识人之明，看清谁只是交集谁才得同路。

如此，大概能做到哭的时候有人哄，痛的时候有人疼，生气的时候有人懂，摔倒的时候有人扶。人生实苦，愿你有处可诉。

健哥唱："眼前人给我最信任的依赖，但愿你被温柔以待。"

细 节 篇

风吹哪页读哪页

《红楼梦》怎么读：风吹哪页读哪页

读书要轻松有趣，苦兮兮的不如不读。一等一的好书还读得苦，恐怕是读法有问题。

在微信圈里看过一条消息，网评十大读不下去的名著，《红楼梦》当仁不让排第一。我的天哪，又不是要进行专业考试，何至于弄成这样？多半是被唬着了吧。

古今中外这么多好书，没有一本书像《红楼梦》一样，让许多人穷其一生去探轶、考证、索引，他们像考古研究一样深翻细拣，大米上雕花一般精磨细抠，深山探幽一样跋山涉水不辞劳苦，警犬破案一样东嗅西闻地找线索，生发出一门学问叫红学。

许多读者，还没读《红楼》，便先知有红学。于是读《红楼》这事儿就先入为主地成了高大上，高大上到令人生畏，生畏到望而却步。如同爬山一样，因为知道了山的高度先自灰心，而放弃

321

了攀爬。

不要怕，一本未完的小说而已。按曹雪芹最初的打算，原本只是想写一本小书，聊以向前无古人后无来者的《金瓶梅》致敬，结果写着写着自己也控制不了这如椽巨笔，写成了今天的《红楼梦》。生活的迷人之处就在于她总有意外的惊喜，你不往前走，就不知道你最终会走到哪里。

《红楼》最大的可贵，在于曹雪芹在创作中，从不做过多的个人评论，没有明显评价的褒贬，更无刻意的观念灌输，他就像一部纪录片大师，将日常生活事无巨细一帧一帧地跟拍记录下来，唯其悲悯与克制，方显客观与苦心，成为永不过时的经典。

也许面对这本书，一开始你会发蒙。就像围着一个大宅团团

转，始终不得其门而入，直到看到某一个瞬间某一件事，让你感同身受。或者与某一个人邂逅，惊喜"眼前分明外来客，心底却似旧时友"。仿佛是她牵着你的手，拉着你走到入口，从此登堂入室，推开一扇一扇的门，进入一个一个空间，你

会发现，院连院门接门，曲径通幽处，小桥接花溆，佳木葱茏，奇花烂灼。只要你愿意继续逛，随便向左走向右走，不同的方向有不同的风景等候。更有形形色色人等，在向你演绎不同的人生，给出不同的况味。你回头，蓦然发现领你进门的人早都走丢了，却不觉得慌张。

尽管这座园子太大，请你也不用担心迷路，有时候走了一圈又回到原地，发现同来玩月人还在，可是风景却已不再似去年，换了另一番人间。原来，迷路的时候，其实是你自己在蜕变，在思考和成长，你眼里的世界自然会有改变。

鲁迅说："一部《红楼梦》，经学家看见《易》，道学家看到了淫，才子佳人看到了缠绵，革命家看到了排满，流言家看到了宫闱秘事。"虽然我们不是所谓的"家"，但没有关系，每一个人都有自己的局限和长处，你喜欢什么就看什么好了，不一定非得是宝黛爱情和四大家族兴衰史。

喜欢美食，你就看茄鲞、鹿肉和清蒸鸭子，还有松瓤鹅油卷；

喜欢美妆，你就留心用明矾怎么淘澄胭脂膏子，这种技艺如今在中国几近失传，但日本人还在做；

想提高音乐素养，除了听听"原来姹紫嫣红开遍，似这般付与断壁残垣"的昆曲戏文，还应该明了笛子为什么一定要配月色，还非得隔着水听，拣曲谱越慢的才越好；

喜欢园林设计就去逛大观园，有清溪泻雪石磴穿云，亭台楼阁凸碧凹晶，翠竹曲栏蘅芜吐芬，想想老太太干吗嫌探春窗外的梧桐树太细，非让把林黛玉的绿窗纱换成粉色软烟罗；

喜欢室内装修陈设就去看主子们的卧房，探春大气黛玉高雅，可卿香艳宝钗简素，李纨有野趣惜春供暖香——各种风格尽可细细观摩借鉴；

想研究清史，就从贾府祠堂前的对联入手；想学习诗词歌赋，现有的诗社作品可以仿写；

对中医有兴趣，不如把秦可卿的药方儿拿来，看看张友士在八珍汤的基础上又加了哪几味，阿胶又为什么非要用蛤粉炒？

想了解旧时贵族排场规矩，看看林黛玉进贾府时的路线和服务人员交接，除夕祭祀的子孙排序和分工；

对官场有兴趣，分析一下贾雨村的官场沉浮与心路历程，太阳底下无新事，聪明人会举一反三依葫芦画瓢，有良知的人会和贾琏一样觉得为私欲害别人坑家败业并不光彩，而有悟性者会想到"到头来都是为他人作嫁衣裳"，到最后不过是"大地一片白茫茫"；

——还有人性，所有的优秀小说都是在写人心和人性，我之前已经写得太多了，不再啰唆；

更有高人，面对《红楼梦》，以书为鉴，想到那些一度赫赫扬扬者，不过是历史节点上的蝼蚁，再大的荣华富贵，也抵不上命运诡谲莫测伸出一根翻云覆雨的手指头，虽青山依旧在，已几度夕阳红；

更别提各种亲情爱情友情，职场家政外交……《红楼梦》包罗万象，只有你想不到的没有她给不出的。她不会仨瓜俩枣捉襟见肘，而是琳琅满目满坑满谷。你不用担心自己看不全懂，其实在当世没有一个人敢说自己已经全都看懂。在《红楼梦》面前，大家都会露怯，不止你一人。这么好的书，欣赏就是，至于再深层的研读，随缘。

我认识一个朋友，从八九岁上起就开始读《红楼》一直到现在，一提这本书就两眼放光，不为别的，只为好看。她说自己就是看热闹，其实看热闹就挺好，真心喜欢比叶公好龙地看门道，更接近读书的本相。

所以，不要因为这座山太高就举步不前，穿山越岭分花拂柳，沧浪清兮濯我缨，沧浪浊兮濯我足，山一程水一程一路前行，一程有一程的风景，横看成岭侧成峰，每个人目光所及之处各自有各自的不同。

风吹过来，掀开的是哪一页，就从哪一页读起。真正的好书从不会高深晦涩，它笑迎八方客又润物细无声，会周全所有来读它的人，要不怎么敢称博大精深呢？

是不是真正的贵族，细节说了算

一

林黛玉第一次进荣国府时的场景，犹如一个静默的电影长镜头。轿子过宁国府，到荣国府，从西角门入。走了一射之地，到了转弯处，轿夫们退下，府里的小厮们前来抬轿。这当儿后面的婆子们下轿向前赶，围随着轿子至垂花门前。众小厮先退出，婆子们打帘、扶黛玉下轿……在这些寡淡的情节中，处处是讲究：林黛玉的轿子，是从角门而不是从正门入，谁叫她是来投靠的晚辈，能从大门进那得是省亲的元春；轿夫们进院子只可走一射之地就得退下，府里不容外人擅闯；放下的轿子换小厮们来抬，到了地点他们得马上退出，男女授受不亲，打帘子、搀扶的事情由婆子们来做。无一句对白渲染，却各司其职有条不紊，令人叹服。单单这个场景，就足以秒杀众多一厢情愿的伪豪门贵族小说——没吃过猪肉你得见过猪跑，到底是曹雪芹。

二

而豪门之外的人要描述豪门的话就只能靠想象了。

张爱玲曾说，穷人想象中的富贵之家就如同烟盒上的画片：金碧辉煌，凝妆的美人立在洁净发光的方砖地上，旁边有朱漆大柱，锦绣帘幕，空气特别清新。

这想象真是拘谨而仰望：空气清新不如说空旷，空旷处哪有人味儿，像舞台剧布景，演员巍巍地站在洁净发光的地上，凹着造型等大幕落下，自己再蹑手蹑脚走回去。

其实，富贵之家也是家。家就是人的港湾和领地，应该让人踏实、放松，在这里吃喝拉撒睡，生活的痕迹和气息要处处可寻才对。

在贾府，炕上放的青缎靠垫被日日坐靠慢慢磨去了光泽，落入林黛玉眼帘里时已经成了半旧的；

因为防止浪费，也因为够亲近，老的吃不完的饭菜会转手送给小的吃；

贾母担心大厅里灯笼穗子上的灰掉下来扑了宝玉（其实是湘云）的眼睛，才叫他站远点，默许保洁大妈留下卫生死角；

池子里的荷叶也不是永远芊蔚青青，深秋时一样颓败枯黄，宝哥哥才说了一句要拔掉这些破荷叶，林妹妹马上傲娇地说不要，我还要"留得残荷听雨声"呢！

这些半旧、不洁，甚而偶有的凌乱不整，与寻常百姓家并无二致，物质享受丰厚不假，感觉"也不过如此"嘛。

但是，侯门公府绝不完全等同于寻常百姓家，真正的不同在于侯门严格甚至刻板的教养细节，就连宝玉对自己的亲妈王夫人，都从来不喊"娘"，而是恭恭敬敬地尊称一声"太太"，疏远得不近人情。

大概因为在贾府衣香鬓影风光体面的背后，是繁杂的人丁事务，就像一台复杂沉重的机器，其中有数不清的齿轮咬合。除了原动力，最重要的是齿轮模数。而贾府维持秩序的"模数"就是各种相对应的礼数与规矩，孩子们要喊父亲母亲为"老爷太太"就是其中之一。

在这些规矩中，最大的规矩就是"尊老"，不容动摇，这是贾家的"根本大法"。

三

刘姥姥进大观园，曾感叹自己有三个"想不到"。第一个"想不到"是他们庄户人过年时贴的年画上的景色，这世上竟还真有；第二个"想不到"是贾府吃个茄子会用十几只鸡来配，一顿饭就抵得上她全家几个月的花销。这前两个"想不到"还可以理解。

第三个"想不到"，是发现进餐时王熙凤、李纨两位尊贵的少奶奶不能落座，她们得和下人们一道侍立一旁伺候，等到大家离了席她才可以坐下来吃别人的剩饭。刘姥姥看在眼里，不由赞叹"礼出大家"。

凤姐、李纨侍餐这个场面，让读者隔着时空窥见了中国古代上流社会一日三餐的场景，孙媳妇是晚辈，再尊贵该尽的礼数孝道一点不能少。而不是想当然地认为是主子们全都牛哄哄地坐下吃，仆人们围着团团转。亏得曹公不曾偷懒，他指缝里漏下的这琐碎一笔，是最客观权威的世俗生活记录。

在这个家里，尊老的规矩刻不容缓。第六十四回，贾琏从外面回来，宝玉先赶紧给他跪下，口中却是给贾母、王夫人请安。因为两位长辈出门在外还没回到家，他便要代受宝玉跪拜；不得势的邢夫人身为婆婆，教训起得势的儿媳王熙凤来，不讲理还一套一套的，后者连嘴都不能回；就连除夕敬酒，也是贾珍捧杯，贾琏执壶，后面的弟兄们按年龄排队，一溜随着跪下，按大小分先后的习惯已成自觉。尊老也不论主子和奴才。林之孝家的教训宝玉，宝玉得听着不能还嘴；退休的赖嬷嬷来了，王熙凤得殷勤伺候，一口一个"妈妈"，拿出惠泉酒款待；

奶过宝玉的李嬷嬷更是奇葩，数落起宝玉来比王夫人这亲娘都气粗，宝玉曾抱怨说"没有她我只怕还多活两日"；

伺候了三代主子的焦大喝醉了酒便要破口大骂，让贾蓉少在"老子面前充主子"。被捆住口塞马粪那次，是因为他骂出了"爬灰"，如果不是太敏感，宁府主子们大概会一直忍气吞声装没听见。谁让贾府里的规矩是年老的奴才比年轻的主子体面呢？

对年老奴才们的尊崇忍让，一方面体现了贾府的仁义和胸怀，另一方面，厚待在这里奉献过青春和汗水的老员工，也有一份感恩在其中，拔高点算是一种家族文化，很值得今天那些叫嚷着要人性化管理的企业琢磨借鉴。

四

贾府这些貌似教条繁缛的规矩礼数，让他们与那些暴发户们泾渭分明。

虽说能与四大家族联姻的都非富即贵，可并不见得都是真贵族，拿薛家亲家"桂花夏家"为例，说白了就是桂花种植大户，连宫里的盆景贡奉都垄断了，虽说是"非常的富贵"，但夏金桂本人一言一行却刁蛮无赖得如同市井泼妇。

犹记得夏金桂主动出击，隔窗与薛姨妈撒泼时，做婆婆的竟气得浑身哆嗦："这是谁家的规矩？婆婆这里说话，媳妇隔着窗子拌嘴。亏你是旧家人家的女儿！"这个"旧家"当指的是有传统教养的大户人家。可知"旧"的并不全是该淘汰丢弃的，就像古董花瓶，愈古旧才逾该护持传承。

长幼有序永远是家族文明的最高守则，只有有序才能家和万事兴。可以这么说，即使没有后来的抄家牵连，当薛家欢天喜地迎娶夏金桂这样的儿媳时，家道败落的丧钟就已掺在喜庆的喧天鼓乐中鸣起。

《红楼梦》里的杯子，不只是杯子

一

《红楼梦》第六十二回，有个关于茶杯的情节。袭人给黛玉送茶，一看宝钗也在。两个人，一杯茶，尴尬了，谁喝谁别喝？袭人只好说：二位，谁渴谁先喝。宝钗笑说：我不渴，只要一口漱漱就够。然后毫不客气，先拿起来喝了一口，剩下的半杯，她递给了黛玉。袭人连忙说我再去倒。没想到，黛玉竟笑着说："你知道我这病，大夫不许我多吃茶，这半钟尽够了，难为你想的到。"说完，她将杯中残茶一口饮干。看这一折，不懂的人会愤愤不平：凭什么我黛玉要喝别人的剩水？而懂的人则会心一笑，胸口暖暖。

这只从宝钗手里接过来的茶杯，不但象征着"孟光接了梁鸿案"尽释前嫌，也象征着黛玉对宝钗的感觉，早已从最初的猜忌敌对化为毫无芥蒂的全盘接纳，在她心里，宝钗已由情敌反转为亲密的闺蜜。

共饮一杯，素来只有亲密无间的人才可以。例如五十四回，贾母在酒席上让宝玉给凤姐倒杯酒，凤姐说："不用他敬，我讨老祖宗的寿罢。"说着将贾母的杯子拿来，吃了半杯剩酒。

这半杯剩酒告诉读者，贾母和凤姐不仅仅是老祖母和孙媳妇的书面关系，不仅仅是一个喜欢奉承一个喜欢被奉承那么简单，她俩还是一对铁瓷的忘年交。

肯不肯用对方用过的杯子，和肯不肯让对方用自己用过的杯子，真是对双方亲密关系最严格的考验。

二

《水浒传》里，潘金莲动情试探武松时，便是将自己喝了一口的酒杯递过去："你若有心，吃我这半盏儿残酒。"武松夺过来泼在地下，原本一场绯色的情事从

这个杯子开始，走向血色的凶杀案。

类似的还有《红楼梦》中的尤三姐，斟一杯酒喝半杯，剩下半杯搂着贾琏脖子开始灌："咱们来亲香亲香。"唬得贾琏酒都醒了，顷刻明白自己不是这老辣女子的对手。

一只杯子，再家常不过的日用品，不知不觉间成了传情或绝情之物，承载了人类多少微妙复杂、幽怨强烈的情感。

台湾女作家张曼娟写过一篇散文，内容也和杯子有关。她喜欢过一个男人，但始终保持距离，连指尖都没碰过。有一个炎热的夏天，她去办公室找他，男人急着给她找清凉饮料。她写："我斜倚在他的桌边，看见他喝水的那只极其普通的马克杯，银灰色的，杯缘有一个唇痕，握起那只杯，忽然有些冲动地嚷着：'好渴啊，先喝咯。'没等他反应，我对准唇痕，将杯中的水一饮而尽。"突然沉寂的五秒里，他看到男人的脸由怔忡变化出细腻温柔的表情。

后来呢？"既然用这种方式接吻了，接下来当然是免不了谈一场恋爱的"。

当你的唇，包覆上我的唇呷过的杯。这种似有还无的接触，既暧昧又亲密，既隐晦又直接，最适用于恋爱将明未明之时的造作，本质上却是令人心旌动摇的调情、试探、推进。而杯子，便成为关系突破之前最后一道形同虚设的屏障。

"我住长江头，君住长江尾。日日思君不见君，共饮一江水。"多么绝妙的比喻。当思念成灾，这浩荡的长江，也变成了两人共用的口杯，抵得过多少句"你可知我爱你想你念你怨你深情永不变"。

三

人类要用嘴唇来表情达意，杯子便是最称手的道具。

妙玉曾经当着黛玉的面，把自己的茶杯给宝玉用。这是对正牌女友黛玉赤裸裸的挑衅啊，代入一下，如果是当下，一个女生敢当着另一个女生面这么嚣张地撩对方男友，换个暴脾气，是要分分钟下场开撕的。

妙姑娘不是一直号称自己有洁癖吗？刘姥姥用你的杯子喝口茶，你觉得膈应，要把那杯子扔了；别人在你栊翠庵的街头走一走，你都要用水洗洗地，还不让送水的小厮进你的山门。可是到宝玉这里，连男女有别都不讲了，偏把自己的茶杯给他用，也不怕他的嘴唇沾过，口水脏了你的杯？

即便她嘴上说得那么硬："你这遭吃的茶是托他两个（宝钗和黛玉）福，独你来了，我是不给你吃的。"可惜呀，一个茶杯就出卖了一颗"欲洁何曾洁，云空未必空"的多情女儿心。

明明是欲盖弥彰，司马昭之心路人皆知，还自以为遮得巧。

335

否则宝玉后来上栊翠庵讨红梅，黛玉不会拦着要跟着的人："有了人反不得了。"分明是知之甚深，又不足为虑。闪回到栊翠庵喝茶那日，宝玉最后用的茶具，是大竹盒。他到底是没有用妙玉的杯子喝茶。尽管那双素袖殷勤捧出的绿玉斗，价值连城世间罕有，与梅花上收的雪水才最配。

四

宝玉与黛玉，也有一个关于杯子的桥段。元宵夜，宝玉在席上从长辈们开始挨个斟酒，当斟到黛玉面前，当着众人面，黛玉没喝，却端起自己的酒杯放到宝玉唇边，宝玉毫不犹豫一气喝干。

这旁若无人的腻歪，让众人多少有点愕然。忙得凤姐连忙凑趣儿化解："宝玉，别喝冷酒，仔细手颤，明儿写不得字，拉不得弓。"宝玉则实诚作答："没有吃冷酒。"

宋太祖赵匡胤曾经杯酒释兵权，而黛玉却敢当着满堂长辈亲戚的面，用一只酒杯宣告了她在感情上的主权：都瞅清楚了，他归我。而宝玉，用一口喝干这个动作毫不犹豫地做出了满分回应：没错，我归你。

这差不多相当于一个说："大家好，给大家介绍一下，这是我男朋友。"另一个说："哎呀吗，咔咔的。"

甚至还要任性，这里可是古代。

谁的杯子该谁用不该谁用，这是个原则性问题，曹公在这上面从不含糊。

不管是茶杯还是酒杯，曹公都让它们承载了太多只可意会的关系、欲说还休的心事，甚至悲欢离合关于命运的隐喻。

这本书里，还有一种最顶级炫酷的杯子忘了说——它叫"万艳同杯"。

严格说来它是一种酒，出产地是太虚幻境，由百花之蕊、万木之汁、麟髓之醅、凤乳之曲酿成，有着异乎寻常的清香甘冽。奇怪的是，这神仙酒不叫某某液、某某酿或某某春，偏偏取了个"杯"字命名。正是这个"杯"，定出了整部书的基调——同杯，乃同悲也。

杯与嘴相连，而嘴与心相通。

所以，《红楼梦》里的杯子，早已不再是简单的生活用品，它们有使命，有诉求，有灵魂。如同被曹公施了魔法一般，细细读去，书中每一只杯子，都在诚实地替自己的主人说着心里话，静等一代一代的读书人，用心地去读懂，去聆听。

哪有一味良药，能治得了黛玉心中的委屈

一

对林黛玉而言，什么才是她的头等大事？千万不要说是爱情，她生活里的头等大事其实是吃药。初进荣国府，与外祖母抱头痛哭，与众亲戚相认，眼泪尚未擦干，正经话也还没有说上几句，先得介绍自己吃什么药。

因为大家看她身体面庞怯弱不胜，便知有不足之症。于是便有人问了："常服何药，如何不急为疗治？"连王熙凤那么八面玲珑的人，一见黛玉，问的也是"现吃什么药？"

唉，古代人和我们不一样，搁今天就算唐突，哪有一见面就问人家"你是不是有病"？简直就是尬聊嘛！

好在黛玉接得住，不是直接怼："我有病，你有药啊？"而是大大方方说：对，没错，我就是这样，从会吃饭起，便会吃药了。我如今吃的是人参养荣丸。

贾母说：正好，我现在正配丸药呢，让人给你配一料。

那就接着吃吧，路漫漫其修远兮，吾将上下而吃药。

二

但是，吃来吃去，补药那么多，太医换了一拨又一拨，从没见黛玉的身体好转过。作为一个吃药"大户"，反而失去了许多自由和快乐。

宝玉过生日，在怡红院群芳开夜宴，大家玩得正开心，二更一过，她立即起身说："我可撑不住了，回去还要吃药呢。"真是扫兴。就算她刚想一个人在外面发会儿呆伤会儿神，紫鹃会从背后赶来，喊她回家吃药。

和宝玉吵架，一哭一生

气，哇地吐了出来，没办法，估计是天天吃药，把胃吃坏了，所以稍微受点刺激就吐。吐的也不是饭，是刚吃下去的药，香薷饮解暑汤。

宝琴送了她一盆水仙，她自己说："我一日药吊子不离火，我竟是药培着呢，那里还搁的住花香来熏？越发弱了。"又怕屋里的药味把花熏坏了，不得已要转送宝玉。因为从小就吃药，公认的身子骨弱，她也失去很多展示自我才华的机会。凤姐儿病了之后找临时代理，自家人是李纨和探春，再挑不出人来了，就从亲戚家的姑娘里找，选中的是黛玉和宝钗。但黛玉的身体素质是硬伤，"美人灯儿，风吹吹就坏了"，明知宝钗"不干己事不张口，一问摇头三不知"，不肯出全力，也不得已只能将就着用。

而黛玉呢，不能亲自上阵，只能在一旁当啦啦队。

大声给探春叫好，又忍不住道："我虽不管事，心里每常闲了，替你们一算计，出的多进的少，如今若不省俭必致后手不接。"有什么用呢？身体拖了后腿，再会算账，也轮不到你算；再会理财，也轮不上你理；再有才干，也没人敢冒险让你上台施展。

总不能这边有个媳妇子来请示府里的事儿，那边让平儿堵回去："你忙什么！你不见姑娘吃药呢，先出去候着，等一会子再来。"除此之外，还要遭受误解。比如袭人就在背地里酸溜溜说黛玉不做针线，说老太太怕黛玉劳碌着了，需要静养，半年了还没见黛玉拿针线呢！听那话外音，好像觉得黛玉太过娇养了。身体健康的人，没体会过病人身体上的感觉，所以他们很难产生同理心。只觉得她太矫情，幸而有宝玉替她出言辩护。

她在窗外听到，但能冲进去说理去？只有默默忍了。

三

大家见了黛玉的面寒暄，不是平常人的"吃了吗"？而是"吃药了吗"？

第二十八回，王夫人见了林黛玉，问的是："大姑娘，你吃那鲍太医的药可好些？"王夫人当时心情应该不错，开始屈尊体现一下做舅母的关心，说不定那鲍太医正是王夫人推荐的。

如果黛玉乖巧地说一声：谢谢舅母关心，我好多了。那就皆大欢喜了。但她偏偏没有按标准答案答，而是大喇喇据实回答：也就那么回事儿，老太太又让我吃王大夫的药呢！

这多少有些让王夫人下不来台，想想人家秦可卿，瘦得脸上的肉都干了，面对贾母送来的枣泥山药糕，还说自己"克化得动"。王夫人没说话，此时的脸色应该是沉了一沉。宝玉插话说：以后别吃人参养荣丸了，吃天王补心丹。王夫人耐心地说：既然这样，明儿就叫人买些来吃。但宝玉太实诚，得寸进尺让他妈给他三百六十两银子，他要亲自给林黛玉配一料丸药。王夫人有点生气了，开始爆粗：放屁！什么药那么贵？宝玉不看情势，二不唧唧地说了很多奇怪的药：头胎紫河车，就是头胎人胎盘，这和鲁迅讽刺的中药里要蟋蟀一对必须是原配有一拼了；接下来是人形带叶参，龟大何首乌，（一说六足龟，大何首乌）千年松根茯苓胆……都是些闻所未闻的珍奇药材。这都不算什么，主打药更吓人，是古坟里死人戴过的珍珠。还言之凿凿说这方子给过薛蟠，要宝钗给作个证。

万万没想到，一旁的宝钗，竟一口咬定自己不知道。

她太精了，冷眼旁观早看出了姨妈的不快，便明哲保身不掺和。多亏凤姐儿在里屋听见了，出来做证说确有此事。

此时，王夫人的耐心已经耗尽，没好气冷笑道："阿弥陀佛，不当家花花的！就是坟里有这个，人家死了几百年，这会子翻尸盗骨的，作了药也不灵！"此话一出，黛玉的尴尬可想而知。

王夫人毕竟是大家出身，在对待黛玉的问题上仅限于就事论事，不会做得太露骨授人以柄。

然而她不会，不代表她身边的人们不会。你看周瑞家的给奶奶小姐们送宫花，先往王夫人院子方向送，再是凤姐儿院子，最后才是贾母这边的黛玉。

四

越往后走，随着贾母日渐年高，王夫人一派渐渐占了上风。世态炎凉，黛玉的日子眼看着会越来越不好过。

早在第四十五回，宝钗曾经建议她少吃药多吃饭，因为"食谷者生"，光靠药终究不是长法子。还建议她吃冰糖燕窝粥，慢慢调养，比吃药强。

黛玉很有自知之明，她说："请大夫，熬药，人参肉桂，已经闹了个天翻地覆，这会子我又兴出新文来熬什么燕窝粥"，就算正经主子不说，下人们也是不会饶过她的。连老太太多疼宝玉凤姐儿，他们都容不下，更何况她这样来投奔的非正经主子？还是别招人多嫌了。

宝钗听了她的难处，遂派人冒雨给她送了一大包燕窝。黛玉感激不尽，请跑腿的婆子吃茶，知道婆子有赌局，抱歉地说："难为你。误了你发财。"给婆子赏了好几百钱，叫她打酒驱寒。

燕窝的事被宝玉听到后，就故意在贾母跟前漏了点口风，他深知黛玉的难处，吃完了也不好再去向宝钗要。老太太一听，可不能让自家外孙女受这种委屈，于是叫人一天给潇湘馆送一两燕窝过来。

宝玉开心地对紫鹃说："这要天天吃惯了，吃上三二年就好了。"

说这话时，就在刚刚，黛玉的丫鬟雪雁从王夫人房中取人参回来，解释说王夫人睡午觉，她等了好长时间才拿上。原来黛玉要吃人参，是需要找王夫人特批的。

紫鹃想说：娃，你不要太天真了，这些人参燕窝，正是林姑娘的病根呀。但话到嘴边却变成了："在这里吃惯了，明年家去，那里有闲钱吃这个。"谎称林黛玉要回苏州老家，引得宝玉发了疯。

正因为感知到黛玉在贾府里愈来愈多的不便，紫鹃才咬咬牙放出身手试一试宝玉的真心。她后来劝黛玉趁老太太明白硬朗，"作定了大事要紧"的话，句句戳中黛玉的隐痛："若娘家有人有势的还好些，若是姑娘这样的人，有老太太一日还好一日，若没了老太太，也只是凭人去欺负了。"

五

后面的事情越来越印证了紫鹃的预言。

七十四回，王夫人描述她厌恶的晴雯长相，说的是"水蛇腰、削肩膀、眉眼又有些像你林妹妹的"，偏偏要拿林黛玉作比。下一句话说得更狠："我的心里很看不上那个轻狂样子，因同老太太走，我不曾说得。"这仿佛更是在影射什么了。

等到当晚王善保家的奉王夫人之命抄检大观园，原著中一段话更是意味深长：凤姐儿与王善保家的说不能抄检薛大姑娘屋里。王善保家的也说："这个自然，岂有抄起亲戚家来的。"就这样"一头说，一头到了潇湘馆内"。这是不拿黛玉当外人，没毛病。

进去之后，凤姐总要给几分薄面，见黛玉已经睡下，连忙过去按住不让起来，说"睡罢，我们这就走"，还不忘拉扯点闲话。而王善保家的就不是了，以抄出宝玉的东西为功，还不怀好意地说："这些东西那里来的？"看那情形，不是凤姐拦着，是预备泼黛玉一盆脏水。

等到第七十七回王夫人自己要用人参给凤姐配药却找不到个像样的，不得已派人出去买时，这才终于撒出了一肚子邪火："'卖油的娘子水梳头'，自来家里有好的，不知给了人多少。这会子轮到自己用，反倒各处求人去了。"不知道黛玉听了会不会多心：合着你家那多人参都是让我一个人吃光了？她那么敏感的人，对周遭环境和人们态度的感受，岂能比紫鹃迟钝？别看她嘴里斥着紫鹃"这丫头今儿可疯了"？却在紫鹃熟睡后失眠，直哭了一夜。

这样的夜晚于黛玉是常态。她曾对湘云说"大约一年之中，通共也只好睡十夜满足的"。想必在那些难挨的漫漫长夜，白天里那些琐碎、只可意会不可言传的世态炎凉的细节会一一浮现重演。

没有被克扣吃穿用度也算是被善待，但个人精神上的漂泊紧张才是更难愈合的内伤。那种时时刻刻"这里不是自己家，要自觉点识相点"的自我警示，才是持久的压力。

那种感觉，就叫委屈。不要忘了，《葬花吟》便是黛玉受了晴雯委屈后的肺腑之作。更多的委屈，是叫你感受得到却说不出，也不能说的，那才是平静海面下隐藏着的巨大冰山，是真正的委屈。而病躯更是一面镜子，照得见周围世界的凉薄。我们的一生中，谁不曾领受过势利小人奉送的一些委屈呢？但像黛玉这样，成日里浸泡在委屈中，那日子想想心里就先堵得慌。

所以啊，不管吃了多少年药，换了多少太医，黛玉的体弱多病从来没有改善过。除了先天不足、缺乏锻炼，还有一个更重要的原因，是没有一味药，能专治经年积压在这心里的委屈。

六

王夫人曾经跟凤姐议论过一次黛玉的母亲贾敏，"你林妹妹的母亲，未出阁时，是何等的娇生惯养，是何等的金尊玉贵，那才像个千金小姐的体统"。虽时隔多年，语气里仍然满满的艳羡与落寞，仿佛贾敏是一座翻不过去的高墙。

如果贾敏小姐在天有灵，看到最疼的女儿如今客居在娘家的情形，也很难安息吧？

看到这里，读者不禁会喟然长叹：为人母者，让自己好好活着，一路护佑孩子平安长大，才不算失职。

"人生无根蒂，飘如陌上尘。分散随风转，此已非常身"，枉黛玉祖上袭过四代列侯，是堂堂巡盐御史的遗孤，但在家千日好出门一日难，寄人篱下就是寄人篱下。即便也算锦衣玉食，千金难买的却是一个舒展。

当然了，我们的黛玉也已经在很努力地给自己宽心了，否则不会在中秋之夜说，人家这里的正经主子都不能事事遂心，更何况自己这样的客居之人。

隔着书页，我们帮不了这个姑娘，生命于她而言，是自有图案，她唯有临摹，而我们无能为力无法插手，只能沉默地旁观，合书一声长叹。

庄子说过，"无用谓之大用"，不是所有人的故事，都必须要提炼一个主题；也不是所有人的悲剧，都要获得一个教训或者启迪。

如果一定要硬拗一个心得的话，这就是了吧——从来没有哪本书像《红楼梦》一样，让我们通过阅读来观照自己：心中需要贮藏多少悲悯与善意，才能洞悉体察他人的不易与委屈。

《红楼梦》告诉你：不读书的人生有多可怜

一

《甄嬛传》里，华妃在皇上面前吃飞醋，表情酸溜溜地说御花园里的花儿朵儿成了精，把皇上的魂勾了去。皇上侧过脸冲着她眼皮子都没抬一下："读书不多，顶嘴倒快。"语气里是显而易见的鄙视。

华妃被戳中软肋，嗫嗫嘴，无言以对，怏怏告退。

皇上是怎样养成的？从五岁起开始读书，全年无寒暑假，一年只得休息六天半。每天早四五点起床温书，不准午休，到晚上七点才下课，除了一日三餐都在学习。课程有四书五经、诸子百家、天文地理、算数外加多种外语。最顶尖的老师，最严苛的管理，数十年如一日，一直到登基。怨不得乾隆皇帝曾对文臣们说："朕要是参加科举，未必比你们差。"

这样的学霸虽然妃嫔众多，但真正能谈得来的并没几个，因为提倡"女子无才便是德"，多数妃嫔的文化修养难与之匹配，只工于献媚。如果遇到一个像甄嬛这样饱读诗书能沟通唱和的，怎么可能不如获至宝？

所以，"腹有诗书气自华"的甄嬛一出场，就注定了华妃要失宠。只能翻翻白眼骂一句："贱人就是矫情。"

这一点，《红楼梦》里的凤姐就比华妃有自知之明。

遇到读过书的竞争对手探春，凤姐懂得要避其锋芒："他又比我知书识字，更利害一层了。"

又嘱咐平儿：千万别和她对着干，一对着干就坏事了。

枉凤姐要强精明，因为不知书识字，除了在读书识字的人面前底虚，生活上亦有诸多不便。

料理秦可卿丧事时，看不懂花名册，需要彩明点名；下人送帖子领东西，需要彩明念给她听，数目

相合再发放，错了丢回去重新核算。这些全凭彩明一张嘴，如果彩明不小心念错或故意使坏，她一时也发现不了。

再看探春理家，在到底给自己死去的舅舅赏多少银子时，根本不容他人糊弄。她让管事的吴新登家的把旧账拿来，自己看完拿主意："给他二十两银子。"后面还有一句话：把这账留下，让我细看看。

这些，不识字的凤姐做得到吗？

第二十八回，凤姐蹬着门槛子拿耳挖子剔牙，看着小厮们挪花盆。见宝玉来了，笑道："你来的好。进来，进来，替我写几个字儿。"不过就是"大红妆缎四十匹，蟒缎四十匹，上用纱各色一百匹，金项圈四个。"寥寥二十五个字，还得劳烦他人。

不会写字真是掣肘。

脑瓜子再好使，但好记性终归不如烂笔头。府里的事儿千头万绪，哪一件都不能遗漏，随年龄增加必然要记忆力减退，到第七十二回时，连贾琏都开始感叹："我如今竟糊涂了！丢三忘四，惹人抱怨，竟大不像先了。"凤姐能幸免吗？不过是个性要强不肯落人褒贬，靠着常年紧绷的神经在硬撑罢了。

如果自己能写会算，将事情分出个轻重缓急记在小本本上先放一边，需要的时候拿出来调看，自然能减轻不少脑力负担和心理成本，胜过凡事都凭肉身强记。她的气血两亏是怎么来的？不就是心力交瘁太过劳累闹的吗？还白白可惜了肚子里一个已经成形的六七个月的男胎。

不识字，除了需要多付出心力，还常常被人明着暗着调侃，"无赖泥腿""泼皮破落户儿"，既是在说她的泼辣，也是在嘲她的粗俗。

一样是噎人骂人，读书人会用文采镀一层柔光。林黛玉会借《西厢记》里的句子骂宝玉："呸，原来是苗而不秀，是个银样镴枪头"，或者用禅语质问："尔有何贵，尔有何坚？"宝钗怼黛玉，会拿戏文说事："你们通今博古，才知道'负荆请罪'，我不知道什么是'负荆请罪'！"而凤姐，只会掰着尤氏的脸问：你的嘴里难道有茄子塞着？不然他们给你嚼子衔上了？大观园联诗，大伙儿曾拱凤姐起个首句，她想了半天，不好意思地说了个"一夜北风紧"，被集体夸好：这句虽粗，却给后面人留出很多发挥空间。这仿佛成了凤姐最有文采的时刻。其实不然，凤姐最有文采时是在第七十四回抄检大观园时，尽管那天晚上闹得鸡飞狗跳不得安宁。

在迎春房里，他们搜到了司棋的情书，同去的婆子不识字，以为是账本。但凤姐却因为多年看账本，好多字也混了个脸儿熟，居然全程不打磕巴地把信念了出来。惊喜有没有？真是令吾等读者喜大普奔老泪纵横，就差"家祭无忘告乃翁"了：哎哟喂，你们金陵王家的姑娘可算是有识文断字的了！

二

提起金陵王家的家教啊，真是无语，他们家出产的姑娘都没文化。俗话说"一个媳妇管三代"，娶了她家姑娘，你家下一代的文化修养就靠天吃饭吧！王家另外两个长一辈的姑娘是王夫人和薛姨妈。王夫人运气不错，她有个好婆婆，好婆婆替她养出了个好女儿，好女儿顺便把她小儿子的早教给包揽了。元春入宫前先给宝玉肚子里灌了几千字。

而薛姨妈家的薛蟠就没么好运了，他只有好妹妹没有好姐姐，成长过程里没有人教他读书启蒙。所以他成了金陵阔少圈里的笑话，被人称为"薛大傻"。唐寅他能读成"庚黄"，行酒令时贡献出笑破肚皮的"哼哼韵"，连妓女都笑话他；别人给他送点时鲜东西，他形容时辞藻贫乏，只会说"这么粗""这么长""这么大"。

面对的都是美男优伶，一样是撩，宝玉会对蒋玉菡文绉绉道："有一个叫琪官的，他在那里？如今名驰天下，我独无缘一见。"而薛蟠相中了柳湘莲，只会拍着桌子喊："谁放了小柳儿走了！"结果呢？蒋玉菡解下了自己的腰带，送给宝玉做见面礼，从此结成莫逆。柳湘莲解下了自己的马鞭，将他打得头面开花，喝了泥水哭爹喊妈。但凡读点书识点礼，换个方式结交，也不会落得这么可怜。明明有条件读书却没读，真是可惜了大好资源。有时候想与其这样，倒不如匀一些出来给那些想读书却读不了的苦孩子。

三

一个本来看上去千伶百俐的姑娘，或者机灵绝顶的男生，因为少了书香加持，常常令人扼腕叹息。不仅仅是见识和认知上的局限会闹笑话，还从此被关闭了阶层上升通道。

这种事《红楼梦》里时时在上演。贾政有一次吓唬跟宝玉的小厮李贵："你们成日家跟他上学，他到底念了什么书……学了些精致的淘气。等我闲一闲，先揭了你的皮，再和那不长进的算账！"李贵吓得双膝跪地："哥儿已经念到第三本《诗经》，什么'呦呦鹿鸣，荷叶浮萍'，"满座哄然大笑，明明是"呦呦鹿鸣，食野之苹"好吗？李贵被笑得一头雾水。翠缕和湘云聊天，说起茂盛的石榴花，"楼子上起楼子"，一下连了四五枝，湘云解释"花草同人一样，气脉充足，长得就好"。翠缕问："那怎么不见人头上又长头？"湘云解释"天地之间的阴阳之气"。翠缕又问什么是"阴阳"，湘云再解释。

翠缕不停发问，湘云不停解释。直到最后，翠缕得出了"姑

353

娘为阳我为阴"的结论，湘云笑一笑说："很是很是。"她已经放弃了，认知差距太大，与对话者南辕北辙，倒不如省点力气。

怡红院群芳开夜宴，一说行令，袭人便说："我们不识字，可不要那些文的。"一帮平日里俊俏灵秀的姑娘自动后退了一步，放弃了这种文字游戏的快乐。

云在青山月在天，眼前一切都很美好，但是读没读过书如同一道清晰的拦坝石痕，你们在上游，我们在下游。受教育程度不动声色地在此刻划分出了阶层界限。

所以，那些在下游奋力逆流而上的孩子才格外让人心疼和敬佩。岫烟，家贫难耐，却因租的房子与妙玉的尼姑庵有一墙之隔，结来一段善缘。十年来，承妙玉授她读书习字，才没有沦为庸脂俗粉。妙玉，善莫大焉！读书让岫烟知书明理落落大方，虽荆钗布裙却姿容秀逸，站在一群白富美中也不落下风。陋室出明娟，更令人刮目相看，为自己赢得了一个幸福归宿。香菱，一个打小儿就被拐卖的女童，一路行来受尽苦楚和凌辱，被薛蟠强行掳来霸占，成为寄生在豪门的小妾。这样一个零基础的姑娘，却心高地要学写诗，宝钗不教她就去找黛玉，心怀感恩，珍重又虚心，废寝忘食通宵达旦，夜里梦里都在学。宝钗嗔怪黛玉把她引魔怔了，黛玉回一句"岂有不说之理"？当我们看到出身如此卑微的一个人，跳起来去够原本不属于自己阶层的东西，表情诚恳而姿态笨拙，满脸都是"余虽不敏，然余诚矣"的热切，任谁会忍心拒绝呢？

余秀华有过这样的诗句："我以为腋生两翼就能飞过人间，如果顺风，就能抵达太平洋，一路花草繁茂。"学写诗之于香菱的意义，大概如此。尽管结局幻灭，但终归是未曾浪费自己途经的那些美好。

当一样的行令场面出现，袭人们慌忙闪避时，香菱却已能大方上阵。老曹写"香菱近日学了诗，又天天学写字，见了笔砚便图不得，连忙起座说：'我写'"。

这一声"我写"，读得人热泪盈眶：只有我们知道，这个姑娘，她走到这里有多么不容易，别人的唾手可得，却是她的山高水遥，她翻山越岭，绕了多少路，碰了多少壁，看了多少脸色，出了多少血汗，才找到一处可容灵魂栖息的小小处所。那一句"我写"里，藏着多少小小的不可与人言的骄傲：我可以，我也可以！

其实何止香菱，读书何尝不是我们普通人缩短与他人距离的唯一路径呢？世界以它的节奏一骑绝尘，我们能做的，只是以梦为马，以书为粮，紧紧跟随。不想沦为被世界抛弃的可怜人，就加紧读书吧！

87版《红楼梦》的编剧牛在哪里？让这些细节告诉你

一

听说，《红楼梦》最近又要翻拍电影版了。

窃以为，剧本上也不要太执念地一味求新了，多照着87版拍，保证"安不出大格"。

其实，老版《红楼》改的地方很多，特别是后面几集并没有按高鹗所续后四十回拍。就前八十回，编剧也添了许多原著里没写到的情节，但是，人家都是以原著为核心，合理地改，合理地添，衔接自然，不突兀不跳戏，以至于许多没看过原著的观众，就以为那是原著里的情节，许多台词以为是原著里的原话。

比如邢夫人骂平儿："主子说话，那有奴才插话的道理？"

二

再举几个"栗子"。

林黛玉进贾府，要和三个表姐妹相认。书里可以先用文字一一写清"三春"的容貌，至于过程，一句"黛玉忙上来见礼，互相厮认过"也就完了。但是要拍出来给人看的话，这样太笼统交代不过去。况且，观众也需要一个近景来认识三姐妹，这就需要加一点情节进来。

首先，需要一个人来介绍，旧版里选了王夫人分别引荐："来，都见见，这是你迎春姐姐，这是你探春……"到探春时，王夫人不知道该怎么介绍了，她不知道谁大，林黛玉立刻会意："舅妈，我属羊。"王夫人说："哦，那是妹妹了。"

原著里，黛玉这句"我属羊"也是不存在的。她和探春之间的称呼并不明显，但是编剧很巧妙地补了这个梗，一方面体现了黛玉的聪慧，一方面让黛玉和探春的

关系明确起来，方便后面剧情铺排。

第二个发挥之处在贾府过元宵节。编剧加进了一段众人吃元宵的情节，这个也是编的，但编得合情合理，十分出彩。

大家可以上网搜索这一段视频，拍得真是面面俱到：湘云"哎哟"一下烫了嘴，伸着舌头用手扇风，宝玉回头笑，湘云嗔怒；一旁的黛玉端着碗抿着嘴儿看着笑；宝钗不紧不慢地下口；另一边桌子上坐着三春，迎春背对镜头，探春给惜春嘴里送了一个元宵，咯咯笑着说："吃吧！"孙媳妇王熙凤不能吃，她得先伺候大家，忙着端着一碗元宵挨桌送，招呼大家吃热乎的，老太太、太太、二太太、姨太太挨个都得照顾到；给宝玉碗里拨元宵时，宝玉自己又下手多划拉出来一个……好一幅佳节元宵图。

每个人的表现都符合自己的个性特点：湘云急性子，黛玉娇俏，宝钗端庄，迎春木讷，探春会照顾，惜春幼弱，王熙凤的八面玲珑好张罗，宝玉和凤姐的亲昵，和被宠溺出来的毛手毛脚……这一分钟里全都体现出来了。

尽管原著里没有这样细细描绘每个人吃元宵的样子，但大家看了后，也认可这就是她们每一个人应该有的样子。合理想象在创作上是允许的，只要你贴着人物性格适当发挥，观众完全可以接受。

这么会编，叫那些照着文本上的"贾琏找清俊的小厮出火"，就直接拍小厮给贾琏拔火罐的情何以堪？

三

　　个人认为改编得最巧妙的段落是宝玉乞梅。原著里，宝玉乞梅的过程是没有的，只说李纨罚他去向妙玉讨梅花来观赏，叫人跟着，让黛玉拦住了，说有人跟着反而不方便讨。

　　围观群众还等着看宝玉到了栊翠庵，怎么跟妙玉做小伏低好言好语讨，妙玉要怎么心内小鹿乱撞表面上又装模作样，两个人又怎么言来语去地打机锋躲猫猫呢！男女之间张力最强的感情，就在前一步不能、退一步不舍的阶段，有一种蓄势不发的微妙和悸动。

　　结果呢？下一页一翻，宝玉倒笑嘻嘻扛了一大枝回来了。这太不够意思了，有点欺负人。然后一共用了好几行字，细细描写那枝梅花怎么怎么漂亮，连"花吐胭脂，香欺兰蕙"这么庸俗的词都用上了，大家围着一起欣赏表扬。然后宝玉凑热闹写了一首咏梅的诗，起句还被黛玉批"起得平平"。谁要看这个啊？虽说要详略得当，重点是写大观园内场景，但好歹也要照顾一下八卦如我的阅读体验嘛！黛玉不叫人跟着宝玉，就是方便他向妙玉讨。这倒好，感觉宝玉都不用讨的，好像是趁人不在偷了一溜烟跑回来的感觉。不知道曹雪芹是懒还是偷巧，或者是他自己也觉得不好写，写起来分寸感不好掌握，干脆就跳过了？我读到这一段都想拍桌子出火，叫曹雪芹退票，不带这么糊弄的。但是，好在有 87 版的编剧大大们，他们就把这一段凭空给补上了，补得那么唯美浪漫、无懈可击：雪中，宝玉拾级而上，来到栊翠庵门外，隔墙欣赏梅花，不由自主咏出了诗句："酒未开樽句未裁，寻春问腊到蓬莱。"只听墙内朗声问道："墙外吟诗，莫不是怡红公子吧？"宝玉忙答："是我，妙玉姐姐，你也有兴踏雪寻梅？"墙内妙玉黄莺婉转的声音再度传出："不错，你到这里来做什么？""我是来向你求一样东西？""什么东西？请说来。"宝玉略加思索又吟出两句："不求大士瓶中露，为乞嫦娥槛外梅。"镜头给了墙内的妙玉，她停顿了一下，说："山门外头怪冷的，快请进来吧。"说着，便打开门走了出来，对着宝玉双手合十施了一礼。

这时候，悠扬抒情的音乐响起，两人在梅花树下漫步，边走边赏花，画面和谐，有一股美好又克制的情绪在流动暗涌，再有一句台词都多余。

镜头再一转，宝玉已经拿到了梅花出来告别了，他又吟出了两句："入世冷挑红雪去，离尘香割紫云来。"妙玉微微颔首露出赞赏之意。宝玉转身离去，妙玉站在背后，目光幽幽一直看着宝玉远去的背影。

宝玉满脸笑容再次挥手道别，妙玉姿势优雅地轻轻挥了挥手，黯然进门。

宝玉欢天喜地地往回跑，接着吟出了全诗末句："槎枒谁惜诗肩瘦，衣上犹沾佛院苔。"

这一段巧就巧在把宝玉后面写的诗用在了和妙玉的对话中，结合得既不干巴死板，又优雅含蓄。最牛的是对小说人物个性内心的把握如此精准，到了出神入化的高度，必须是对原著有入木三分的理解才可以做到，真想给编剧大大们跪了。

如果按照原著拍，就平铺直叙了，新版《红楼》就是这么这么平拍的，没有拍向妙玉讨红梅的情景，宝玉边走边吟诗的情节倒是借鉴了。他不吟倒罢了，他吟第一句就让我吐血三升，"酒未开樽句未裁"，到他嘴里成了"酒未开樽句未栽"。

把"裁"读成"栽"，也没人出来管管，那口碑能不栽吗？

所以 87 版《红楼》至今成为难以逾越的经典，我是服的。它的创作班底群星璀璨：沈从文、周汝昌、邓云乡、朱家溍、启功……集结了那么多的大师学者在坐镇把关，这样的盛况今天再难复制。编剧周岭说：那个年代已经远去了，当初手把手教他的先生们，也都不在了。

一个时代已经远去。

拍名著真不是那么好玩的，如果创作班底功底不够，就会出力不讨好，随时出洋相。没文化，砸再多的钱，请再多的腕儿，用再多的特效也没用，不如知难而退。

361